盈儿

郑玉林 著

花山文艺出版社

河北·石家庄

图书在版编目（CIP）数据

盈儿 / 郑玉林著. -- 石家庄 : 花山文艺出版社,
2025. 8. -- ISBN 978-7-5511-7797-9

Ⅰ. I247.5

中国国家版本馆CIP数据核字第2025YR4026号

书　　名：**盈儿**
　　　　　YING ER
著　　者：郑玉林

责任编辑：刘燕军
封面设计：中尚图
美术编辑：王爱芹
出版发行：花山文艺出版社（邮政编码：050061）
　　　　　（河北省石家庄市友谊北大街330号）
销售热线：0311-88643299/96/17
印　　刷：三河市中晟雅豪印务有限公司
经　　销：新华书店
开　　本：710 毫米 × 1000 毫米　1/16
印　　张：15.5
字　　数：215千字
版　　次：2025年8月第1版
　　　　　2025年8月第1次印刷
书　　号：ISBN 978-7-5511-7797-9
定　　价：69.00元

目 录

第一章

古塔

一

出了居云寺，五斗一路向西走去，他隐约看见荒坡上的古塔。

五层高的古塔，木瓦结构，五斗祖父还小的时候就有。没有人说得清究竟是谁，又是为了什么把它建在这里。风雨侵蚀，看上去有些凋敝，但气派犹在，足以让人感到一种威严。因为没了匾额，人们只叫它古塔。古塔前面的空地上，一只断腿的香炉歪倒在地上，看上去很久以前就没了香火，平时也很少有人来到这里。

满月高高地挂在南天上，古塔四周显得很空旷。偶尔会飞过几只萤火虫，一闪一闪发着微弱的亮光，除此之外，再没有什么能够遮住五斗的视线。

五斗蹚着荒草一步步奔上土坡，月光底下，他那虚虚乎乎的影子，扰动着夜的无边无涯，那夜就很难再寂静下来。

蓝黑的天幕下，几颗凉丝丝的星星在古塔的上空闪烁着，透着远古的苍凉与神秘。古塔无言地躲在这片寂寥之中，但今夜它并不孤独，一个窈窕的身影正在塔前徘徊——一头长发，高挑的身材，是一个年少女子。

没有风，土坡上香樟树的叶子一动不动，空气中弥漫着一股好闻的花草的香气，五斗感到一种惬意和清爽。

女子侧身站着，下颌微微上扬，专心致志地望着塔檐下的铜铃。

五斗停住脚步，不敢惊动这个看得入神的女子。

已经是午夜，一个女子怎么会独自来到这偏僻的土坡上，又在这寂静荒凉的古塔下站了这么久？她从哪里来？或许她就住在附近的庄上，因为什么不好的缘故从家里逃了出来；或许她是一个无家可归的女子，从外地流浪到了这里……

五斗心想，女子一定有什么烦恼无法排遣，否则绝对不会在这个时候出现在这里。或许她这样站着就是希望能够被谁发现，并且能够得到帮助。五斗有些急躁，毫不犹豫地朝她走去。

脚下的荒草发出窸窣的声响，五斗赶紧站住，他不敢再往前迈出一步，生怕惊动了她。

女子似乎发现了自己身边的不平静，慢慢转过身，向五斗这边看。

陌生人的出现，令女子多少有些意外，但她没想离开。

五斗不好意思起来，低头不再看她。他分明感觉到，此刻女子正全神贯注地看着自己，可他就是不敢抬起头来。

除了拘谨，五斗还感觉有点儿窝囊，他好像被人当成了偷窥的贼。

女子依旧淡定地站在那里。

五斗抬起头凝望片刻，重新向那女子走了过去，步子十分坚定。

女子没有躲避，同样朝五斗走了过来。五斗心中暗自惊讶，他为女子的从容感到折服，刚才的拘谨一下子淡去了许多。他停下来，看着她。女子一小步一小步地往前移动着，没有一丝一毫的紧张和慌乱，像是她必须得从这里经过，没有谁可以阻挡她。

女子在五斗身前站住，仔细地看着五斗，好像也想弄清楚这个夜晚自己究竟遇到了什么样的人。

月光清亮，照着古塔，照着土坡，也照着他们两个人。五斗真正看清女子的面庞时，一下子愣住了，面前的这个女子原来是盈儿。

盈儿一身淡绿色罗衣，头上的金钗和手腕上的玉镯闪闪发亮。五斗又有了疑惑：盈儿孤身一人日子很不好过，平日里衣衫简朴，他从未见她衣着像今夜这样华丽。

"盈儿，是你吗？"

盈儿看清站在自己面前的是一个十四五岁大的光头少年时，原本就不多的疑虑一下消散开去，心中泛起一股淡淡的柔情与喜悦。她眼里有了柔和，但被夜色遮盖着。

"五斗，真没想到会是你。"

的确是盈儿，五斗心中升起一股无法遏制的爱意，"盈儿，我也没有想到，你怎么……"他忍住了后半句，没有说出来。

盈儿又往前走了两步，两人维持在一个更加得体的距离。

五斗又问："盈儿，你来这里做什么？"

盈儿看着他，说："我在这里等你。"

"等我？"五斗十分不解。

盈儿说："我要离开乌里庄了。"

"你要去哪里？"

"不知道。"

听了盈儿这句话，五斗心里空落落的，刚才的兴奋感完全消失了。他有些焦急，问："为什么要离开乌里庄？"

盈儿心中生出一股莫名的忧伤，此前她从未向五斗吐露过自己的心声，或许是因为她从没有过像今天这样的机会。

"我和阿翁从江北过来，乡邻全都走散了。如今只剩我一个人，这里很孤单，我想我该离开了。"

五斗有些焦急，问："告诉我，你要去哪里？"

盈儿沉吟片刻，对五斗说："我也不知道我会去哪里，真的没法回答你。"

五斗还是不死心，问："我们还能见面吗？"

盈儿轻轻地说："不知道。"

五斗内心深处泛起一丝哀伤，像被凉风吹过，半天才说出一句话来。

"我想和你在一起。"

盈儿心中升起一丝凄楚，"怎么可能呢？你是个出家人。"

"我会离开寺院的。"五斗赶紧说。

"阿翁阿母会让我们在一起吗？"盈儿问。

"会的。"五斗很肯定。

盈儿想了想，说："你若真想和我在一起，就往南去找我，我会在一个地方等你。"

五斗抬头看着盈儿，眼里带着一种渴望，说："我一定会去找你，只是我实在想不出你会在什么地方等我。"

盈儿很无奈，小声说："我也不知道。"

"如果是这样，还不如不走。听我一句话，留下来吧！"五斗说。

盈儿低下头去，不说话。

"要不，我明天就回家去，跟阿翁阿母说，让他们把你留下。"

"不行！"盈儿有些着急。

"我就是不要你走。"

"其实，你也不必这样……等阿翁阿母允许了，你再出去找我，好吗？"五斗无奈地看着她。

盈儿抬头看了看天上的月亮，对五斗说："我该走了。"

五斗预感他和盈儿一旦分手，再见的机会十分渺茫，带着不舍说："让我送送你吧！"

盈儿并不答话，往旁边挪了几步，朝五斗挥挥手，然后向土坡下面走去。

五斗跟了几步又停了下来，盈儿不见了。

五斗一下子坐了起来，身边的大和尚、二和尚睡得正熟。他抬头向窗户望去，月光照在窗纸上，天还没有亮。原来自己做了一个梦。

五斗揉了揉眼睛，让他感到惊异的是，手上居然还带着青草的气味，甚至很浓厚。五斗想起昨晚睡觉前，他根本就没去过寺院外的草地，就连大殿旁的几株花草也不曾触碰。莫非刚才不是在做梦？似真似幻，五斗被一种思念缠绕着。他披好衣服，起身下地，轻轻地推开屋门，走了出去。

来到外面，五斗抬头向南天望去，月亮柔和安静地挂在那里。站了一会儿，五斗往西走去，远远望见了土坡上的古塔，心里一遍遍地翻腾着：盈儿，你要去哪儿？

二

居云寺是个不大的寺院，香火也不旺盛，老和尚六十多岁，大和尚、二和尚都二十几岁。青灯黄卷，朝暮诵课，日子虽然清净，却也透着一种寂寞。五斗刚来寺院的前几年，老和尚并不要求他去做功课，无拘无束的五斗经常去寺院外面游玩，更多时候是去土坡，在古塔下面一坐就是半天，直到傍晚才回到寺院里。

五斗俗家在居云寺正东的乌里庄，两地之间有大半个时辰的路程。黎砚公与滕氏三十几岁没有儿女，经人指点在居云寺舍下五斗谷米，两年后生下一个男孩，取名五斗。五斗出生后一直多病，黎砚公与滕氏十分忧心，害怕养不大这个男孩。五斗七岁那年，黎砚公将他送到寺院里做了个小沙弥，待其长大后再舍戒娶妻，延续香火。如今五斗已经十五岁，黎砚公与滕氏一直没提起让五斗舍戒这件事情。

早课过后，大和尚、二和尚有事到寺院外面去了，五斗推说自己不舒服，留了下来。整整一天，五斗一个人倒在床铺上，闭上眼睛想盈儿。下午，大和尚、二和尚回来了，见五斗还在躺着，以为他确实病了，便去告诉老和尚。

老和尚叫来五斗，随便问了几句，五斗不敢隐瞒，只说自己夜里做了一个梦，到现在还有些恍惚。

到了晚上，大和尚、二和尚叫五斗跟他俩一起修习功课，老和尚体力不支，一个人留在卧房歇息。五斗坐在蒲团上，心怎么也静不下来，念经时只是嘴巴在动，却发不出多大点儿声音来。大和尚觉得奇怪，问五斗怎么了。五斗支支吾吾，说不出原因。一连几天，都是这样。

这天早晨，老和尚又把五斗叫去，问五斗心里是不是有什么事情。五斗说，他有些想家，想回去看看阿翁和阿母。老和尚继续问他刚从家里回来不过十几天，怎么又开始想家。五斗答不上来，老和尚看了看他那双忧郁的眼睛，便应允了。五斗没有片刻停留，匆匆忙忙地离开了居云寺。

盈儿家原本住在广陵，三年前的一个春日，她和父亲蔡老汉随流民南下，来到茅山东麓平原上的乌里庄。一路上闾里乡党各自散去，最后只剩下蔡老汉父女没有地方落脚。父女二人趁着黄昏，走进庄子。

那时，蔡老汉可怜巴巴地看着夕阳发呆，盈儿胳膊上挎着一个包袱伴在他身边，目光温柔。

乌里庄的人有些慵懒，吃过晚饭后就很少有人再到街上去转。黎砚公恰好从庄外麦田里归来，见蔡老汉父女站在自家门口不远处，心中就明白个大概，这爷儿俩许是为没有地方栖身而发愁。黎砚公走上前去与他们说话，果然听蔡老汉说路过此地天色已晚，想寻个住处。黎砚公便把父女二人请进了家里。

招待蔡老汉父女吃过晚饭，黎砚公便打听他们要到什么地方去。蔡老汉愁眉不展，告诉黎砚公这几年江北总是打仗，日子过得一点儿也不安生，他们离开家乡已经两三个月，一直没找到可以容身的地方。

黎砚公觉得蔡老汉父女实在可怜，便劝他们在乌里庄留下来。蔡老汉有些犹豫，黎砚公说这里离建康不算太远，可从来没有兵匪祸乱，乌里庄这地方旱田要比水田多，夏秋两季大户人家更是需要人手，不愁没有活计。

蔡老汉便与盈儿商量，盈儿觉得乌里庄不错，也想早点儿结束这种颠沛流离的日子。自从五斗去了居云寺，黎砚公家的这间屋子就一直空闲着。黎砚公与滕氏商量后，就把这间屋子租给了蔡家父女。不久，蔡老汉在邻近庄子找到一个看守桑园的活计，因此常年住在外面，那间屋子便只住了盈儿一人。盈儿农忙时给庄子里的大户人家做几天短工，剩下的时间就跟着滕氏做点儿针线活计，日子过得极简单。

家里多了一个十二三岁的少女，刚进家门的五斗有些意外，可心里却十分快活。盈儿身材修长偏瘦，一身粗布长裙穿在身上，显得过于宽松。五斗悄悄地看她，她略带羞涩地低下头去。阿母告诉五斗她叫盈儿，不一会儿，两人便有了话说。

五斗回居云寺的那天下午，是盈儿将五斗送出屋子的，她看着他一步步走向大门口。两人相处只有一天，盈儿就把五斗当成了自己的亲人。五斗心头一热，回头看了她一眼。盈儿站在院子里朝他微微一笑，她的眼睛眼神有一种说不出的动人。五斗非常愉悦，片刻的凝望之后，才慢慢地离开。

自从家里有了女孩儿，五斗回家的次数便多了起来。几乎每过一段日子，五斗都要找机会回到俗家住上一夜，为的就是看看盈儿。五斗说不清和她在一起时是一种什么样的感觉，但他知道与居云寺相比，这样的日子才显得生动、有意思。

短暂的相聚过后，五斗不得不离开。每当这时，盈儿就会亲自把五斗送到大门外。两人相处得很好，但在黎砚公和滕氏的眼里，这就是姐弟间的一种依恋。其实，两人的第一次见面，盈儿就叫五斗为小弟，但五斗只叫她盈儿，对蔡老汉五斗也从未叫过施主。五斗之所以这样，大概是怕盈儿感到生分，至于还有没有别的原因不得而知。有意思的是，五斗每次回到俗家都要脱掉寺院里的那身衣服，换上阿翁穿过的旧长裾（尽管不大合体）之后，才去见盈儿。

家里的氛围和寺院相比有着本质的不同，五斗既轻松又随意，感觉十分舒适。寺院的夜晚，清冷难熬，白天跟着大和尚、二和尚出去，三个人都没有什么话说，看什么都觉得无聊。五斗珍惜和盈儿在一起的日子，但一个念头时时折磨着他，那就是盈儿和她的父亲说不定哪天还会离开乌里庄，到了那个时候就再也看不见盈儿了。

没有盈儿的日子都不叫日子，每一天都是灰色的。

去年夏天，水田里的活儿正忙，五斗知道盈儿一定不会留在家里，便出了居云寺到处寻找，哪里有水田就往哪里去。那天，他终于在乌里庄外的一片水田里发现了盈儿，她正和庄子里的人一起在水田里拔草。直到她直起身朝四周看去，才发现五斗正站在田埂上看着自己。田野里的风迎面朝她吹来，因为出汗湿了的衣衫，被风一吹，紧紧地贴在身上。她有些害羞，赶紧用手去扯自己的衣襟。两人离得很近，她又不好意思转过身去，那样会让五斗感到尴尬，她只好像男孩子一样，两臂交叉抱在胸前。

五斗怕她窘，说了没两句话便做出一副匆忙的样子，赶紧走开了。

去年秋天，盈儿发现了五斗小时候玩过的风铃，就把它拿在手里轻轻晃了晃，风铃发出叮叮当当的声响。盈儿说那是人世间最美妙的声音，她希望五斗能够把风铃送给她。

五斗爽快地答应下来。那天盈儿显得很开心，告诉五斗她从小就喜欢风铃，今后不管她走到哪里，都会有风铃的声音相伴。

听盈儿这么说，五斗显得很失落，半天没说话。盈儿看出五斗情绪的变化，问他："你在想什么？"

"我在想……"

盈儿当然明白五斗心里想的是什么，嘴上却说："如果你舍不得，风铃这就还给你吧！"

她两条胳膊垂在身前，手指勾着风铃上面的吊线，眯着眼睛去看五斗，丝毫没有要把风铃还回去的意思。

五斗更加无望，急忙说："不是那个意思，我只是希望你能留在这里，不要离开。"

盈儿的情绪也变得有些消沉，说："这怎么可能呢？"大概她不想让五斗失望，想了想又说，"如果有一天我离开了，以后你在什么地方发现了这串风铃，那就是我居住的地方。"

五斗一下子认真起来，问："真的？"

盈儿看着五斗，一本正经地回答："真的！"

"如果我看见了风铃，就一定能找到你？"

"一定。"

"那我这就把它挂到窗外去。"

五斗的情绪一下子好了许多，他从盈儿手里接过风铃朝门外走去，盈儿跟在他的身后。五斗找来梯子靠在墙上，爬上去把风铃挂在了屋檐下面，回头看着站在窗下的盈儿。

"就像这样……"

"嗯！"

盈儿一身青布襦裙，头发乌黑，脸被映衬得更加白净。在五斗的注视下，盈儿脸上泛起了绯红。她没有回避五斗，甚至是有意地迎合着他的目光。她很有分寸地微笑着，神态纯净而美好。

五斗从梯子上面跳下来，对盈儿说："从今天开始，哪里有风铃，哪里就有你。"

盈儿没有说话，眼里却透着喜悦。五斗默默地看着盈儿，无论咋看，他都觉得盈儿就是一个待嫁的小娘。自从两人第一次见面起，五斗的心就很难安静下来。

五斗舍得一串风铃，却不舍得盈儿从他身边离开。

冬天刚刚到来的时候，蔡老汉在桑田边的一间屋子里过世了，盈儿在黎砚公的帮助下料理了父亲的后事。那天，五斗正好赶上。盈儿哭着，珠泪滚滚，样子很招人怜爱。乌里庄的人都认为盈儿说不定哪天就会离开，可是盈儿仍旧一个人住在黎砚公家里。但五斗还是有些忧心，盈儿总得有一个归宿，离开乌里庄恐怕是早晚的事。

上次回家，五斗听说罗媒婆准备给盈儿做媒，要她嫁给本庄一个刚刚死了小娘的男人。盈儿拒绝了，说她不想留在乌里庄。

失去了依靠，盈儿的未来在哪里？她会不会跟三年前一样，再次踏上南下的路途。

五斗陷入焦虑之中。

一路向东，五斗边走边想，自己得赶紧回到乌里庄，看看盈儿是不是真的离开了。尽管那是一个梦，但五斗相信那一切都是真的。如果盈儿真的离开了，自己马上就得出去寻找她。不过，五斗也清楚，人海茫茫，要想找到盈儿并不是一件容易的事情。何况自己还是个出家人，在寺院里有老和尚，在家里又有阿翁阿母管着，就连走出去的机会都没有。

五斗回到家里，一眼望见盈儿住的西屋空荡荡的，她的确已经离开了。他急切地想从阿翁阿母那里得到盈儿的消息。

"盈儿在哪儿？"五斗问。

滕氏说："跟她的乡邻，往南去了。"

"去了哪儿？"

滕氏想了想说："好像是会稽那边。"

五斗又追问了一句："有没有说在哪里落脚？"

滕氏说："没有。"

担心的事情终于成为现实，五斗很落寞，但他还是装出一副漫不经心的样子来。

滕氏从柜子里拿出一双鞋子，说这是盈儿早就做好了的，临走时交代要送给五斗。

五斗盯着那双鞋子，心头一热，越发放不下盈儿了。

滕氏让五斗把鞋子穿上，看看是不是合适。五斗接过，却把鞋放在一边，说："我梦见了盈儿……"

滕氏并未理会，她心里正想着别的事情，对黎砚公说："盈儿走了，这屋子也空了下来，五斗是不是该回来了？"

黎砚公说："我也是这么想的。"

五斗见阿翁阿母有心让自己舍戒，便说："我想出去找盈儿，她说她会在一个地方等着我。"

滕氏看着五斗，问："盈儿什么时候跟你说过这样的话，我怎么一点儿也不知道？"

五斗赶忙说："我梦见过盈儿，梦里她就是这么说的。"

黎砚公听了，觉得五斗实在是荒唐，便说："梦里的事情是不可以当真的。"

五斗说："刚才阿母说，盈儿可能是去了会稽，那我就去会稽找她。"

黎砚公说："会稽那么大，你到哪里去找她？天知道盈儿会不会在那里。"

五斗坚持说他一定要找到盈儿。

见五斗不听劝说，滕氏也就认真起来。她告诉五斗，盈儿虽然生得好看，可她脸颊瘦削，细腿伶仃，不是个有福之人。即使五斗能够把她找到，黎家也不能接受这样的女子。

"就是的！无论如何五斗也不能娶她。"黎砚公的想法和滕氏完全一致。

五斗见阿翁阿母态度坚决，再也无话可说。

黎砚公看着五斗迷茫的眼神，知道五斗一时半会儿听不进他的话，索性不再作声。滕氏说，五斗出家七八年，已经到了该舍戒的时候，倒不如就此留在家中，改日央人讨个小娘过日子，也省得他一心想着什么盈儿。

黎砚公也说这是正理，明儿个他就去居云寺与老和尚商量这件事情。五斗听了，心中老大不乐意。转念一想，既然要出去寻找盈儿，不如就先趁此机会离开居云寺，因此就不再作声。

五斗吃过晚饭，跟阿翁阿母打过招呼，便回自己屋子里去了。这天晚上，五斗躺在床榻上，闭上眼睛痴痴地想盈儿。盈儿临走留给自己一双鞋子，那一定是希望自己能够出去寻找她。五斗相信缘分，盈儿刚来到乌里庄就住在自己家里，南下的人群一拨又一拨，这父女俩一直都没想着离开。而且盈儿看五斗时嘴角边总是漾着似有似无的微笑，最让五斗着迷的还是盈儿慢条斯理的举止——无论做什么事情，她的动作都轻盈温柔，在她的身边五斗总能感到平静。

一次，五斗回到家里，盈儿出去了，西屋的门虚掩着。五斗和阿母说了一会儿话，就走到屋子外面，向街上呆呆地望，直到看见拿着两串野花的盈儿出现在大门口。

看见五斗时，盈儿的眼里也添了几分喜悦。这种感觉很奇妙，让五斗觉得他和盈儿之间有着一种说不清道不明的牵挂。

那天晚上，盈儿回到自己屋里早早睡下了。五斗耐着寂寞，独自坐在院子里看天上的星星。盈儿的窗子黑乎乎的，没有一星灯火闪烁。整个乌里庄的夜晚，无声无息。

五斗想起白天盈儿的样子，她将野花举到眼前，透过花朵的缝隙去看五斗，显得十分俏皮。五斗这才想起盈儿手里拿的是两串淡紫色的萝蔴。这种淡紫色的小花路边随处可见，五斗不明白盈儿为什么会喜欢这种很不起眼的小花。不管怎样，盈儿喜欢的五斗也会喜欢。后来，五斗回家时在路边看见了盛开的萝蔴，总想折下几朵带给盈儿。但他还是忍住了，萝蔴也是有生命的，他不能随意去伤害。

五斗希望那个手举萝蔴的盈儿今夜能够回到他的梦里，和那天一样，与他在古塔下相会。

他又想起那个夜晚的梦境，从认出盈儿那一刻到她从自己眼前消失，每个情景五斗不知梳理了多少遍，生怕盈儿哪句话被自己遗漏。会稽究竟有多远？盈儿走的是哪条路？她到底会留在什么地方？五斗心里有些乱，他后悔自己上次回来没跟盈儿多聊一会儿，对她的心思一点儿都不了解。

五斗想起上一次离家的那个下午，盈儿照例将他送出大门口，然后朝他笑笑。五斗朝她挥挥手，转身朝庄外走去，完全看不出盈儿有将要离开的迹象。

乌里庄是南北交通要道上的一个大庄子，经常有北方的流民从这里经过，盈儿或许就是遇见了他们，临时决定离开乌里庄的。

或许她真的去了会稽。

夜风钻进屋子里，五斗感觉凉爽了许多。这时他才发现今夜没有了风铃叮叮当当的声音，五斗朝屋檐下望去，挂着的风铃不见了。五斗知道，风铃已经被盈儿带走了。

他好像看见了希望，只要找到风铃，就能找到盈儿，这是他们的约定。

五斗心里暗暗发誓：盈儿！哪怕走到天涯海角，我也要把你找到。

可是眼下该怎么摆脱阿翁阿母，自由自在地离开乌里庄？还有，居云寺的老和尚能答应他舍戒吗？

五斗的心乱糟糟的，理不出个头绪，躺在床铺上翻来覆去，就是睡不着。他盼着夜能够早一点儿过去。

天快亮时，一阵倦意袭来，他迷迷糊糊地睡着了。

三

吃过早饭，黎砚公从邻居那里借来一头骡子，驮上半袋谷米出了家门。黎砚公是不能空手去寺里见老和尚的，他觉得这些年一直欠着老和尚的人情，没有老和尚的关照和菩萨的庇护，五斗是很难长大成人的，何况舍戒这么大的事情，不施舍一点儿也是说不过去的。

黎砚公从居云寺回来已经是下午，他把老和尚答应五斗舍戒的事情告诉了滕氏和五斗。滕氏十分欢喜，说她过几天就央罗媒婆去给五斗说媒。五斗却表示自己一定要出去寻找盈儿。黎砚公急了，说这可由不得五斗，娶妻生子给祖上延续香火是头等大事。

五斗再三央求让他出去一趟，哪怕只是半年的时间，如果找不到盈儿再接受阿翁阿母的安排。滕氏态度强硬，她不管什么盈儿，五斗已经十五岁，到了成家立业的时候，不能再拖下去。五斗十分郁闷，低头不语。接下来的几天里，黎砚公不准五斗外出，和滕氏轮番劝说五斗放弃那个荒诞的想法。

一天早饭后，滕氏出去了。黎砚公要五斗和他一起去田里锄草。五斗明白，阿翁这是怕他私自离家，要把他看在眼皮子底下。五斗跟着阿翁，走了一段路来到自家的田地。父子俩各自默默地干活，一个上午很少说话。中午收工回到家里，滕氏已经做好了午饭。滕氏告诉黎砚公，罗媒婆说荒下槽贾水渊家的女儿细姐贤淑貌美，五斗如果愿意，她就去贾家说合。

五斗听了，心头一紧。黎砚公问了一下贾家的家境，觉得还算殷实，这门亲事于他家而言甚至算得上高攀，便叮嘱滕氏多上点儿心，再去打听打听，要是没什么问题，就赶紧安排。滕氏又问五斗对这门亲事满不满意，五斗说一切全凭父母做主。滕氏以为他动了心，便嘱咐黎砚公下午早点儿收工，自己一会儿就去荒下槽。

荒下槽在乌里庄正东，两地相距不到半个时辰的路程。两天后，罗媒婆来见黎砚公和滕氏。罗媒婆四十出头，脸色有些暗黄且早就起了皱纹，青色的长裙将她丰盈的身子包裹得严严实实。

当着五斗的面，罗媒婆告诉黎砚公和滕氏，这门亲事差不多已经说成，贾家二老几年前曾经见过五斗。五月初六是个好日子，黎砚公和滕氏可以去贾家看细姐，到时再说聘礼的事情。滕氏欢天喜地，拿出一串铜钱谢了罗媒婆。罗媒婆收下铜钱，又仔细看了看五斗，免不了夸赞几句，临出门又叮嘱黎砚公和滕氏，叫五斗不要再穿寺里的那身衣服。

黎砚公听了，让五斗赶紧去东屋，找一件他平时不曾穿过的短衫，将身上的衣服换下来。

五斗换完衣服出去了，罗媒婆又与黎砚公和滕氏说了一会儿贾家细姐手工针线的事，便离开了。

距离五月初六还有七八天，阿翁阿母就要去贾家下聘礼。五斗可不想留给他们这个机会，他决定明天一早就离开乌里庄。

吃过晚饭，五斗回了西屋。天黑下来的时候滕氏来过一趟，见五斗静静地坐着，便回了东屋。黎砚公拿出一盘艾蒿，点燃后坐下来，与滕氏合计着给贾家的聘礼。

五斗倦了，躺下来看着窗外。这个夜晚十分宁静，没有风，房檐下一只蜘蛛伏在柔软的丝网上早已进入清凉的梦乡。

天还没亮，五斗便悄悄爬起，穿上阿翁的短衫，听了听动静，走出家门。

五斗抬头看了看夜空，没有云，头顶上的星星十分明亮，天还早着呢！这个时候船家正在熟睡，是不会渡人过河的。他决定先去看看古塔，再许下一个心愿，那里是他梦开始的地方，他的行程也必须从那儿开始。

出了庄子，五斗径直朝西走去，一路上什么也没有碰到，约莫半个时辰，他又望见了山坡上的古塔。

没有了闪亮的萤火虫，眼前一派安静。露水湿了脚下的青草，空气中弥漫着一股让人迷醉的气息。五斗心中涌起一股温热，他往前走了几步，望着坡上。

月光底下，盈儿就站在坡上痴迷地盯着古塔上的某处。

五斗好像回到了梦里。

四野很是安静，不见一个人影。

盈儿是这个世上最美、最可爱的女子。五斗心中升起一股稚拙浪漫的激情来，他默默地想。

"盈儿，你在哪里？"

"盈儿！我一定要找到你……"

"古塔！给我好运。"

五斗把忧苦思念统统压在心底，转过身，一步步往回走去。

晨曦中，五斗又看见了乌里庄。他怕碰见熟人，不管有路没路绕开庄子快步向南奔去。远处有一条大河，河岸边两间不大的茅草屋里住着一个常年摆渡的老人，那里是通向南岸唯一的渡口。五斗没有机会到大河对岸去，对渡口几乎一无所知。

五斗蹚着荒草前行，半个时辰后来到大河边上。盛夏时节，植物疯长，与天际相接，四野一派浓浓的绿色，大河就隐藏在那一望无际的绿色底下。想着未来的行程，一阵温热柔和的感觉从五斗心底升起，或许盈儿就在对岸的什么地方，很快就能见到她。五斗豁然开朗，看着摆渡老人的茅草屋，眼里放出少有的光彩。

五斗好像闻到了河水的湿气，他捏了捏衣襟上的口袋，硬硬的几枚铜钱还在，他只需准备好过河的这点儿花费，除此之外什么都不需要。五斗有过外出乞食的经历，并不担心会饿着，眼下唯一要做的事情就是尽快找到船家。

他来到摆渡老人的茅屋前，冲着屋门叫了声船家。

没人应答。五斗又叫了两声，寂静依旧。船家一定不在屋子里，五斗有些焦急，转过身向大河那边走去，很快他就有了发现。

河滩上，船家拉着小船的缆绳正在等待两位女子上船。五斗一阵狂喜，一边呼叫船家一边朝他们奔去。倒不是因为找到了可以载他过河的渡船，而是最后一位登船的年轻女子的背影有些像盈儿。一阵说不清的激动与渴望，让五斗无法自持。

"你给我站住！"一声吆喝把五斗吓了一跳。五斗回头一看，黎砚公站在自己身后几丈远的地方，大口大口地喘气。

五斗蒙了，说："阿翁！你这是干啥？"

黎砚公慢慢地走过来，问："你说我要干啥？"

五斗蔫了，说话的声音也低了许多："我这就跟你回去。"他回头朝河边望了望，两位女子都已经上船，船家摇着橹，小船离开了河岸。

黎砚公催促道："看什么看？赶紧给我回去。"

五斗老老实实地往回走去。

"可把我给累坏了……"黎砚公跟在五斗身后，一边走一边叨咕。

这个夜晚滕氏睡得并不安稳，刚过半夜听见五斗出去的动静，并没在意，天快亮的时候心里却犯起了嘀咕。过些天就要带五斗去罗媒婆家，贾家人过来之前可千万别出什么差错。滕氏放心不下，叫黎砚公起来看看五斗。黎砚公迷迷糊糊地爬起来，推开西屋的门看了看，五斗不在。房前屋后又转了一圈，还是不见五斗身影。黎砚公觉得不妙，赶紧回屋对滕氏说："五斗不见了。"

滕氏已经穿好衣服，坐在床边等着黎砚公。

"他能躲到哪里去？"黎砚公看着滕氏。

滕氏想了想，说："你赶紧去渡口，我在这庄子里找一找他。"

"对！我这就往河边赶，你也赶紧出去看看。"

五斗跟着黎砚公回到家里的时候，滕氏还在外面转悠，庄子里的人都知道她和黎砚公从早晨开始就一直在寻找五斗。

贾水渊第二天就知道了五斗出走这件事，这消息让他十分尴尬。一个刚从乌里庄回来的乡民绘声绘色地当街演绎了这个故事，说五斗嫌弃细姐和她姐姐一样是个痨病鬼，悔婚不成和阿翁阿母大吵一通后赌气离家。

事关贾家女儿的名声，傍晚，贾水渊和杨氏便来乌里庄找罗媒婆，表示既然五斗心里不乐意，贾家也不再看好这门亲事。

罗媒婆很是惊诧，说自己在乌里庄住了大半辈子，谁家狗瘦鸡肥、匙大碗小，没有她不知道的事。况且五斗就在眼皮子底下，发生这么大的事她怎能不知道？黎砚公一向老成持重，五斗是个极孝顺的后生，又在寺院里待了七八年，怎么可能和他阿翁阿母大吵大闹？一定是有人闲得无聊编造胡话，她劝贾家二老千万不要当真。

贾水渊见她说得斩钉截铁，便放下心来。

到了五月初六那天，黎砚公在家看着五斗，滕氏和罗媒婆去了荒下槽，与贾家商量聘礼。见贾家细姐果然生得眉清目秀，滕氏十分欢喜。回来后，她将贾家开出的礼单交给黎砚公，又说起细姐如何贤淑美貌。黎砚公听了对五斗说："你已经订下了婚事，好生在家待着，断不可再去琢磨那无中生有的勾当。"

五斗低眉顺眼地应付着阿翁阿母。几天后，黎砚公邀上几个亲戚，与罗媒婆一道去荒下槽给贾家送聘礼。贾家答应黎砚公，五斗明年秋天就可以迎娶细姐。罗媒婆不忘在黎砚公耳边叮嘱："还真得看住五斗，千万不要再发生上次离家那样的事情。"

在荒下槽，贾水渊也算是一个有名望的人物，和这样的人家结亲，目不识丁的黎砚公感到很荣幸。五斗心里很苦，还得装出十分认可的样子，转身回到盈儿住过的屋子，像掉了魂一样发呆。

如今，贾家只有细姐这一个女儿，今年十四岁。细姐原本还有一个姐姐，叫缀儿，十六岁时就病死了。

五斗见过缀儿，那年他刚好十一岁。那是一个春天的下午，老和尚带着他们三个来到荒下槽，给贾家染病已久的女儿做法事。老和尚与大和尚看了缀儿后，便和贾水渊一起去东屋说话，贾家的亲戚们七手八脚地将东厢房里的杂物清理出来，方便老和尚布置道场。

晚上吃过斋饭，老和尚一行在东厢房内摆上香案，贾水渊两口子请来的十多个亲戚靠墙边站成两排，细姐还小，就留在缀儿的屋里。天完全黑下来的时候，五斗点上蜡烛，老和尚敲起磬儿，带着大和尚、二和尚以及贾水渊等人一起诵经礼佛。

过了一会儿，老和尚叫过五斗，让他去上房守着缀儿。五斗端着蜡烛来到缀儿住的屋子。缀儿平躺在床榻上还没有睡，察觉有人进来，便侧过身向门口看去。五斗站在屋中间，问她感觉怎么样。或许是没有力气，缀儿没有回答他。五斗慢慢往前挪了几步，将蜡烛放在缀儿床前的桌子上，随后在旁边的板凳上坐下。

细姐躺在缀儿的身旁，早已经睡着。三月的天气，缀儿还是怕冷，用被子把自己的身子裹得严严实实。五斗低头看着桌面，那上面丢着一条女孩儿系头发的红绸。缀儿低声喘息，五斗并未在意。渐渐地，缀儿没了动静，五斗想起老和尚的嘱托，心里有些不安。他站起身，端起蜡烛往缀儿身前挪了挪，睁大眼睛想看个究竟。

缀儿的脸白得吓人，像是没了气息。五斗的心咚咚直跳，他壮着胆子问："缀儿，你……你没睡吧？"缀儿直挺挺的一动不动，五斗提高了声音，又说："缀儿，你醒醒！"

缀儿微微动了一下。见她还活着，五斗长出了口气，悬着的心稍稍放下。五斗蹲下身子，想和她说说话，缓解心中的恐惧。

缀儿感觉五斗靠近了自己，睁开了眼睛去看。见来人是一个眉目清秀的少年，缀儿的眼里一下有了亮光。

五斗穿了件圆领灰色短衫，袖子挽起露着两条瘦瘦的胳膊，显得少年气十足。烛火跳动着，五斗的影子在他身后的墙上不住地摇晃。缀儿的心思受了牵引，她从被窝里伸出一只胳膊，叫五斗扶她起来，裹着棉被，背靠墙壁勉强坐住，喘了一会儿，冲五斗说："小弟，你叫什么名字？"

"五斗。"五斗小声告诉她。

"你多大了？"

"十一岁。"

东厢房内香烟袅袅，佛像前老和尚和两个徒弟庄严诵经，贾水渊两口子和亲戚们虔诚地跪在地上。相比之下，缀儿的这间屋子气氛温柔而宁静。

"明天早上，你就要回去了。"

五斗点点头。

"你会记住我吗？"

"会的！"

缀儿笑了。

"我多想有你这样一个弟弟……"半天，她又说，"我还能再看到你吗？"她的声音越来越弱。

五斗注视着她，不知该说什么。缀儿能够坐起来，是五斗十分期望看到的。他盼着缀儿的脸色能够变得红润些，再添一些精神。可她坚持不了一会儿，慢慢又闭上了眼睛。

过了一会儿，缀儿好像恢复了一些体力，睁开眼睛，看着五斗。

五斗忽然发现缀儿的脸色似乎红润了些，眼神也越发生动。

"你一定会好起来的。"

"但愿……"

她冲他笑笑，虽然不再说话，心里却快活了许多。

"我每天都会为你祈福的。"

"辛苦你了，即使我死了也会记住你的好处。"缀儿眼里闪着泪花，她不想让五斗看见，赶紧把头垂下。

五斗的心里泛起一阵难过，他知道缀儿好起来的希望十分渺茫，来之前老和尚曾对他说缀儿得的是痨病，恐怕来日不多。

缀儿扭头看着细姐，细姐头朝里面睡得正熟。"我只有这一个妹妹……"她说这话的声音很低很低，五斗甚至都没有听清，但他还是发现了缀儿对细姐的无限眷恋。

"但愿她长大后能嫁个好人家。"

五斗不声不响，呆呆地看着缀儿，这样的话他接不上，对未来的事他也想不明白，心上倒是有些悲伤。

缀儿又转过脸看着五斗，五斗被她看得有些不好意思，但却没有丝毫不情愿，因为缀儿是个令人感到亲近的女子。

细姐睡醒了，坐起来看着五斗。

五斗看了她一眼，只觉得她一脸稚气，还是个小女孩。至于她长什么样子，他并没放在心上。

午夜过后，老和尚做完了法事，杨氏去上房看缀儿。缀儿靠墙坐着，这场面并不多见，杨氏松了口气，连忙谢过五斗。五斗回到东厢房，贾家的亲戚们已经散去，老和尚向五斗问了缀儿的情况后便撤了香案，在东厢房内歇息下来。第二天一早，老和尚带着五串铜钱离开了贾家。随后，贾水渊又打发人将一斗谷米送到居云寺里。

回到居云寺后，五斗变得有些消沉，夜里躺在床铺上，只要闭上眼睛，心里想的便是缀儿。缀儿说的每一句话五斗全都记着，那个夜晚一直让他难以释怀，他也忘不掉缀儿苍白瘦削的面庞。一年以后，五斗从大和尚那里听说，做完法事一个月后缀儿就死去了。五斗心头一阵微颤，从此，这个世界上再也没有了那个讲话没有力气却字字清晰的女子。

老和尚对于谁的死都无动于衷，五斗没听他说过任何惋惜或感伤的话。那天从贾家出来后，他们一边走一边说起缀儿来。

大和尚说："缀儿恐怕是活不长了。"

老和尚感叹说："一切天注定，半点不由人。"

五斗有些不明白，既然缀儿的命运无法改变，为何还要费这么大的功夫去给她做法事，而且还收了贾家五串铜钱。

老和尚却说贾家的善行消了许多宿世积累的孽缘，贾家今后会有福报。

五斗听不明白老和尚话里的意思，便不作声。他只知道这些年老和尚收了许多钱财，但他并不知道老和尚用收来的钱财周济那些需要救助的人。

四

五斗偶尔跟着阿翁去地里干点儿活，其余每天都是空闲的。在阿翁阿母的看管下，五斗不是在屋里屋外转一转，就是往床上一躺，瞪着眼睛看窗户。这样的日子很平静，是解脱还是束缚，谁也说不清，五斗的未来似乎早已被安排好了。

然而，未来总是不可预测的。

一个月后，州刺史派户曹和相工为皇室采选女乐的消息传到了乌里庄。这消息完全出乎人们的意料。前年冬天，元嘉北伐大败，北魏占领江北瓜步山，直接威胁建康城。情势危急，皇室急招民间丁壮，王公子弟以下全部从役，一度放弃采选女乐。想不到今年夏天北魏发生内乱，皇家乘机北伐的时候又想起了这桩事情。

黎砚公坐不住了，整天在外面转悠，打听皇室采选的消息。他害怕细姐被官府选中，转念一想，五斗和细姐已经有了婚约，户曹一般不会挑选这样的女子。但黎砚公并不踏实，他曾听江北过来的人说，官府看上哪家女子根本就不管有没有婚约，唯取乐伎之材。

黎砚公心里纠结，性情也变得古怪。地里有许多农活儿，挖渠排水平畦补种，因为有五斗帮忙，明明省了许多力气，可他却责怪五斗总给自己添乱。种下的萝卜到了该间苗的时候，黎砚公带着五斗走进地里，过不了一会儿，他又把五斗给带了回来。看得出，黎砚公心里从未有过片刻的安宁。

灾祸很快就来到了。这天下午，乡啬夫召集乡民登记待选女乐。傍晚，黎砚公从外面回来，垂头坐在床边叹气。滕氏问他下午的事情，黎砚公说今年情势很紧，但凡十二岁以上女子，不管有无婚约都要记入册籍，想像过去那样花钱打点一二都不可能，滕氏听后两眼发直，开始为贾家细姐担心。待了一会儿，滕氏端上晚饭，两口子叫过五斗，一家人在饭桌旁边坐下。五斗让过父母后，便端起碗来。黎砚公和滕氏看着他，却没心思吃。五斗不言不语，一连吃了两碗米粥，便回了自己的屋子。见五斗跟往常一样，十分平静，黎砚公长出了一口气。滕氏将饭碗递到他的手上，黎砚公接过，看着碗里的粥，没滋没味地喝了起来。填饱了肚子，滕氏要黎砚公明早去一趟荒下槽，到贾家看一看。黎砚公早就没了主意，一句话也不说。

到底还得听滕氏的话，第二天，黎砚公去了荒下槽。一路听到的都是细姐几番遴选均在册上，他顾不得去见贾水渊，直接跑回家里，把听来消息告诉了滕氏。

滕氏听了，沉吟了一会儿，对黎砚公说："路上听来的话，总不见得真切，需得亲自去贾家看一看。"

黎砚公目光沉滞，满脸倦色，滕氏再说什么，他全都没听。黎砚公相信自己听来的消息不会有错，他随手拉过一个枕头，背对滕氏一头躺倒在床上，闭着眼睛只顾发愁。滕氏见黎砚公这个样子也就不再催他，转身来到五斗的屋子，嘱咐五斗留在家里，哪儿也别去，她这就出门去找罗媒婆。

五斗忽然有了一种失落，他站在床榻旁，两眼望着窗户，心里一遍遍想着细姐的事，内心深处无比焦虑。细姐将被官府掳走，这件事情无论如何不能说与五斗毫不相干。荒下槽那个夜晚，缀儿身边睡着的小女孩，五斗对她的印象变得清晰起来。

此前，五斗对罗媒婆说合的这门亲事并不上心，甚至有些恍惚。他心里只有盈儿，对细姐的境遇只是一种同情。昨天，黎砚公以一种严肃的态度反复强调了细姐对五斗的重要性。五斗终于弄明白，父亲原来是等不及了，想要五斗尽快与细姐完婚。

五斗一下子认真起来，他实在害怕细姐和她姐姐缀儿一样，也会是一个弱不禁风的痨病女子。

这时，滕氏也来到了罗媒婆家里。罗媒婆家的窗户敞开着，里面挂着防蚊虫的窗纱，关着门，屋里显得有些闷热，滕氏刚在床榻上坐下，脸上便淌下汗来。说了几句天气，两人很快就将话题转到细姐身上。

罗媒婆说，细姐的事她比谁知道的都要早，贾家万万没有想到今年州牧会派人下来给皇家采选女乐。刚开始的时候，贾水渊偷偷给乡啬夫送了些人事。乡啬夫便对甄选女乐的相工说贾家细姐得了痨病，且有婚约在身。只是没想到，有人对相工说，贾家细姐天生就是个秀气女子，根本就没害病，而且从未有过婚约。相工便亲自带人去贾家验证，当即指证细姐为第一巡待选女乐，不得出嫁他人。

滕氏听了，半晌说不出话来，罗媒婆也陷入了沉默。

屋外传来一阵蝉鸣，滕氏心里有些焦躁，眼巴巴地看着罗媒婆，说："真的一点儿法子也没有了吗？"

罗媒婆摇摇头，说："没法子。"她两眼无神，盯着地面，心里什么主意也没有。此刻，两个人都没有什么话可说，又坐了一会儿，滕氏便告辞了。

第二天一早，滕氏想和五斗去一趟居云寺，为细姐祈福。黎砚公想了想说，皇家要做的事恐怕神佛也挡不住。滕氏却说她要试一试。

吃过早饭，滕氏拿出两串铜钱，准备交给居云寺的老和尚。五斗想起，那年他和老和尚去荒下樗为贾家缀儿做法事的事情，那次贾家出了五串铜钱，随后又将一斗谷米送到居云寺。他不想让阿母出面，说自己去一趟就可以了。

黎砚公觉得五斗自己去找老和尚也没什么不妥，便同意了。

滕氏再三叮嘱五斗，要他求老和尚多费些工夫，求佛爷保佑细姐平安无事。

五斗接过铜钱，换上寺庙里穿的衣服，出门往西直奔居云寺。已经舍戒的五斗为什么要做这样的装扮，究竟出于什么心理，恐怕只有他自己知道。

夏日的荒野，虫声唧唧，蚱蜢在五斗的脚下跳来跳去。葛藤探头探脑地爬上了小路，大概是害怕行人踩断它的藤蔓，又掉过头去和萝藦缠在一起。五斗停住，望着脚下的葛藤出神。葛藤的尖上开着一串串紫色小花，一种亲切感从五斗心底升起。他在葛藤的旁边蹲下，默默地看着它，好像他们原本就认识似的。

他想起一首流传很久的歌谣：

> 彼采葛兮，一日不见，如三月兮！
> 彼采萧兮，一日不见，如三秋兮！
> 彼采艾兮，一日不见，如三岁兮！

五斗心中的缱绻瞬间化为伤感，或许过不了多久，这株葛藤就会衰败为枯枝败草，从根上被风刮断，不知会飘向哪里。

他伸手摸了摸葛藤，然后站起身向远处望去，居云寺已经不远了。五斗又想起缀儿苍白的脸颊，那是一张让人怜爱的少女的脸，犹如脚下这株葛藤开出的小花。

小花一样的缀儿最终还是死了，五串铜钱和一斗谷米也没能留住她。五斗一下抓住口袋里的两串铜钱——他看清了细姐的未来，这两串铜钱根本阻止不了那一天的到来。

遗憾的是，在荒下樀贾家的那晚，五斗没有仔细去看细姐。但想来她生得应该和缀儿差不多吧，就连命运也同样不济。

五斗听人说，被选中女乐的人家都得到了官府的赏赐，细姐一旦成为宫廷或诸王列侯家的乐伎舞伎，这半生就再难与她的亲人相见了。

五斗心里一阵悲伤。

小路上除了五斗，前后再没别的行人，天空下一片寂寥，五斗觉得像是走到了绝境。春夏秋冬，他经常从这儿走过，但从来没有今天这样的心境。

他心里不住地祈祷，但愿细姐能够时来运转，不被户曹带走。

五

元嘉二十九年，初秋的早晨，天阴沉沉的，户曹带着乡啬夫和七八个公差来到贾水渊家。一会儿，细姐就给人揪着胳膊拖出门来。大门外，两辆马车早就等在那里。在户曹的催促下，细姐爬上后面一辆马车，车上一个比她稍大一点儿的女子将下巴颏埋在头发里哭泣着，身子微微颤抖着。

细姐在她的身旁坐下，扭头向自家院子里望去。几个公差将贾水渊和杨氏堵在院子里，不准他们出来。杨氏踮起脚尖，费劲地望着马车，贾水渊则背身望着屋门口，面如铁色。

一个公差跳上马车，叫细姐坐稳，马车开始往前移动。这时，细姐一下站起，双手抓住车边上的横栏翻身就往下跳。一个公差眼疾手快，一把将细姐拉住。他知道细姐掉下车去非死即伤，回去后他无法向郡守交差，以往选中的女乐想方设法将自己弄残的事情并不是没有发生过。

细姐没有得逞，她被按回座位上。见此情景，身旁的女子停止了哭泣，哀婉地看着细姐。公差使劲推了一下细姐，腾出一块地方自己坐下。细姐并不理会，扭头朝车下看去，她只看清自家的屋檐和路旁几株槐树的树干，马车就往前移动了。公差放下心来，开始打量起细姐。

公差心想：这样标致的女子不做女乐倒也可惜了，怕是州牧见了，也舍不得把她送给皇家。

细姐低着头，两只细长的胳膊交叉护住腹部，心提到了嗓子眼。

刚才在屋子里的时候，细姐赖着不肯出门。乡啬夫好说歹说，细姐就是不听。户曹没了耐性，对身旁的一个公差说："你还在等什么？"公差跑上前去分开贾水渊两口子，一把将细姐从床榻上拉了下来。

马车很快就出了荒下槿，贾水渊两口子和亲戚急匆匆地赶到村口，只见荒野上的马车已成了一个模糊的斑点。秋风刮在贾水渊两口子的脸上，更添一丝悲凉和枯寂。一伙人清冷地站了一会儿，各自在叹息声中散去。

细姐被送走的第二天上午，贾水渊来到乌里庄，他没有去见黎砚公，直接去了罗媒婆家。工夫不大，贾水渊便回去了。罗媒婆一刻没停，立刻去找黎砚公和滕氏。

罗媒婆到来的时候，黎砚公偏偏不在家里，屋子里只有五斗和滕氏。滕氏见罗媒婆神色诡异，便将五斗支开，自己单独与罗媒婆说话。

滕氏看着罗媒婆，心想莫非细姐的事情有了什么转机，便问："大姐想必有什么要紧的事情要对我说？"此时的罗媒婆反倒沉稳了许多，她今天除了脸色有些青黄，看不出与往常有什么不同。

"细姐昨天给送走了。"罗媒婆看着屋门口，这句话说得很慢。话音虽然落下，煎熬却刚刚开始，滕氏脸色骤变，想必心里十分难受。

"都是细姐命不好，才摊上这样的事。"罗媒婆垂着胳膊，两手放在膝盖上，轻轻叹了口气，"你怎么不说话？"她很想弄清楚滕氏此时的心思。

事已至此，滕氏也别无他法，沉默了一会儿说："不怪细姐，都是我家五斗命不好。"

"也不见得，说不定哪一天细姐能够好好地回来……"罗媒婆转过脸端详着滕氏。

"不会的，天底下哪儿去找这样的好事！"

"要是，要是州府那里看不上细姐，也许细姐就会回来的。"虽然嘴上说着这话，但罗媒婆自己心里也没底。

"谁知道呢？"滕氏心不在焉地应付着。

"那时，细姐还是你家小娘，对不对？"

滕氏摇摇头，没说话。

罗媒婆看着滕氏，又说："细姐和五斗可是天生的一对。"

"眼下不是了。"滕氏低头看着脚下。

罗媒婆不知接下来该说什么。

已经快到中午，屋外一只公鸡扯着嗓子叫得让人有些心烦。

"前些日子，你家黎公还说要五斗赶紧和细姐完婚，躲过这场灾祸，谁想到州府的人来得这么快。要是过些日子，细姐能够回来和五斗完婚，也是一件大好事。"

滕氏沉默着，罗媒婆有些焦急，她只好凑近滕氏耳朵，说："刚才贾家来人了……"她故意打住，认真地看着滕氏。

"贾家怎么说？"滕氏打起了精神。

"细姐带走了一包破血药，不出一个月，人准得给送回来。"

滕氏叫了起来："这不会害死细姐吧？"

"不会，贾家是花了大价钱托人从药铺里弄出来的，一试一个准。"

滕氏眼里一下有了神采，说："原来是这样。"

"可不是嘛！"罗媒婆终于将贾家的意思完完整整地传递给了滕氏。

可短暂的喜悦过后，滕氏的情绪很快又陷入了低谷。

"要是细姐回不来呢？"

"事情还得往好处想。细姐是个有心计的孩子，昨天刚出门时就差点儿跳下车来。"罗媒婆把细姐离家时的情景描述了一遍。

"真难为她了。"滕氏叹息道。

"说到底她还得是你家的小娘，错不了。"

"细姐要是能够回来，就尽快让她和五斗完婚。"

"我也是这么想的。"

"眼下也只好这样了。"滕氏无可奈何，只能接受命运的安排。

罗媒婆浑身疲软，像刚刚生过一场大病似的，支撑着站了起来，低声说："这事千万别让五斗知道。"两人又小声嘀咕了几句，这时黎砚公从外面进来，罗媒婆和他打过招呼后转身离开。

黎砚公问滕氏她们在一起都说了些什么，滕氏的表情有些怪。黎砚公心里装不得事情，滕氏觉得这件事还不到告诉黎砚公的时候。

罗媒婆走后没几天，滕氏便有些惶惑，她觉得罗媒婆那些话似乎不大不可信。罗媒婆和贾家的真实目的是什么？她实在想不清楚。

一天夜里，滕氏忍不住便把罗媒婆那天说过的话原原本本地告诉了黎砚公。黎砚公听了，反倒陷入了一种恐慌。黎砚公不在乎给贾家下的那些聘礼，他担心的是如果有一天细姐真的回来了，身子却垮下来，落下病根，不能生儿育女，那岂不是害了自家？

从这天起，黎砚公的心变得沉重起来，他在屋子里待不住，就去庄子外面徘徊，在自家地头上一坐就是很久，两眼直直地盯着庄稼，像是在思索什么大事。其实，他的头脑一片空白，一点儿灵光也没有。乌里庄的人见了，都觉得黎砚公心眼太小，有人当面开导他，说没有细姐，五斗照样可以讨到小娘，犯不着这个样子。黎砚公也觉得自己有些失态，脸色红一阵白一阵的，支吾几句赶紧走开，此后便躲在家里，很少出现在众人面前。

在乌里庄，黎砚公的亲戚和朋友都很少，他心里的苦无处诉说，何况那种事情根本就不能对谁去说。

户曹给皇室挑选女乐的事情告一段落，无论是乌里庄还是荒下槽，有待嫁女子的人家都松了一口气。但杨氏的心却是悬着的，她整天待在屋里，人一天瘦似一天，看见她的人都担心她会被一阵大风给刮跑。

一天夜里，杨氏被一阵雷声惊醒，起身指着窗户说细姐回来了。贾水渊迷迷糊糊地将她按倒，杨氏挣扎着跳下床榻，光脚跑进细姐的屋子。

贾水渊点上蜡烛，看见杨氏站在细姐的床前默默发呆。一会儿后，她回过神来，竭尽全力忍住泪水问："细姐还会回来吗？"

贾水渊十分沉稳地说："一定会回来。"

杨氏一下子哭出声来。

地里的庄稼还没有收割，五斗离开了乌里庄。

细姐一直没有消息，贾家也没有人来，黎砚公与贾水渊两家看上去已经不再有任何联系。然而，无论是黎砚公还是滕氏，乃至罗媒婆，对这桩亲事都没有任何明确表示。五斗心上却生出一种悲凉，细姐毕竟与他有过婚约，尽管此前他从未把这件事放在心上。

那个躺在缀儿身边睡着的细姐如今在哪里？长大了的她又是什么样子的？她长得像缀儿吗？那个夜晚，缀儿说："但愿她长大后能嫁个好人家。"五斗的眼前，总是浮现出这一幕，赶也赶不走。

现在寻找盈儿的念头已经不像最初那么热切，父母整天的教化还是发挥了一定的作用，他心里尽最大可能地给细姐让出一大块空地来。五斗身上有一种风吹不去、水洗不净的安静与文气，脱下了那身灰色衣服，走路仍是不紧不慢。

黎砚公每天都要到自家田里去转转，回来对滕氏说说庄稼的长势，以及马上就要到手的收成，两口子好像早就忘掉了细姐。一个月的时间里，五斗就连罗媒婆的影子都没有看见过。几家人的日子过得都很平静，可越是平静就越是让人难以理解。

这些日子，黎砚公对五斗的约束也少了许多，从大河边上将五斗找回来的事情，好像根本就没有发生过。这几日，五斗过得十分规律。白天，他最远也只是去到村口。晚上，他关好门窗，在蒲团上默坐，直到午夜才会上床休息。滕氏几次看见，劝五斗说既然已经还俗，就没有必要再去重复出家人的事情。五斗并不辩解，只说这是自己多年来养成的习惯，一时很难改变。

滕氏也就不再管他，只要五斗能够安心留在家里就行。

几天后的中午，五斗穿上盈儿留给他的鞋子，又将从寺院里带回的那身衣服用包袱包好，抱在怀里，悄悄地走出家门。正值农忙，劳累了一个上午，整个乌里庄的人全都待在自家屋里歇着，街上空无一人。五斗装出一副无事闲逛的样子，沿着大街往前直走，拐过一个弯后出了庄子，背好包袱一路向南，不到半个时辰就来到大河边上。

终于摆脱了束缚，可以自由自在地去寻找盈儿，五斗觉得就连今日的风都格外凉爽、痛快。

和上次一样，船家并不在河岸边的小屋子里。五斗四下张望了一会儿，直接走下河滩。船家将草帽罩在脸上，正躺在河滩上歇息，五斗上前弯腰打了声招呼，将一枚铜钱递了过去。船家伸手接过铜钱，装进口袋，站起身去解拴船的缆绳。

五斗轻松跳上小船，在船头坐下。船家轻轻摇橹，小船离开了河岸。明亮的阳光下，小船划过水面，溅起的浪花打湿了五斗的衣袖。不再被婚事困扰，盈儿又占据了他整个心田。

很快，船抵达了对岸，五斗望着来时的方向，隔着宽阔的水面，乌里庄影影绰绰的，什么都看不清了。

就这样偷偷离开家，离开阿翁阿母，五斗心中一阵愧疚。他默默地承诺："一年后，我一定回来。"

船家将小船摇回北岸，一个人朝岸上的小屋子走去。秋天的大河很寂寞，只有太阳照着一条小船。

站在河岸边朝乌里庄方向望了一会儿，五斗转过身去，迈开了脚步。

一路向南，路边草丛中的蚱蜢已经由绿色变为褐色，秋天真的来了。

第二章

荒谷

一

过了大河，五斗一边往南走，一边打听有谁见过从广陵过来的一群人，他们中间可有一个身材高挑的女子。

人们愿意帮助这个尚带稚气的孩子，努力搜寻着自己的记忆，但就是给不出一个确切的说法。

三天后的上午，五斗走到一条岔路前，停了下来，不知自己该往哪个方向去。

岔路那边走来一个人，五斗想向他打听一下去会稽该走哪条路。

那人来到近前，告诉五斗这里离会稽很远很远，顺着眼前这条路一直向南，最后还要翻过一座大山。

五斗眼里闪着迷茫，又问他是否见过从广陵来的一些人。

对方很是热心，告诉五斗，两个月来他见过好几拨从北边过来的人，男男女女都从他身后的这条岔路往前去了，不知道他们是不是从广陵那边过来的。

从阿母那里得知盈儿和她的乡邻往会稽那边去了，而眼前这人偏偏说一拨又一拨的人都走向了另一个方向。五斗的思绪被搅乱了，不知道自己应该走哪条路。

这位热心路人还叮嘱五斗一定要听他的话，只有顺着他说的那条路走过去才能找到那拨人。

五斗闭上眼睛，认真思索着。他坚定了自己的想法，只有走原来这条路才能找到盈儿。于是五斗撇下路人，径直往前去了。

走着走着，五斗站住了。他回过身望着路人远去的身影，心想，或许还是应该相信他刚才说的话，毕竟他亲眼见过许多北方来的人都往岔路那边去了。五斗改了主意，蹚过草地往旁边那条岔路走去。走了一小段，五斗又停了下来。就这样走走停停，停停走走，一副犹豫不决的样子。

他把手伸进口袋，指尖碰到两颗光滑的小石子，随便捏住一颗，放开了；他又捏住了另一颗，还是放开了。他闭上眼睛将两颗石子在口袋里面搅了搅，手指捏住了一颗，拿到眼前一看——黑色的。他立刻转身，回到原来那条路，一直往前走去。

转天，五斗走进了荒野。

一眼望不到边的低洼地，一条南北向的官道从中间穿过。官道西侧的庄子里零零散散地住着几百户人家。五斗就是沿着这条官道一路走过来的。昨夜下过一阵小雨，整整一个白天，荒野的上空云雾缭绕，空气中也明显带着水汽。行走在无边的寂寞里，五斗有些疲惫。他想尽快找到人家，讨点儿吃的，再打听一下这里是什么地方。

到了傍晚，荒野上好像起了烟雾，天地间一片朦胧。恍惚迷离中，五斗感受到了透过单薄衣衫传来的阵阵凉意。

五斗加快了脚步。

荒野上的树木已经全被砍光，只剩下短短的树根贴在地表，像是人头顶上永远剃除不净的疮痂。

前方，一个年轻的女子从荒野里走了出来，来到官道上。她走得很慢，一边走一边看着路旁，像是在寻找什么。

终于，女子在一株曼陀罗旁边停下，揪下带刺的果实，小心地将种子抖进手心，然后装进随身携带的布口袋里。

五斗紧走几步，来到她的身边，轻轻念了声："阿弥陀佛。"

女子回身看去，见是一个光头少年，感到有些意外。

"大姐吉祥。"

女子将布口袋攥在手上，说："小弟吉祥。"

"大姐前面是什么地方？"

"是荒谷，小弟要去哪里？"

"我在寻找一个人，要到哪里还不一定。"

"小弟要找什么人？"

"她叫盈儿，是个女子，她是和一伙乡邻往会稽那个方向去的。"

女子想了想，说："没有见过。"

没打听到盈儿的消息，五斗想要离开。

女子却将五斗叫住："小弟从哪里来？"

"从这里往北，一个叫乌里庄的地方。"

"很远吗？"

"也就四五天的路程。"

女子说："我姓陈，叫须嬉，家里只有一个生病的男人。天色晚了，小弟跟我去吧，在我家住下，好吗？"

五斗第一眼就发现她是个可以让人亲近的女子，便说："打扰了，大姐。"

陈须嬉想起五斗刚才念了一声佛号，便问："小弟，你喜欢念佛？"

"我在居云寺里待过。"五斗回答。

"哦！"

在陈须嬉的印象中，只有出家人常常念诵佛号，五斗一副俗家打扮，又称自己"大姐"，或许他仍保留着寺院里的习惯。

两人沿着官道一直往南走去，不一会儿就来到了庄子旁边。这时，迎面走过来一个中年男人。陈须嬉望见，立刻低下头去，想从他身边绕开。

男人拦住陈须嬉，"看见我就躲，小嫂慌什么？"

"我忙着回去给你哥做饭，你躲开。"

"小嫂别急，我有话说。"

"我没闲工夫听你啰唆。"

男人看见陈须嬉手里的布口袋，问："里面装的是什么？"

"和你没关系。"

男人上前拦住陈须嬉，一把从她手里夺过布口袋，掏出一把曼陀罗的种子来。"我说嘛！你来来去去总是带着一个布口袋。"他脸上带着一种坏笑，"小嫂，真有你的，嘿嘿……"说完将布口袋还给陈须嬉，闪到一旁。

陈须嬉有些恼怒，但还是忍着不去搭理他，叫过五斗，两人往庄子里面走去。

五斗有些疑惑，问："那是什么人。"

陈须嬉明显还带着怨恨，小声说："他叫丁丑儿，是我夫家的同宗兄弟，坏事做尽，不是个好东西。"

眼见丁丑儿的纠缠，五斗本就反感，听陈须嬉这么说，心里对丁丑儿更加排斥。他回头看了一眼，丁丑儿不紧不慢地跟在身后。

两个人都厌恶身后这个家伙，却又无法摆脱，索性不再想他。五斗看着陈须嬉肩上的镢头，问："大姐扛着镢头做什么？"

陈须嬉回答说："家里没柴，我刨一些树根，冬天烧火用。"

五斗知道，这不是一个女人家能做的活计。他扭头看了陈须嬉一眼，肥大的长裙将她的丰盈恰到好处地隐藏起来。她步履匆匆却又不急不躁，就连扛镢头的姿势也十分优雅。五斗心下暗叹：一个别致的女子。

与盈儿不同，陈须嬉肤色无可挑剔，看人的眼神十分自然，身上有一种成熟女人的风韵。她的口音很特别，每一个字都咬得很轻但十分清晰，没有那种粘在一起的感觉。因此，她说的每一句话，五斗都喜欢听。

他不由得想起陈须嬉家那个生病的男人来。那男人举止一定很风雅，或许此刻正安静地坐在院子里，等待着陈须嬉的归来。

走了一段路，陈须嬉指着路北一处低矮的茅草屋说："就是这里了。"

陈须嬉在前，五斗跟在她的身后，两人走进院子。

五斗回头看了一眼，那个讨厌的丁丑儿没有跟过来。

陈须嬉将肩上的镢头放下，拉开屋门，叫五斗进去。屋子里传来男人痛苦的呻吟声，五斗心头一紧，一路上编织起来的浪漫给拆得稀里哗啦。

他硬着头皮走进屋子。

陈须嬉跟了进来，她将布口袋放下，对躺在床榻上的男人说："家里来客人了，我先去做饭，待会儿给你煎药吃。"

躺在床榻上的男人一动不动，不知他是否听清了陈须嬉的话，反正五斗是听见了，而且听得清清楚楚。

陈须嬉这才想起告诉五斗："他叫丁琴，已经病了很长时间了。"

五斗走了过去，想仔细看看丁琴。陈须嬉拦住他，说："他不定什么时候就会抽风，会吓着你的。"

"不妨。"五斗嘴上这样说，心里还是有些紧张。

陈须嬉招呼五斗在条案旁坐下，转身出去准备晚饭。

五斗没有动，依旧站在屋子中间看着丁琴。

这个叫丁琴的男人一身粗布直裾，头发像乱草一样散在脑后，脸肿得像个南瓜，眼睛只剩下一道缝，嘴唇乌青乌青的，模样的确有些吓人。五斗不想再看，转身打量起这间屋子来。整个屋子只有一大一小两张床榻，中间隔着一条屏风，男人躺在大床榻上，两只靴子丢在一边，靠墙的地方摆着一瓮一柜，屋子中间还有一条食案。

丁芩没有抽风，只是不停地呻吟。五斗从未见过这样的场面，觉得床榻上的这个男人有些可怕，本能地退向屋门口。陈须嬉专心致志地在灶台上做饭，根本就不去理会男人，能够哼出声来的人一时半会儿是死不了的。

丁芩的呻吟声时断时续，越来越弱，就像是从万丈深渊中发出来的。五斗忍不住又朝他那边看，只见丁芩的鼻孔随着呼吸越来越大，嘴角流出一股黑褐色的黏液来。五斗有了一种不祥的感觉：他快要死掉了吧？

五斗想起许多小时候听来的故事，觉得眼前的丁芩，阴森得可怕。五斗对跟着陈须嬉来到这里有些后悔，但他没法立刻走开，只能默默地忍受。

陈须嬉走了进来，依旧没有理会丁芩，只叫五斗在小床榻上坐下，说饭马上就好，随后又出去了。五斗看着这对夫妻，心里有了一种说不清道不明的感觉。

在五斗小时候，邻居家也有一个生病的男人，几乎就是丁芩这个年龄，不知害的什么病，常年躺在床榻上不能动弹。女人厌恶他，不但不好好照顾，还经常咒他不如早点儿去死。那男人有两个孩子，大一点儿的是个男孩，已经八九岁了，却和母亲一样嫌弃他的父亲。五斗常和那男孩一起玩耍，也经常去他家里找他。男人的身体虽然不能动弹，脑子却是好使的，口渴了便叫男孩给他弄点儿水来。男孩对他很冷淡，嘟嘟囔囔地说："不死不活的，实在是个累赘。"说完，便拉着五斗跑开了。

大概那个男人对活着也不抱什么希望了，没过几日就死掉了。他的女人很快就带着两个孩子离开了乌里庄，五斗曾听人说起，那个男人就连坨臭狗屎都算不上。五斗不知道那男人都做了什么样的事情，以至于村里人如此讨厌他，但从没听人说过那个女人的不是。在年幼的五斗看来，只觉得那男人很可怜，活得实在是窝囊，而他的女人却很可恨，对自己的男人不该那样刻薄。

直到后来，五斗去了居云寺，经常听老和尚们讲因果，说那男人是自己作了恶才有了后来的果报。再长大些，他又听说，那男人是因为与别人合伙铸私钱被官府捉去关了几年，出狱后跑江湖贩卖膏药得罪了人，被打断腿丢在野地里，没人搭救自己爬了回去，从此落下了残疾，一直到死都不能下床活动。

从这开始，五斗对那个男人和他的家庭又有了一种新的认识。

记忆中的那个男人长着瘦长脸，滴溜溜的小眼睛，一张耗子嘴，能说会道的……

很快，陈须嬉就将饭菜端进来摆在食案上，叫五斗先用，说自己这就去给丁棽喂饭。五斗没去吃饭，扭过头去看着丁棽那边。陈须嬉将汤匙慢慢地递到丁棽嘴边，但却总是不见丁棽张口。陈须嬉放下手里的碗，不再理会丁棽。她来到五斗这边，说："早晨他已经吃过许多，想必不饿。"

五斗这才端起碗来，陈须嬉也坐下来陪着一起吃饭。

吃过晚饭，天色暗了下来，五斗站起身向陈须嬉告辞。陈须嬉要五斗先别着急离开，她想跟他说上几句话。

五斗只好先坐下来。陈须嬉在靠墙的柜子前面站定，看着五斗，此时她的脸已经罩上了一层愁云。其实，从见面的那一刻起，五斗就看出陈须嬉心中有事。

"小弟，我想知道，你既然离开了寺院，为什么不把头发留起来？"陈须嬉说出了心里的疑问。

五斗想了想，说："我喜欢寺院，心还留在那里。"

"原来是这样。"她接着说，"小弟，请原谅我的冒昧。我的状况你也看到了，在荒谷这个地方我没有亲人，所有的困难都要我一个人来承担。我没别的意思，只是放心不下我男人。万一我不在家的时候，他会不会……"

"小弟，你人善良，我想求你帮助我照看丁琴几日，待我把过冬的柴火准备好，你再离开，可以吗？我知道，你正在寻找一个人，这个时候让你帮忙有些不近人情，可我实在没有别的办法。"

五斗听了，心中泛起一丝悲悯。陈须嬉的请求让他很难拒绝，自己毕竟是从寺院里出来的人。

他想了想，问："大姐的活计需要几天才能做完？"

陈须嬉说："少则五六日，多则七八日，我一个女人家，没有多大力气。"

五斗说："也好，我就帮大姐几日。"

"你答应了？"陈须嬉显得很高兴。

"这样吧，我去地里替大姐准备柴火，大姐在家照看病人，这样也许就用不了那么长时间，你看如何？"五斗不想和那个行将就木的丁琴一起留在屋子里，他有些害怕。

陈须嬉连忙感谢五斗："若是如此，实在是我们夫妻二人的幸运，只是太辛苦小弟了。"

"没什么，明天一早我就去荒谷挖树根，大姐尽管放心。"

"小弟，真不知道是哪辈子修来的福，让我遇见了你。"

"大姐千万别这么说，受人布施理当回报。"

"天晚了，小弟你就在这边歇了吧！我还要去给丁琴煎药吃。"说完，她将屏风摆好，递给五斗一条麻布布单，便走开了。

二

五斗躺在小床榻上，心中一遍遍地翻腾着，这对年轻夫妻似乎有些不同寻常。从丁琴的状态上看，他的确已经来日无多，然而陈须嬉对自己男人更多的是一种语言上的关心，看不出她有什么具体的作为。躺在床榻上的丁琴不仅头发没有梳理，甚至多少日子都不曾洗过脸，腌臜的衣衫像是从打穿在身上那天起就一直没有换洗过，浑身上下散发着一股难闻的气味。而陈须嬉自己却收拾得体体面面，两人之间的反差竟然如此之大。还有白天，丁丑儿见到陈须嬉时阴阳怪气的话语，都很难让人理解。

外间传来碗碟碰撞的声音，大概是陈须嬉给自己男人煎好了药。果然，陈须嬉端着蜡烛回到屋里，接下来就听见陈须嬉劝说丁琴吃药的声音。奇怪的是，五斗竟然闻不到一点儿药的气味，也没听见丁琴吃药的声音。

不一会儿，那边又传来了陈须嬉收拾碗碟的动静，大概是丁琴已经把药吃了下去。五斗告诉自己：别再想了，都是些没有用的事情，明天早点儿去干活，也好早点儿离开。

迷迷糊糊间，他睡着了。

临近午夜，五斗被惊醒了。这一次，丁琴不再呻吟，而是大声号叫。五斗心里发慌，双手捂住自己的耳朵，丁琴的号叫声一下子变小了。过了一会儿，五斗将手松开，丁琴的声音明显小了许多，他好像是被堵住了嘴。

五斗越发不安了，陈须嬉怎么会把丁琴的嘴给堵起来，难道她不知道这样做很危险吗？风中残烛是很容易灭掉的。若是不怕他快些死去，何必还要辛辛苦苦地煎药给他治病？哦，大概是因为自己！陈须嬉怕丁琴痛苦的号叫影响五斗休息，才不得已这么做的。

五斗一阵愧疚，想不到自己给人家带来这么大的麻烦，他心中有些焦躁，却又无可奈何。他在小床榻上翻了几次身，就再也睡不着了，他想着怎样才能早点儿从荒谷离开。想得多了，反而失去了正确的判断，不知道自己该怎样做才是对的。

早晨，五斗爬起来，来到屋外。天气晴好，五斗的情绪也好转许多。再回到屋子里时，陈须嬉已经做好了早饭，并且说自己已经喂过了丁琴，正等着五斗回来。

五斗随便看了丁琴一眼，发现他闭着眼睛一动不动地躺在床榻上，身上盖着一块旧麻布，若不是腹部一起一伏，很难看出他还活着。

五斗有些疑惑，丁琴这个样子，怎么能吃得下饭？但陈须嬉说他吃了，或许就是吃了。陈须嬉做事看上去一丝不苟，五斗很快就打消了疑虑。

吃过早饭，五斗准备去荒地那边干活，从墙角拎过镢头就往大门口走去。陈须嬉出来将他叫住，她怕五斗找不到那片荒地，要亲自把五斗送过去。

五斗表示自己可以找到，要她留下照顾丁琴。

陈须嬉又说了几句感激的话，告诉五斗中午早点儿回来吃饭，不然她就亲自给他送到地里去。

五斗知道，一般农家只有早晚吃饭，不到农忙，中午是什么都不吃的，陈须嬉这是专门为他准备的。

"我中午不吃饭。"

"那怎么行？不吃饭是干不动活计的。"

五斗也就不再说什么，背着镢头出了院子。

陈须嬉转身回到了屋里。

五斗前脚刚走，丁丑儿后脚就来找陈须嬉，时机的把握相当精准。陈须嬉一副懒散的样子，头发没有盘好，落下一绺散在鬓角旁，随意地穿了一件宽松的长衣。此时她正站在窗前，对着外面透气。丁丑儿看了一眼躺在床上的丁琴，便来到陈须嬉身后。

陈须嬉回过身，看着丁丑儿，一脸的不屑。

丁丑儿盯着陈须嬉看，想从她眼里发现点儿什么。但陈须嬉的眼里除了傲气，还是傲气。他不明白，今天的陈须嬉为什么与往常大不一样，她哪里来的底气？就因为家里来了一个光头少年，那又怎样？

"看够了吗？"陈须嬉的嘴角挂着一丝嘲笑。

丁丑儿有些恼火，但想着自己来的目的，还是忍住了。

"我想问你一件事。"

"说吧！你想知道什么？我全都告诉你。"

丁丑儿毫不在乎陈须嬉的态度，直接进入正题。

"小嫂，你把我和我哥的那套'富贵'藏哪儿去了？"

"什么富贵？没见过。"

"一个金麒麟。"

"不知道。"

"那天夜里我和我哥一起拿回来的，你也在场。"

"没见过就是没见过，要不你去问你哥。"

"小嫂让我去问一个活死人，好没道理。事到如今，我就把话说明白了。你把东西拿出来，折成铜钱，咱俩一人一半。从此以后，你的事情就当我眼瞎，没看见。"

陈须嬉微微一笑："你在诈我。"

"小嫂千万不要瞧不起我丁丑儿，惹急了，我可是个啥事都做得出来的人。"

陈须嬉的态度一下缓和下来，说："老丑儿，你一口咬定是我藏了你们哥俩的东西实在不该。这么多年，你和你哥弄来的任何东西我从未染指，这你是知道的。"

"可这回不一样，我哥马上就要咽气，这个时候我不把东西要回来，过后咋办？"

"你是不是盼着你哥快点儿死去？"

"我不是那个意思。"丁丑儿瞧了一眼床榻上的丁琴，立马又改口，"我哥啥时候死不是全凭小嫂吗？这是明摆着的事。"

陈须嬉面带冷意，说："你到底想干什么？"

丁丑儿也不含糊，说："我要拿回属于我的那一份。"

"要不你现在就把我这屋子里里外外、上上下下全翻一遍，看是不是我藏了你们的东西。"

"小嫂不要耍我，一个人若是存心藏东西，一万个人也找不出来。"

陈须嬉两手一摊，说："那就没法子了。"

"其实也不是我非得跟小嫂过不去，只要小嫂心里有我，我也不在乎那件东西。我仰慕小嫂也不是一天两天了，哪天我哥有个三长两短，咱俩就是一对，什么东西还不都是咱自己的。"丁丑儿脸上绽出了笑容。

"你就死了这份心吧！"

"小嫂，你可别后悔。"

"我只求你不要再来纠缠我。"

见陈须嬉很难对付，丁丑儿翻了脸，提高了声音说："我还是那句话，惹急了我，我可啥事都干得出来。"

陈须嬉也板起了脸，说："随你便吧！"

丁丑儿知道纠缠下去也是没有用的，丢下一句"你等着"，便头也不回地去了。

陈须嬉望着他的背影，心里像是塞了一把草。

"又添了一个祸害。"她转身来到丁琴床前，看着这具准僵尸，一排雪白的牙齿咬住下唇，心里说：必须尽快将他除掉。

丁琴倒在床上已经半年，眼见得一日不如一日，丁丑儿看出了端倪，他疑心是陈须嬉给丁琴下了什么毒。于是，他注意起陈须嬉的行踪来。陈须嬉的确去过几次药铺，但她买的药没有任何不妥。陈须嬉究竟下了什么毒？又是从何时开始的？丁丑儿不得而知。直到这次，丁丑儿从陈须嬉的口袋里发现了曼陀罗，一切才变得清晰起来。陈须嬉做的这件事看似天衣无缝，到底还是没能瞒过他，看来这一次，她是真要栽在自己手上了。

丁丑儿从陈须嬉那里出来后，就直接去找丁氏家族的族长、乡里三老——丁泰广。丁泰广不待见这个不务正业又与土匪有勾结的堂孙，打发人出来告诉丁丑儿，自己正在会客，要他改日再来。

丁丑儿知道丁泰广是不想见他，就死乞白赖地在门口坐了下来，说今天他非得见到族长不可。没想到，接近晌午的时候，门里传出话来，叫丁丑儿进去。

丁丑儿来到上房，见丁泰广正坐在椅子上喝茶。弯腰请过安后，丁丑儿又向屋门口看了几眼，然后对丁泰广说："丁琴不行了。"

"那又如何？"丁泰广吹了吹浮起来的茶叶，说话的声音不紧不慢。

丁丑儿有些气愤，说话的声音提高了些："都是他那败家娘儿们给害的。"

丁泰广有些不悦，道："怎么说话呢？"

丁丑儿知道丁泰广不喜欢听他粗俗的话语，赶紧纠正道："我哥是被陈须嬉害死的。"

"嗯！你哥死了吗？"丁泰广问。

"那倒没有，不过也快了。"

"你到底要跟我说什么？"

"陈须嬉给我哥下毒。"

"下的什么毒？"

"曼陀罗。"

"有什么证据？"

"我亲眼所见，她上山装回半口袋来。"

"嗯！我知道了。"

丁丑儿有些不甘："您知道了？"

丁泰广看着他，说："知道了。"

"那您打算怎样处理她？这可是杀人的大罪。"丁丑儿想给族长施加点儿压力。没想到丁泰广没回答他的问话，反倒审查起他的动机来。

"听说你最近总往陈须嬉那里跑，可有这事？"

丁丑儿一下子紧张了起来，想了想说："我去看我哥，怕他有什么不测。"

"就算你去看你哥，可你记住了，你做过的事情，族里人全都看在眼里。你该放明白一些，你哥要是真的没了，陈须嬉也是不会嫁给你的。"

丁泰广这一番话像锤子一样敲在丁丑儿心上，他有些后悔，后悔今天自找了这场没趣。

"你回去吧！"

丁丑儿知道已经没有了再待下去的必要，怏怏地走了出去。

当初丁芩霸占陈须嬉的时候，丁泰广睁一只眼闭一只眼未加干涉，毕竟丁芩是自己的堂孙，真打一辈子光棍，自己脸上也不光彩，说不定丁芩有了小娘就会学好。可是，和丁泰广的期望正好相反，这个堂孙恶习始终不改。陈父上吊自杀这件事情，对整个丁氏家族产生了很大的负面影响。教化无方，他这个族长在族人乃至整个荒谷，颜面尽失。他对丁芩的印象比丁丑儿还要差，因此丁芩死与不死，他从未放在心上。但丁丑儿说的陈须嬉给自己丈夫下毒这事，却让他不得不重视。

他倒背着手，在屋子里一圈圈来回地转，下人请他过去吃午饭，他都未予理会。想来想去，他觉得丁芩到了这一步也是自己作的，病入膏肓，神仙也救他不得。不过，陈须嬉若真敢谋杀亲夫，这件事是瞒不住的，到时恐怕整个丁氏家族都会知道，丁丑儿势必不会善罢甘休，如此定会影响他这个族长的声誉……

该怎么办呢？

三

丁琴和丁丑儿是丁氏家族分支较远的一对堂兄弟，两人都不识字又没有任何营生，平日里专门做些偷鸡摸狗的勾当，有时也和当地的土匪勾结在一起，因此身上或多或少就染上了一些匪气。

丁丑儿的名字叫丁虔，乳名丑儿。丁丑儿小丁琴几岁，两人三十几岁都还没有成家。三年前的秋天，丁琴和丁丑儿在庄外官道上劫持了从江北南下流落到这里的陈姓父女，依仗家族势力逼着陈父将女儿陈须嬉嫁给丁琴。陈父老实，身处他乡无依无靠，也就认了这门亲事。然而女婿丁琴微微上吊的眼梢和透着一股凉风的眼神让陈父不寒而栗，陈父在丁琴面前处处赔着小心，唯恐一句话说错让女婿生气，给自己和女儿招来灾祸。

果不其然，婚后不多日子，丁琴就开始欺凌起这对父女来。父女二人忍气吞声地又过了半年，第二年春天，丁琴寻了陈父一处不是，将他赶出家门。陈父撇下女儿，走进荒谷深处，在一棵树上自缢身亡。从这时开始，丁琴更没了顾忌，对陈须嬉拳脚相加已是常事。他还喜欢掐陈须嬉的脖子，以此折磨她，每一次都要掐到陈须嬉满脸发紫、四肢瘫软才肯住手。

因为陈须嬉是个外地女子，丁琴的暴行被整个家族乃至整个荒谷的人有意无意地忽略了。陈须嬉心里仇恨丁琴却没有反抗的能力，不管丁琴多么残暴，她只能忍受，从来不敢逃跑。丁琴说了，陈须嬉一旦逃跑，抓住立马就给掐死。

直到这个夏天丁琴病了，整日不吃不喝地卧在床上。陈须嬉认为机会来了，悲惨的日子即将到头。她对丁琴的态度也发生了明显改变，除了好吃好喝地照顾，还去野外采来草药为他治病。但丁琴却是一日不如一日，如今的状况更是离死不远了。

丁琴失去了对自己命运的掌控，丁丑儿也盼着这个堂兄能够早点儿离开人世，他好以同样的手段霸占堂嫂。不过，丁丑儿也觉察到了，如今的陈须嬉已经不是昔日落难时的弱女子了，她根本就不把他放在眼里。

一次，听说丁琴病重，丁丑儿借探望堂兄的机会来见陈须嬉。见丁琴不省人事，丁丑儿一把将陈须嬉抱住。陈须嬉没有嗔怒也没有反抗，她将丁丑儿稳住后立刻出门，跑到大街上看见几个闲汉便大声呼救。果然，丁丑儿被几个闲汉堵在屋里，落得了一个侮辱堂嫂的名声。

经此一事，丁丑儿却加深了一定要得到陈须嬉的想法。

几个月过去，丁丑儿终于发现了陈须嬉的秘密。他在等待时机，他要在丁琴即将死掉的时候发难。

五斗就是在这个时候，出现在了陈须嬉面前。

辛辛苦苦劳作了一个上午，五斗手上起了几个血泡，但收获并不丰厚，他看着脚下几小堆树根十分尴尬。远远地，见陈须嬉给他送饭来了，五斗有些愧疚，他觉得自己能吃不能做，还不如一个女人，恨自己就是一个废物。

陈须嬉来到近旁，叫五斗停下来吃饭。五斗将镢头放在一边，不好意思地看着陈须嬉。陈须嬉将饭菜递给五斗，夸奖道："就是比我这个女人家有力气，一个上午就刨了这么多。"五斗的脸忽地红了，看都不敢看陈须嬉一眼。

陈须嬉看出了他的不自然，关切地说："累了吧？晚上早点儿回去。"

五斗一边吃饭一边说："大姐，我有个要求，能不能晚上也让我留在这里，省得来回走路，多少还能干点儿活。"

五斗害怕看见丁琴，厌恶他身上那股恶劣的气味。陈须嬉明白五斗的心思，便说："小弟，你一个人留在荒山野岭，我该有多么担心，还是回去吧！再说他那个样子，我也有些害怕，有你在身边，我会感到踏实。"

或许是最后这句话起了作用，五斗答应晚上一定回去。他觉得吃了人家的，喝了人家的，就应该替人家分忧解难。

五斗吃完饭，站起身就要去干活。陈须嬉要他再歇息一会儿，她想和他一起说说话。五斗想起了昨晚丁琴的号叫，也想知道他们之间发生的事情，便又坐了下来。

官道上，一辆马车从由北向南匆匆跑过。鞭声炸响，将有钱人家的余威向四方传播开去。

陈须嬉脸上掠过一丝凄楚，过了一会儿，她开口问道："小弟，你先前在哪里出家？"

"居云寺。"

她又问："你说的盈儿是你的什么人？"

五斗想了想，说："她在我家住了三年，夏天的时候离开了，听说去了南边。"

"哦，是这样……你想过没有，你真的能够找到盈儿吗？"

"不知道。"

五斗一下想起了梦里的古塔，盈儿穿着的绿色罗裙，还有天空中的月亮，他坚信梦中那个浪漫的期待一定能够实现。

陈须嬉无法理解五斗这个近乎荒唐的念头，觉得还是应该劝说一下这个执拗的少年。

"如果找不到盈儿，你打算什么时候回去？"她问。

五斗有些迷茫，回答说："不知道。"

陈须嬉换了一个话题，说："当初如果我和阿翁不离开家乡，就不会有今天的处境，后悔也迟了。"

五斗问："大姐说的处境是什么意思？"

陈须嬉说："丁琴，他是个恶魔。不过，他已经没有几天了，或许……"

五斗有些紧张，问："他是个恶魔？"

陈须嬉说："他的恶行数不胜数，最不可饶恕的是他逼死了我的阿翁，现在我终于等来了机会。"

五斗想起昨天陈须嬉口袋里的曼陀罗，他似乎明白了，陈须嬉现在所做的一切都是为了能早点儿得到解脱，但他着实为她感到担忧。

"大姐，你会给自己惹来麻烦的。依我看，你不如马上住手，让他自生自灭，反正他已经来日无多。"

"我已经无法收手了。"

"那就逃出去吧！"

"往哪里逃？没那么容易。"

"从这儿往北，去乌里庄，找到我的父母，他们会照顾你的。"

陈须嬉苦笑一下，说："没有彻底的了断，他们是不会放过我的。"

"你一走了之，天下这么大，没人知道你去了哪里。"

"现在是我想走也走不脱，丁丑儿简直是个幽灵。"

"杀生是有报应的。"

陈须嬉说："我不是佛门弟子，没有这种顾虑。只有除掉丁琴，才能给阿翁一个交代。"

"要不我在这里留上两天，助你脱身。趁丁丑儿不注意，大姐赶紧走吧！"

"那样更不行，会连累你的。丁丑儿是个什么坏事都做得出来的人，再说他们丁氏家族也不会放过你的。"

五斗实在想不出好办法，他默默地站在那里，两眼望着天边出神。从这一刻起，五斗的心就提到了嗓子眼。陈须嬉完全被丁琴的阴影所笼罩，踏进荒谷，就像踏进了地狱。没有阳光的日子让人绝望，她以极大的毅力忍受着亲人离去留给她的痛苦和来自丁琴无休止的暴力。陈须嬉是可怜的、柔弱的，却也是坚韧的，她挺了过来，而且等来了复仇的机会。

陈须嬉要做的事情，谁也拦不住，她不会轻易放弃。此刻，陈须嬉下了最后的决心，丁琴的死期到了。

五斗不认可陈须嬉的做法，认为她不应该这样做，一旦事情败露，恐怕要毁掉她自己。

他想再对她说点儿什么，陈须嬉却站了起来。

"好了，不说这些了，晚上早点儿回去。"她又嘱咐五斗，"别太累着。"

陈须嬉拾起碗碟，向一旁的官道走去。

五斗看着她的背影，目送她离去。他有些心乱，一把抓起了身边的馒头。

整整一个下午，五斗都在认真思索该如何劝陈须嬉收手。

四

天很晚的时候，五斗才回到陈须嬉家里。陈须嬉已经做好了晚饭，正坐在小床榻旁边等他。五斗刚进屋就觉得，这里和早上自己离开时有些不一样，他发现丁琴身上那股难闻的气味消失了，陈须嬉也将自己的发髻重新梳理了一遍，人显得很利落。

五斗壮着胆子走上前去，见丁琴一动不动，连呼吸都很微弱了。

陈须嬉端上饭菜，五斗勉强吃了一点儿，就放下了。陈须嬉也不再劝他，自己吃了几口就收拾了碗筷。

五斗有些害怕，万一丁琴今夜死去，该怎么办？这间屋子里只有他和陈须嬉两个人，自己从来没有过处理死人的经历，留也不是，走也不是，五斗陷入忧苦之中。他甚至想，到了第二天，无论如何也得想办法离开这里。

和昨天一样，陈须嬉将屏风摆好，叫五斗躺下歇息。五斗躺在小床榻上，细心地听着陈须嬉那边的动静。他发现陈须嬉和昨夜有些不一样，她没去丁琴的身旁躺着，而是点上一支蜡烛，在丁琴的床榻旁边一直坐着。她也没有再去给丁琴煎药，大概是她已经给丁琴喂了药，或是觉得已经用不着了吧！

这是一个寂静的夜晚，就连秋日的虫鸣都听不到了，但五斗却分明感到了这寂静背后荡漾着的不安。

许是太累了，困倦终于占了上风，五斗陷入了沉睡。不知到了什么时候，五斗被撩水的声音惊醒，好像是陈须嬉在外间洗手。

过了一会儿，五斗听见陈须嬉开门将水泼出去。五斗松弛下来，迷迷糊糊地又睡着了。

似睡似醒之间，五斗觉得陈须嬉躺在了自己身边。他本能地往里面躲了躲，随即完全清醒过来。

身旁躺下的的确是陈须嬉，他感觉到她的心跳得很快，身体似乎也在哆嗦着。黑暗里，陈须嬉不说话也不动，五斗明白那件事情已经发生了，他一下子坐了起来，问："丁琴怎样了？"

陈须嬉说："我已经把他弄到外面去了。"

"他死了？"

"嗯！"

五斗心一阵狂跳，但马上镇定下来，在陈须嬉面前，他必须要有担当。

"我有些怕……"她往五斗身边偎了偎。

陈须嬉就在自己身边，五斗没有躲开，他感到了一种责任。如果不是特别害怕，陈须嬉是不会到五斗这边来的。五斗想不出刚才在没有人帮忙的情况下，陈须嬉是怎么把一个死人拖到外面去的。

"你别躲……"此时的陈须嬉和白天判若两人。

"我在这儿。"

"门好像没有拴好。"

"我这就去看看。"

"你别去。"

她一把拉住五斗。五斗明显感到陈须嬉的手心里全是汗水，显然她已经没了主张。

五斗很快平静下来，对陈须嬉说："你别害怕，有我呢！"

陈须嬉放开五斗，静静地坐在一旁，两人虽然挨得很近，但谁也看不清谁，彼此也不再说话，紧张的氛围正一点点地淡去。

过了一会儿，陈须嬉躺了下来。她心力交瘁，快要撑不住了。

五斗问："什么时辰了？"

陈须嬉说："天快要亮了。"

五斗下地，穿好鞋子，对陈须嬉说："你别慌，现在我去外面看看，免得出现别的事情。"

陈须嬉急忙说："你别出去，我一个人不敢留在屋里。"

听她这么说，五斗放弃了去外面看看的打算，回身坐在陈须嬉旁边。

有五斗在，陈须嬉暂时忘记了恐惧，一心想着天亮后该如何与那些粗鲁的无知的丁氏族人打交道。

这个夜晚，五斗似乎长大了，他察觉到了陈须嬉的虚弱。天下所有女人都一样，遇到大事的时候，她们都需要得到别人的帮助和支持。

五斗对陈须嬉说："从明早开始，你什么也不要说，什么也不要做，丁家一定会来人处理后事。若有人问起，你就说我是你失散多年的一个本家兄弟，别的你一概不知。"

"嗯！"她答应他。

陈须嬉好像疲倦了，感到大脑变得愚拙，运转不了，只得听从五斗的安排。看着这个比自己小五六岁的弟弟，心底无由地产生了一股歉意和不安。

起风了，窗户上的黄麻纸不停地呼扇拍打着窗格子，发出轻微的声响。这风一点儿也不急，时有时无，带着一丝诡异，扰动着秋夜的凄清。想起窗外那具尸体，陈须嬉一阵战栗，心又悬了起来。她侧耳去听窗外的动静。

五斗一声不响地坐着，守护着这非同寻常的寂静。

两人一夜无眠，直到天亮。

丁琴死去的消息一大早就传开了，整个丁氏家族都不感到意外。丁泰广坐在自家正房的椅子里，心平气和地指示丁家族人按祖上的规矩去办理丁琴的后事。丁丑儿是最早得知这一消息的，当别人还没来得及做出反应的时候，他就来到了陈须嬉家里，一进门就大声叫屈。

"我哥死得不明不白，陈须嬉一定要给丁氏家族一个交代。"

陈须嬉有些恼怒，但没有表现出来，她两手交握在腹部，冷眼看着丁丑儿。

五斗走到丁丑儿面前，问他想要一个什么交代。

丁丑儿问："你是谁？"

五斗说："我是谁一会儿再说，先说说你到底想要做什么？"

"你是从哪儿冒出来的？"

"我的本家兄弟，容不得你来冒犯。"陈须嬉插了这么一句。

丁丑儿对五斗是谁并不太在意，他的心思全在陈须嬉身上，又说："陈须嬉，今天你不给我一个交代，这事情可就大了。"

五斗问："你说的事情究竟有多大？"

丁丑儿理直气壮地答："陈须嬉害死了我哥，我要送她见官。"

五斗说："这没问题，我姐已经想好了，顺便把你和丁琴打劫来的金麒麟一起带上。"

丁丑儿蒙了，昨天陈须嬉还说她没见过那个金麒麟，过了一个晚上，不但说有，而且还要带上那个东西和他一起去见官。

"你等等，你说什么？金麒麟在你的手里？"丁丑儿有些疑惑。

五斗不紧不慢地说："就是去年你和丁琴两人勾结土匪，从廷掾家打劫来的那个'富贵'。"

丁丑儿知道五斗这句话的分量，只好以退为进："我今儿来，没别的意思，就是想拿回属于我的那一半，这总没错吧？！"

五斗说："不对吧？刚才你不是还嚷嚷你哥死得不明不白吗？"

丁丑儿并不甘心，说："我哥就是陈须嬉给毒死的，她得给我哥偿命，一会儿我就去见官。"

"无凭无据，你让官府如何相信？"

丁丑儿四下看了看，说："那个布口袋里的东西就是证据。"

"是吗？在哪里？"五斗问。

"早就被你们给藏起来了。"

丁丑儿冲了过去，一把揭开柜盖，从柜子里掏出一个布口袋来。他没想到布口袋空荡荡的，里面什么也没有。丁丑儿有些泄气，回头看着陈须嬉，骂道："小嫂，你简直就是个妖精。"

陈须嬉嘴角分明带着嘲弄，今天她根本就不在乎丁丑儿。

丁丑儿一时没了主意。

五斗冲他说："你还想不想要你的那个'富贵'了？"

"要！"丁丑儿仍然抱有一丝幻想。

五斗说："好！等一会儿人多的时候，我就让大家一起瞧瞧用你的衣服包着的那个'富贵'，好做个见证。"

丁丑儿心虚了，说："有话好说，有话好说。"

"好说是什么意思？"

"我哥是病死的。"

"这就对了。"

"可你也得给我一个交代。"

"等办完你哥的后事，咱们再说。但你也别想一人独吞，只要你把二十串铜钱交到我的手上，我就把那东西交给你，怎么样？"

"也行！"丁丑儿自认倒霉。

"那就赶紧去呀！还等什么？"五斗催促丁丑儿。

"去干什么？"

"去跟族长说，丁琴今儿早上病死了。"

"你到底是谁？"

"五斗。"

"哪里来的？"

"不告诉你。"

丁丑儿一跺脚，转身走了出去。

陈须嬉看着五斗，长出了一口气。

不一会儿，丁家的人就抬来一口棺材，把丁琴给装了进去。丁丑儿偷眼看了看陈须嬉，她一句话也不说，脸上一点儿表情也没有，就像一个来这里帮忙做事的外人。没费什么周折，不到中午，丁琴就妥妥当当地入了土。

陈须嬉自己都没想到，一件糟糕的事情竟然处理得如此简单。冷清下来，她看着五斗，问："丁丑儿会回来吗？"

五斗肯定地说："会的，他一定会回来。"

自从踏上荒谷这片土地，陈须嬉每一天都活在紧张和恐惧之中，突然到来的安静和放松反而让她感觉有些不真切，更不清楚今后该怎样去生活。

她在床榻边坐下，看上去有些疲惫，荒谷的日子像是消耗掉了她全部的精力。

五斗站在窗前，听着外面的动静，他的心情一点儿也不轻松。

陈须嬉小声问五斗："你说，丁家真的放过我了？明天他们会不会再来找我的麻烦？"

显然，五斗也给不出一个答案。

陈须嬉对五斗说，她要到外面去做一件事情。五斗知道她要去做什么，便告诉她多加小心。陈须嬉来到外间，拎起一个竹篮，又在竹篮里装了一把小刀后走出了屋子。她在屋子后面的空地上站了一会儿，便走上了一箭地远的荒草滩。她一动不动地站在那里，目光投向遥远的北方，不知在想些什么。

五斗隐隐感到忧心，陈须嬉不该一个人出去，眼下她的处境并不十分安全。

荒草滩上，陈须嬉凭着记忆，挖掘被她埋下的东西。

五斗来了，站在远处给她当起了护卫。

傍晚时候，丁丑儿来找陈须嬉，带来了二十串铜钱。陈须嬉将金麒麟交给了丁丑儿。

丁丑儿又索要自己的衣服，陈须嬉却说："我总得留点儿后手吧！"丁丑儿无可奈何，觉得一件衣服也说明不了什么问题，如今金麒麟到手，他也就不再纠缠。

丁丑儿走了，屋子里彻底恢复了平静。

五斗对陈须嬉说："荒谷这个地方不能久留，明天丁家和丁丑儿说不定还会弄出什么事情来。"

陈须嬉说："你的意思是……"

五斗说："今夜我们就离开这里。"

陈须嬉说："可我不知道该去哪里。"

五斗说："你可以去乌里庄，把我的消息告诉给我的阿翁阿母，他们也会照顾你的。"

陈须嬉拿不出一个好主意，只好照五斗说的做。她将几件衣服和铜钱装进一个包袱，抱在怀里，将门推开一道缝，朝街上望去。

她有些胆怯，总觉得到处都是眼睛在盯着自己。

天还没完全黑下来，五斗有些焦急，对陈须嬉说："要不，我们这就走吧！"

陈须嬉谨慎地说："别急，再等等。"

"非要等到天黑吗？"五斗问。那一刻，他显得有些稚嫩，比以往任何时候都像是一个小孩子。

陈须嬉点点头。她站在屋子里，默默地听着窗外的动静，五斗坐在一边，双手捧着脸颊不知在想什么。

时间在两人的沉默里一点点流过，陈须嬉打量着这间住了几年的小屋子。虽然很昏暗，但每个角落都看得很清楚。今天这间小屋子很整洁、很干净，床单铺得很平整，被子也叠得方方正正。看着看着，她一下有了很强烈的陌生感，脸上闪过一丝恐慌。

她赶紧从柜子里翻出一件男人的长裙，套在了身上，然后用一方巾帻将长长的头发包裹起来。此时的陈须嬉俨然就是一个清新俊逸的男子。

五斗看着陈须嬉，十分佩服她的智慧。

时间差不多了，两人悄悄地将门推开，趁着夜色向村口走去。

五

荒谷这个地方，家家户户住得过于分散，彼此疏于关照。近年来盗匪猖獗，昼夜滋扰，官府无力剿除，因此太阳一下山，人们便各自躲进屋子将门闩好。假如不是十分要紧的事情，谁都不肯轻易外出。有时一个人大白天走在路上也会遇上劫匪，这时候就得赶紧掏出钱财来给自己消灾。倘若口袋里一个铜钱没有，那就自求多福吧！

丁丑儿回到家里拉开床铺，在墙壁上挖了个洞，把金麒麟塞了进去，再用稀泥抹好，然后躺下来歇息。用二十串铜钱就把金麒麟换到手里，实实在在是捡了个大便宜。丁丑儿心中忽然有了不安，陈须嬉一向精明，怎能不知道金麒麟的价值？还有那个五斗到底是什么来历，从没听陈须嬉提起过他，可他偏偏在丁琴要死的时候来到。丁丑儿心神不定，觉得今天夜里就会有什么不测发生。他想出去躲一躲，却想不出一个好去处。再说，刚刚从陈须嬉手里索回的金麒麟，无论藏在哪里，都让他放心不下。

丁丑儿坐起身来，溜出屋子，站在院墙和树木的阴影下，朝陈须嬉家那边张望。街上空空荡荡的，陈须嬉家的房前不见半个人影，荒谷的傍晚出奇地宁静。丁琴死了，无人打扰，陈须嬉说不定正和五斗甜蜜地待在一起。想到这里，丁丑儿心里不免酸溜溜的。

丁丑儿小声骂了一句，转身进屋。

这时，一个本家兄弟找上门来。丁丑儿有些疑惑，问他有什么事。本家兄弟赶紧说是族长叫他去一趟。丁丑儿心里咯噔一下，以为金麒麟的事情败露了，连忙问发生了什么事，可本家兄弟也不知道。

来到丁泰广家里的时候，丁丑儿发现还有几个本家兄弟早已经在此等候。

"老太爷！给您请安了。"丁丑儿恭恭敬敬地行礼。

丁泰广嗯了一声，表示自己听见了。

丁丑儿偷眼看了一下大伙，只见一屋子的人眼睛全都落在他身上。

丁泰广板着脸半天没说话，今天的他比任何时候都要严肃。屋子里的气氛十分压抑。再这样下去，丁丑儿简直要崩溃了。

丁琴死了，陈须嬉成了最大的麻烦。且不说丁丑儿跃跃欲试，身边那几个不太地道的子孙全都瞪着圆溜溜的眼珠子盯着呢，恐怕用不了几天就得弄出事情来。谋划了一整天，丁泰广终于下了决心，他绝不允许丁丑儿这几个人败坏了整个丁氏家族的名声。丁泰广厌恶这个豪横的丁丑儿，今天索性就把他推到前头，利用他把这些心怀不轨之人的后路全都给堵上。

丁泰广问道："听说你刚才到丁琴家里去了？"

丁丑儿心里又是一惊，硬着头皮说："是，刚回来。"

丁泰广又问："丁琴家的和一个小子在一起，可是真的？"

听了这话，丁丑儿稍稍放下心来，看来族长对他今晚做过的勾当并不知情。他马上来了底气，说："已经两天了，我哥还没死的时候，陈须嬉就和一个光头小子勾搭在了一起，伤风败俗，给丁家丢人哪！"

丁丑儿的几个本家兄弟七嘴八舌，不住地聒噪。

"这事儿没人不知道，整个荒谷都传开了。"

"应该马上把陈须嬉抓起来。"

"是啊！她败坏门风，必须治罪！"

"对！烧死她这个不守妇道的女人，给丁琴报仇。"

"不对！应该给她立个牌坊，叫她守一辈子的寡……"

"好了，好了。"丁泰广打断了他们的话，对丁丑儿说，"交给你一个差事，马上就去办。"

第三章

湖岸

一

出了村子，陈须嬉丢掉丁芩那身行头，恢复了原先的样子。她又从包袱里掏出几串铜钱塞给五斗，然后向五斗告别。

"小弟！早些回来。"

"嗯！"五斗答应着，还是有些不放心，"你向着这个方向走，走到午夜之前能看见一个庄子，庄子后面有一道柳条沟，那个地方很偏僻。最好在庄子里找个地方躲起来，等天亮了再走。"

"我知道。"陈须嬉又往来时的方向张望一下，"小弟，一路多加小心。"

五斗感受到了来自陈须嬉的关切，心中埋了一颗思念的种子，"我记下了，你安心在乌里庄等我回来。"

两人不敢停留太久，一北一南各自往前奔去。起了风，路边的树影摇晃着，陈须嬉有些害怕，沿着官道一溜小跑，这个令人胆寒的地方，离开得越快越好。天气有些凉，她额头上还是冒出了细汗。离村庄已经有一段距离了，陈须嬉慢了下来，她早已累得气喘吁吁。丁丑儿是个什么事都做得出来的人，两天来，因为身边有了五斗，陈须嬉的紧张多少有些缓解。在外人面前，丁丑儿做事总得有点儿顾忌。离开了五斗，她就没了安全。

果然，陈须嬉又往前没走多远，就感觉到了不妙，她身后传来脚步跑动的声音。她本能地弯下腰朝荒地里跑去，但马上就被身后的人发现了，四五个人呼哧带喘地扑了过来。

陈须嬉一下子就想到了丁丑儿，他果然追来了，而且还带着一群人。很难想象自己刚刚逃出虎口就遭遇一群恶狼，刚刚到来的自由和快乐转瞬间就成了天大的笑话，恐怕连活下来的机会都十分渺茫。

夜幕下发生的这一切绝不是偶然，它是整个丁氏家族撒下的更大、更结实、更恐怖的一张大网，而她即将成为这张网里的一条鱼儿。

跑在最前面的一个男人抓住陈须嬉，将她扑倒在地，并实实在在地把她压在身下。陈须嬉在他的身下挣扎着，她对自己身上这个男人的动作被到羞耻和恼怒。

丁丑儿一把拉住压在陈须嬉身上的那个男人，说："赶紧给我起来，占便宜也还轮不到你。"男人不情愿地从陈须嬉身上爬起，陈须嬉也从地上被拉了起来。

另一个人从腰里解下麻绳去捆陈须嬉的双手，丁丑儿比他多了个心眼，一把将陈须嬉的小包袱抓在自己手里。

那包袱沉甸甸的，丁丑儿一阵欣喜。

性命尚且难保，陈须嬉无心理会丢在草丛里的财物。

她的双手被牢牢地捆住，几个男人推着她往来时的方向走去，丁丑儿紧跟在他们身后。

陈须嬉低着头一小步一小步地往前挪，她希望路上能碰到一伙人，哪怕是一个人，自己都有可能获救。

丁丑儿可不会给她这个机会。他把包袱系在腰上，推开陈须嬉身旁的一个同宗兄弟，自己上前拉住陈须嬉的胳膊，不管不顾地拖扯着。

陈须嬉死活就是不走，丁丑儿倒是得到了发泄的机会，他趁着黑暗在陈须嬉身上乱摸一气。陈须嬉实在受不了，骂他是个畜生。

丁丑儿啪地扇了陈须嬉一个耳光。陈须嬉怕了，不敢再出一声。丁丑儿却开骂了，而且骂得很难听，他把憋了两三年的怨恨全都发了泄出来。

陈须嬉哭了，不知不觉中走进了她刚刚逃出的自家院子。风掠过屋后的树木，传来树叶哗啦啦的响声，这两间茅草屋里漆黑一团，无论发生什么事情都不会有人知道。

陈须嬉感到一种前所未有的恐惧，说什么也不肯走近屋子。可事到如今已经由不得她了，一伙人推推搡搡，硬是把陈须嬉给弄到了屋门口。

丁丑儿将房门打开，自己先钻了进去，一伙人紧跟着将陈须嬉也推了进去。黑暗中丁丑儿先将包袱藏好，又窸窸窣窣地摸了半天，最后摸到了一小截蜡烛，点着后放在柜子上面。他一眼看见自己的那件长衣被丢在柜子上面，一把抓过，冲着陈须嬉一乐，道："管他什么后手先手，这回是人和东西我全都到了手。"

丁丑儿在陈须嬉对面的食案上坐下，另外几个人往后退了退，或在床榻边找个地方坐下，或背靠着墙在陈须嬉身后几步远的地方站住，瞪眼看着她和丁丑儿。

陈须嬉站在屋子中间，身子轻轻地打着哆嗦。不知什么时候她跑丢了一只鞋，此时正光着一只脚站在地上。

丁丑儿心疼地说："小嫂，反正你也是个要死的人了，我也不忍心让你光着一只脚上路。"他低头朝地上看了看，一个本家兄弟将地上的两只鞋子踢了过来。丁丑儿一把拾起，丢到陈须嬉脚下，说："换上吧！"

陈须嬉双手被捆得紧紧的，活动起来很不方便，费了好大的劲，才将鞋子穿上。

丁丑儿感到一阵愉悦，在陈须嬉身上他已经找回了面子。他盯着陈须嬉的脸，细细地打量着，那两个本家兄弟脸上也挂着揶揄的笑。今天白天，或者说是丁琴还活着的时候，在这间小屋，这些人的眼神从来不敢像现在这样放肆。

实在是难堪，陈须嬉把头低了下去。

丁丑儿毫不掩饰自己的下作，冲着陈须嬉说："抬起头来，看着我，有什么不好意思的。"

陈须嬉把头垂得更低了。

丁丑儿听了听外面的动静，说起了正事。

"我早就看出你是个歹毒的女人，不止一次用曼陀罗给我哥下毒，被我发现还不认账。现在你就把毒死我哥的事，当着大伙的面说一说。"

"你瞎说。"陈须嬉一下抬起头来。

丁丑儿认认真真地说："我可没瞎说，你给我哥一点一点地下毒，让他看上去就跟生了怪病一样，一天不如一天，我说得对吧？"

陈须嬉打起了精神，反问："你说你知道我要毒死你哥，那你为什么不拦着，也不去告发？"

一屋子的人全都看着丁丑儿，他的脸色有些难看。

陈须嬉又问："你是不是有什么不好说的原因？"

丁丑儿说："你别胡扯，赶紧把毒死我哥的事情说出来。"

"我没有……"陈须嬉提高了声音，她怕的就是谁都听不见。

"什么没有，明摆着的事，你是赖不掉的。"丁丑儿见几个本家兄弟谁也不帮他说话，有些恼怒，大声骂了起来，"你们几个的舌头都叫狗给咬去了，是不是？"几个看热闹的本家兄弟立刻做出了反应，七嘴八舌地嚷嚷。

"这事谁都知道，瞒是瞒不住的。"

"是啊！瞒不住的。"

"我哥的脸都是紫的。"

"浑身都是青的。"

"一看就知道他是中毒死的。"

横竖都是个死，陈须嬉一下子来了脾气，质问起眼前的几个人来。

"既然你们都知道丁荃是被毒死的，今儿个白天为啥急着把他给埋了？你们到底是想隐瞒什么？"

几个人面面相觑。

"白天，白天……"

"白天我们不好意思说。"

陈须嬉反问："黑夜就好意思了，就可以不要脸了，是不是？"

一听这话，满屋子的人全都闭上了嘴。

丁丑儿很恼火，指着陈须嬉说："你别胡搅蛮缠，就说该咋处理你。"

一伙人又嚷嚷开了。

"叫她偿命。"

"对！就叫她偿命。"

"我哥死得冤枉……"

丁丑儿站起身，盯着陈须嬉，说："你都听见了吧？大伙儿都叫你给我哥偿命，你就认命吧！年纪轻轻，就这么死了，是挺可惜的！哎呀！明天早上，就会有人去告诉族长，陈须嬉，不！是丁荃家的昨晚吊死了。我，"他指了指身边的几个本家兄弟，"还有他们几个，又得忙活一场把你给埋了。到时候，整个荒谷都在讲陈须嬉殉情的事。你说，这多让人伤感啊！"

陈须嬉真正感到了穷途末路，再无活下去的可能，她不由得哭出声来。

"你们还愣着干什么，赶紧拿绳子把她吊上去呀！"丁丑儿指着屋顶上的梁柱，对着几个本家兄弟喊了起来。

"绳子在哪儿？"

"捆她的那根就是……"

几个人过来按倒陈须嬉，去解捆她双手的绳子。就在他们手忙脚乱的时候，外面传来了咳嗽声。接着，门开了，丁泰广又带着几个人走了进来。

看清来人是族长，丁丑儿一伙有些意外。那个准备将绳子套到陈须嬉脖子上的人，立刻把绳子丢在地上。

丁丑儿说："老太爷，咋把您给惊动了？"

丁泰广没有理睬丁丑儿，他先整理了一下长衫，在床榻边上坐好后，冲着丁丑儿的几个本家兄弟发话了。

"你们这是干什么？人命关天，岂能儿戏？"他看了一眼陈须嬉，"叫丁琴家的过来。"

丁丑儿拉过陈须嬉，让她在丁泰广面前站好，随后将蜡烛从柜子上移到陈须嬉身前的食案上。烛火一闪一闪，陈须嬉的身影在她背后的墙上晃动着，总也静不下来。

和丁丑儿一伙人不一样，丁泰广说话的声音不高不低不紧不慢，一派心平气和的样子。

"丁琴家的，有人说你谋害亲夫，这事有还是没有？"

陈须嬉不说话。

"你只需要回答我有还是没有就行。"

陈须嬉还是不说话，她不清楚丁泰广的真实意图，认为保持沉默对自己更为有利。

丁丑儿吼了一嗓子："问你呢，说呀！"

丁泰广摆摆手，把他制止住。

"有还是没有，很难说得清了。丁琴死了，死无对证，族里也就不再追究这种没影的事情了，但丁家你是不能再待下去了。"他停了停，又接着说，"你和丁琴没有一男半女，这就好办多了。今日起就把你嫁给村西头的篾匠孙埙，也省得日后族里因为你再生事端。"

见丁泰广如此发落，丁丑儿心中有些不甘，上前说："这也太便宜她了。"

丁泰广对丁丑儿说："她还年轻，除了族籍，也算是给她一个出路。今后陈须嬉生死贵贱都和丁氏家族无关，你们几个这就把她送过去吧！"

至少能够活下来了，陈须嬉虽有满腔怨恨，也只能暂作权宜。她低头看着脚下，一句话也不说。

丁泰广站起身，往外走。临出门他又回头说了一句："往后，谁也不准胡说丁琴的事。不然，按族规处置。"

丁泰广这句话分明就是说给丁丑儿听的，丁丑儿心里憋气却又无处发泄，瞪眼看着丁泰广一步步走出门去，心中狠狠骂了句：这个老不死的！

二

篾匠孙埙做了一天的活计，天还没黑透就躺了下来，这是他多年养成的习惯。一个人过日子也得节省，点上一会儿脂烛都是浪费。

这孙篾匠家住在庄子的最西头，与庄子里多数人家还相隔着一小段路，屋子左右和后面生长着很大一片竹林（那是孙篾匠的做工材料），屋前有很小的一片菜地，再往前生长着一大片茂密的高粱，绿荫掩映，很是僻静。孙篾匠五十几岁了，孤身一人，整天与藤条竹片相伴，连女人的一根汗毛都没碰过。白日里除了编筐窝篓，似乎没有别的能提起他的兴趣，日子过得极其单调。就在他睡意正酣的时候，丁丑儿押着陈须嬉来到了他家的大门外。

陈须嬉不情愿地站住了，她不想把自己交给一个五十多岁、腰里扎着一条大围裙，整天和竹片藤条打交道的老头儿。她固执地转过身，面对来时的小道，就是不想走进院子里去。丁丑儿拉着她的一条胳膊，足有片刻时间身子紧紧地与陈须嬉贴在一起，嘴里不停地唠叨着："都到了这步田地，你就从了吧！"

一旁的本家兄弟很是不耐烦，一把拉过陈须嬉，将她推进院子。

屋里屋外除了竹篮就是花篓，没有任何值钱的东西，孙篾匠睡觉从不关门，丁丑儿一伙人很容易就进了屋子。孙篾匠听见外屋有动静，以为有老鼠出来活动，含混地说了句："黑灯瞎火，乱钻什么！"翻身又要睡去。

"把脂烛点上！"丁丑儿一声吆喝，把孙篾匠吓了一跳，他立刻清醒过来。

见黑乎乎的屋里站了几个汉子，孙篾匠以为来了土匪，光着身子从床榻上滚下来，不住声地央告："好汉们，你们弄错了。我不是财主，我是个篾匠。"

丁丑儿被他的懵头懵脑给逗乐了。

"别害怕，我们不杀你，今天只是想和你做笔生意。我们几个手上有件好货想出手，你赶紧把脂烛点上。"

孙篾匠稳了稳神，说："我没有脂烛。"

"那就直接掏钱吧！二十串铜钱，不还价啊！"丁丑儿要好好算计一下这个篾匠。

"我没有那么多钱。"

"有多少算多少，赶紧往外掏。"

听了这话，孙篾匠更加相信自己刚才的判断，这哪里是做生意，分明是上门打劫。保命要紧，他弯下腰，哆哆嗦嗦地去床底下掏钱，一边掏一边嘟囔："你们可千万别着急，我得慢慢找。我这生意也不好做，这么多天才攒了十四个铜钱，今儿白天又给人赊去三个花篓，也不知啥时才能要出钱来。"

"少啰唆，我没工夫听你报账。"

"找到了……"孙篾匠一下子叫出声来。

"拿出来呀！"丁丑儿比谁都着急。

费了半天劲，孙篾匠从床底下掏出半根蜡烛来，回身递给丁丑儿。丁丑儿一把接过，怒道："这是什么？这也能当钱？"

孙篾匠赶紧接着往里掏，哗啦哗啦，这回他实实在在地抓到了铜钱，说："都在这儿……"

有人从丁丑儿手里接过蜡烛，点着后粘在窗沿上面，然后伸过头来看孙篾匠到底能拿出多少铜钱来。

孙篾匠蹲在地上，就着烛光扭头去看这伙深更半夜闯进家门的好汉，他想知道这伙人都是什么模样。

见眼前竟然还站着一个女人，孙篾匠一下子就认出了陈须嬉，问："你……你也打劫？"

他又挨个儿看去，除了和自己讲话的丁丑儿，还有丁家的几个兄弟，正虎视眈眈地看着自己。

"原来是你们几个！"

"是我们几个又怎样？"

"咱们乡里乡亲，往日无冤，近日无仇，这十四个大钱你们千万别嫌少，日后等我有钱再孝敬几位大爷，行不行？"

丁丑儿一把从孙篾匠手里抓过铜钱，在手上掂了掂。"也罢，够我们哥儿几个吃顿酒了。"他指了指陈须嬉，"这人就归你了，好好享受。"

孙篾匠愣了。

活了大半辈子，还没尝过女人的滋味，深更半夜就有人送来了小娘，这幸福来得太突然了，他简直不敢相信。

"这……这可是真的？"

"三老可怜你，说你一辈子都没碰过女人。"几个堂兄弟一齐嚷嚷。

"丁琴死了，从今晚开始，她就是你的小娘，你想咋地就咋地。"

"你如果不要，我们几个可就把她带回去了。"

"我要，我要……"孙篾匠赶紧应承下来。

"人这就交给你了。"

"你可得小心点儿！"

孙篾匠不知道让他小心什么，一伙人就将陈须嬉丢下，走了出去。临出门时，丁丑儿又回过头来，冲着孙篾匠咧了咧嘴。

"小心她把你也给弄死。"

刚才受的惊吓到现在还没缓过神来，丁丑儿又丢下这么一句话，孙篾匠有些发蒙。究竟是福还是祸？他看着陈须嬉，想从她那里问个明白："他们要你嫁给我，是真的吗？"

陈须嬉瞧不起这个衣衫破旧、一头乱发还十分好色的篾匠，皱着眉头说："你还当真了？"

孙篾匠有些心虚，说："你别那样看我，我可没把你怎么样。"

"谅你也不敢把我怎么样。"陈须嬉看着屋门，估摸丁丑儿一伙儿已经走出了院子，回头对孙篾匠说，"这大半夜的折腾了你半天，实在对不住，你接着歇息，我也该走了。"她径直往外走去。

孙篾匠急了，几步蹿到陈须嬉身前，将屋门口堵住，说："你不能走。"

"你想干啥？"

"不干啥，就是不让你走。"

"丁丑儿是在骗你，你别犯糊涂。"

"他没骗我，丁琴死了，你就是我的小娘。"

直到这时候，孙篾匠才终于想明白，他伸手去拉陈须嬉的胳膊。陈须嬉往后退了一步，挣脱了。

　　孙篾匠借着昏暗的烛光，盯着陈须嬉瞧。小娘是金贵的，不是随随便便就能娶到家里来的，这是一定老天爷的恩赐，孙篾匠就差双膝跪地、顶礼膜拜了。

　　陈须嬉知道眼下的境况对自己十分不利，和孙篾匠硬碰并不明智。

　　"也好，今晚我就待在你这里，你可别打什么坏主意。"

　　"可他们拿了我十四个铜钱。"

　　"那是你们的事，跟我无关。"

　　孙篾匠陷入一种无法摆脱的焦虑之中。美人就在身边，眼下自己该做些什么，他一点儿谱都没有。

　　"我要歇了，你给我出去。"陈须嬉指着屋门口。

　　孙篾匠站着不动，他可不想放弃这个夜晚。

　　"出去！听见没有？出去！"

　　孙篾匠站在地中间，就像一条惹了祸的狗，任由主人训斥。陈须嬉还真是拿他没有办法。

　　"你到底出不出去？说话呀！"

　　孙篾匠说："这是我的家，你要我往哪里去？"

　　"你真是个浑蛋！天底下最浑的浑蛋！"陈须嬉又发起了脾气，但这也是无奈之举。

　　孙篾匠也不想闹得太僵，索性装聋作哑。

　　陈须嬉对这个孙篾匠并不陌生，一年之前还从他手里买过一个竹篮。那天孙篾匠挑着几个竹篮、竹笠从丁琴家门前经过，陈须嬉从院子里望见，将他叫住。

　　陈须嬉来到街上，看着孙篾匠挑子上的十几个竹篮。

　　孙篾匠见她诚心想买，便将做工较好的几个竹篮从担子上面摘下来递到陈须嬉手上。

陈须嬉将竹篮拿在手里把玩着，哪个都不肯释手。孙篾匠站在一边，放肆地看着陈须嬉，说："我家里还有几个不一样的，你要是喜欢，改日我再给你送来。"

陈须嬉从几个竹篮里挑了最小也最精致的一个，说："这个卖多少钱？"

孙篾匠先是笑了笑，然后压低了声音说："这个虽然小，可做得结实，一点儿也不比那些大的省力。就两个铜钱吧！"

陈须嬉觉得不值，就把已经拿在手里的竹篮重新放了回去，说："要是一个铜钱，我就拿着。"

孙篾匠一跺脚，道："一个就一个。"

陈须嬉以为自己捡了大便宜，心里十分高兴，说："你等着，我这就给你取钱去。"她拎着竹篮，一步步地走向自家院子。

当她再次回到街上时，不仅拿来一个铜钱，还给孙篾匠端来一杯凉茶。

孙篾匠把铜钱接过揣进怀里，却没有去接陈须嬉手里端着的茶水，而是两眼直直地看着她。

"这怎么好意思，又没白给你什么。"他从担子的一头解下一个竹灯笼来，递给陈须嬉，"没有别的好东西，就把它送给你吧！"

陈须嬉赶紧说："这个我不要。"

"啥要不要的，多少是我的一点儿意思。"他将竹灯笼塞给陈须嬉，从她手里接过茶水。

这时，丁芩从外面回来，刚巧看见这一幕。几步蹿上前去，一把揪住孙篾匠，喝道："你再给我说一遍，一点儿意思是什么意思？"

一见丁芩这个瘟神，孙篾匠知道自己闯了大祸，赶紧说："你家小娘刚才买了我一个竹篮，我给她搭上一个竹灯笼。"

"没人稀罕你那破扎彩，赶紧收拾挑子给我滚。"他一把从陈须嬉手里夺过竹灯笼，使劲地摔在地上。

孙篾匠将茶杯塞给陈须嬉，从地上捡起摔扁的竹灯笼，一声不吭，将挑子放在肩上快步离开，从此再也不敢从丁琴门前经过。

丁琴回身看着陈须嬉，越看心里越气。他紧咬牙根，伸手狠狠地扇了陈须嬉几个耳光。陈须嬉浑身抖个不止，喉咙里哽咽着。

孙篾匠听到了身后的动静，也为陈须嬉感到委屈，但他就是不敢回头。

孙篾匠回到家里，越想越窝囊，无缘无故遭了丁琴一顿抢白，还摔扁了一个竹灯笼。但他心疼的绝不只是一个被摔扁的竹灯笼，他更心疼平白无故受了丁琴欺负的陈须嬉。耳光虽然抽在陈须嬉脸上，但却像抽在孙篾匠的心上似的。

从这天开始，孙篾匠心里就再也没有放下陈须嬉，甚至喜欢上了她。无论做什么事情，脑子里都是陈须嬉站在自己面前挑选竹篮的样子。

听说丁琴生了重病，孙篾匠心里别提有多高兴，他盼着丁琴能够早一点儿死掉，尽管陈须嬉可能永远都不会属于他。

见孙篾匠很难对付，陈须嬉态度缓和下来，说："我累了，今晚这张床就归我了，你自个儿找地方睡去。"

孙篾匠十分不情愿，说："我这屋子里里外外只有这么一个地方能睡觉，你让我去哪里睡？"

"没地方睡是吧？那我走。"陈须嬉说完又要往外走。孙篾匠急了，说："别走啊！我到外面睡不就得了。"

"这就对了。"陈须嬉长出一口气。

"那明天咋办？"孙篾匠问。

陈须嬉说："明天这里还是你自己的家。"

孙篾匠明显有了底气。

"那不行！我不愿意，你就休想离开。"

"那你还得住在外面。"

"我是花了十四个铜钱的。"

陈须嬉皱了皱眉，说："明天我把那十四个铜钱还你，赶紧去吧！"

"好歹你让我在这屋里将就一个晚上。"孙篾匠乞求说。

"做你的美梦去吧！"陈须嬉随手将床榻上的麻布单子丢给孙篾匠。孙篾匠接过，不情愿地走了出去。

终于消停下来，陈须嬉四下看了看，从角落里抄起一根木棍，将屋门从里面牢牢地别住。

与此同时，五斗走进一处村庄。夜静悄悄的，只有枫杨树的叶子在风中沙沙地响。五斗打定主意要在这里过夜，他看见一户人家的窗前还透着灯火，敲开屋门住了下来。

躺下来的五斗无法入睡，他又想起了陈须嬉。她一个人走夜路怕不怕？会不会遇到什么危险？五斗后悔自己没能亲自把陈须嬉送到那个庄子里面去，这一路人烟稀少，即使一个男人夜里独行也会感到恐惧，何况陈须嬉这样的女子。五斗心里不住地祈祷，但愿她平安无事，早点儿到达乌里庄。

三

五十多岁的孙篾匠，偏偏交上了桃花运。

陈须嬉的到来，他压抑着的情欲又鬼头鬼脑地钻了出来。孙篾匠觉得自己还没有完全变老，怎么说也算得上半个壮年。虽然被陈须嬉撵到柴堆里去住，他却也没感到有多委屈，毕竟日子还长着呢！

他将靠墙的柴火摊开，又将麻布单子铺了上去。虽然没有里屋的床榻躺着舒适，但想着一墙之隔的人，他也就认了。这个夜晚孙篾匠虽然算不上心花怒放，却也怡然自得。

但这样的好心情，仅仅维持了一天。

早上，孙篾匠从地铺上爬起，想着里屋床榻上的陈须嬉，走过去，拽了一下屋门。门纹丝不动，陈须嬉从里面给别得死死的。他来到外面，一只眼睛透过窗子的缝隙往屋里面看。缝隙太小，什么也看不清。一夜没有睡好，孙篾匠始终竖着耳朵去听里屋的动静，他可不想让送上门来的小娘偷偷地溜掉。孙篾匠今天不打算出门做生意，他要留在家里好好体验一下做新郎的滋味。

他又回到了屋里，弯下腰，将耳朵贴在门板上去听里屋的动静。

陈须嬉好像起来了，她正一步步地朝门口走来。孙篾匠赶忙躲开。

门被推开了，陈须嬉面无表情地出现在孙篾匠面前。孙篾匠朝她笑了笑，算是缓解一下昨夜被驱逐的尴尬。陈须嬉径直朝屋外走去，孙篾匠赶紧跟在她的身后。拐过墙角发现陈须嬉是去茅房，孙篾匠有些不好意思，停住了脚步。他转身假装看着别处，眼珠却转到眼角瞄着茅房那边。

陈须嬉从茅房里出来时，看见孙篾匠站在那里等着她，心里一阵厌恶。

"你不用看着我，大白天我跑不了。"陈须嬉冷冷地说。

站在院子中间，陈须嬉又朝庄子那边望了望，然后返回屋子。从孙篾匠身边经过时，陈须嬉步子不紧不慢，没有一丝一毫的不自然，好像这里原本就是她自己的家。

见陈须嬉如此平静，孙篾匠松了口气。

他瞧了瞧屋里，觉得这个家的确有些乱，既然有了女人就应该收拾得体面一些。平日邋遢一些，那是因为还没有到该利落的时候。今天，他要努力营造一番新的气象，让陈须嬉看一看他这个光棍的不一般。孙篾匠抄起一把扫帚，浑身好像有使不完的力气。他先把院子彻底打扫一遍，接着又把屋子里的藤条和竹篾全搬到外面。筐啊篓的，不管成品还是半成品，统统归置到屋子的角落里；门窗连带锅碗瓢盆，他也擦了一遍又一遍。他一门心思讨好这个送上门来的女人，老男人渴望的眼神里带着一点儿羞怯，样子有点儿滑稽。

在讨女人欢心这方面，孙篾匠也有过一段不寻常的经历。村里面住着一户人家，女人的丈夫外出做生意常年不在家。孙篾匠常挑着担子从这家门口经过，并且有意无意地多停留一会儿。一旦发现女人家里有了什么活计，孙篾匠马上就奔过去帮忙。刚开始女人并不乐意，一次次地拒绝后，女人发现这男人就如同牛马，不使唤也算是亏了。从那以后，她就常常带着一种微笑，看着孙篾匠心甘情愿地为自己出力。春天种地，秋天收割，冬天砍柴，女人家里有做不完的活计。孙篾匠不请自来，没日没夜地做。然而他在这个女人身上半点儿好处都没有捞到，还经常贴上几个铜钱给女人零用。荒谷上的风言风语传到这家男人的耳朵里，女人的丈夫便不再外出做生意，而是回到家里整天守着自己的女人。孙篾匠有些心虚，不再与女人有更多接触。

有贼心没贼胆，是荒谷上的人对孙篾匠的一致评价。

如今，孙篾匠觉得自己的表现一定能够打动陈须嬉，起码她应该知道自己是一个实实在在过日子的人。她陈须嬉就是一块坚冰，也该开始融化了。

没用上半个时辰，孙篾匠就煮好了高粱米饭和葫芦汤。陈须嬉坐在里屋的床上默默地想心事，孙篾匠脸上带着笑，过来请陈须嬉一起吃饭。

陈须嬉厌恶孙篾匠这种低三下四、没骨头的样子，她转过身去，只留给他一个背影。孙篾匠看了，只好将饭和菜汤分开，两人各吃各的。孙篾匠一直给自己打气，不管怎样，她毕竟吃了他做的饭菜。女人嘛，刚开始的时候多少都有些放不开，三天一过她就什么都不在乎了。

下午，孙篾匠把篾刀磨得飞快，刮去了自己那二寸多长的胡子，他要在陈须嬉面前极力营造出一副老当益壮的形象来。

村里一个大户人家要买两个竹篮急用，一个上午不见孙篾匠的面，就打发人找上门来。

那人紧赶慢赶来到孙篾匠家，一进院子就看见孙篾匠今天换了一身青布长裾，两腮和下巴刮得发青，正坐在房门口享受日光的照晒。那人有些奇怪，问孙篾匠今天这是怎么了，为什么待在家里，不出去卖他的竹编？孙篾匠朝着屋子的方向抬了抬下巴，显得很神秘。那人立刻好奇了起来，顾不上和孙篾匠谈生意，匆忙跑进屋子去看个究竟。

那人钻进屋子，见陈须嬉端端正正地坐在孙篾匠的床榻上，脸上的肉一下僵住了。孙篾匠真是好本事，丁琴尸骨未寒，陈须嬉就被他弄到了屋里。怪不得丁琴活着的时候当街就要揍他，看来这两人早就有了故事。

那人也顾不上挑选，抄起两个竹篮，便朝大门口奔去，急得孙篾匠跟在他身后大声嚷嚷："还没给钱呢！"那人回头，从口袋里掏出三个铜钱丢在地上匆匆离去，一路上逢人便讲自己刚才的新发现。不一会儿，陈须嬉与孙篾匠的事情就传遍了荒谷。

对此，孙篾匠感到很受用。

然而天还没黑，孙篾匠的情绪就由山顶跌到了谷底。陈须嬉不去梳妆，而且对他不理不睬。孙篾匠围着她转了一天，把自己优秀的方面全都展现了一遍，可陈须嬉就像身边没有他这个人似的。

大凡新寡的人都郁郁寡欢，打不起精神来并不奇怪。孙篾匠暗自思索着，又很快推翻了自己的结论，这怎么可能？都说陈须嬉巴不得丁琴快点儿死掉，甚至有人说她谋害亲夫。

其实，孙篾匠不愿意相信陈须嬉谋害亲夫这个传言，但他不想让自己成为陈须嬉手下的冤魂。

他盯着陈须嬉，心里一遍遍地揣摩着丁琴的死到底与她有没有关系。她一副温柔贤淑的样子，咋看也不像是一个凶手。做她的男人究竟有多大风险，这还真得认真考虑一下。

很快，孙篾匠就有了底气。陈须嬉毕竟是个女子，真要动粗，她没力气；怕遭她算计，她做的饭，我不先吃，又能怎样？

孙篾匠绝不会放过陈须嬉。

荒谷的男人们一茬茬都娶了小娘，很快又都有了儿孙，孙篾匠仍然孤身一人。至于他为什么讨不上小娘，荒谷的人给出了答案：孙埙是个"色痨"，一个见着女人就迈不动步的"色痨"。一个人这么说并不要紧，可怕的是许多人都这么说，孙埙的"色痨"也被就坐实了，天底下任何父母都不愿意将自己的女儿嫁给这样一个男人。

日子一天天过去，孙埙五十几岁了，结婚生子的念头渐渐平息下来的时候，丁泰广却把陈须嬉给送来了。

到了傍晚，孙篾匠来到陈须嬉身旁没话找话聊，陈须嬉更是把瞧不起的神情摆到了脸上，弄得孙篾匠很不痛快。

但眼看天色已黑，他铁了心不想再去柴堆里打地铺，便找来一个木墩，放在屋子中间，一句话不说，两眼直勾勾地看着床榻上的陈须嬉。陈须嬉知道今夜注定是不会好过了，心里一遍遍地盘算着怎样摆脱这个老男人。

想到一天的殷勤全都白费了，孙篾匠觉得自己受了很大的侮辱，心里有了怨恨。他拎起陈须嬉昨夜别门的木棍，推开门一把扔了出去，又随手将门绳挂好。回头朝陈须嬉这边望望，见她好像没什么反应，孙篾匠心里笑了。

他在地中间转了一圈，随后脱掉自己的长裤放在木墩上面，然后一步一步朝陈须嬉这边走来。

陈须嬉背身朝里躺着，孙篾匠在她的身后躺了下来。

屋子里十分安静，安静得能听见陈须嬉柔和均匀的气息。

陈须嬉一动不动，静静地候着，看孙篾匠接下来会有什么样的举动。

此时的孙篾匠好像有了耐心，过了好一会儿他才把一只胳膊贴上陈须嬉的后背，轻轻地碰了碰她。他希望陈须嬉能够有所回应，哪怕是一个暗示。

他急切地期待着那个激情如火的时刻的到来。

黑暗中，陈须嬉长出了一口气，接着坐了起来。

孙篾匠很有分寸地往床榻里面凑了凑。

陈须嬉坐了一会儿，像是脱去了自己的短衣。孙篾匠兴奋得浑身哆嗦，一把抓住陈须嬉的胳膊。

"你别动。"这是一天里陈须嬉对他说的第二句话，尽管像是在下一道命令，但孙篾匠心里十分熨帖。

陈须嬉翻身骑在了孙篾匠身上，一双小手捧着孙篾匠刚刚刮去胡须的脸颊，轻轻地抚摸着。如梦似幻，孙篾匠不知所措，他闭上眼睛，默默地承受着这份迟到的温柔。陈须嬉的表情一定很魅惑，孙篾匠虽然看不见，但他分明感觉到了。陈须嬉一双灵巧的小手慢慢滑过他的脸颊，却一下掐住了他的脖子。死亡的恐惧让孙篾匠一下明白过来，一阵乱踢乱蹬，但还是没能从陈须嬉的手里挣脱出来。

这一刻陈须嬉想起了上吊死去的父亲，想起了丁琴残暴地掐着她的脖子，她一次次地昏死过去又一次次地苏醒过来。陈须嬉要让这个男人实实在在地体验一次自己遭受过的折磨和恐惧，她觉得自己手里掐着的既是孙埙又像是丁琴，还是猪狗不如的丁丑儿。

"你们男人，没有一个好东西。"她使劲地喊出了这句话。

对孙篾匠来说，陈须嬉的喊声好像是从很遥远的地方传来，但他还是听得清清楚楚。在孙篾匠渐渐不再挣扎的时候，陈须嬉松开了双手，她不想让孙篾匠死在自己手里，分寸的把握十分精准，这大概是她从丁琴那里得到的唯一的真传。

陈须嬉穿好衣服，伸手在孙篾匠鼻孔上试了试，还有一丝气息。她贴着他的耳朵说："别怪我，我也是万不得已，但愿你以后能碰到一个好女人。"

她跳下床，伸手摸着自己的鞋子，穿好后又碰了碰孙篾匠，确信他还活着后才打开屋门，走了出去。

四

陈须嬉趁着夜色再次离开荒谷，这次她没有选择北去的官道，而是蹚着荒草向东逃去。她很是紧张，怕再次碰上丁丑儿或丁氏家族的什么人。实际上，从她进入孙篾匠屋门那一刻起，她就和整个丁氏家族不再有任何关系了。

前方的草地里，忽然响起一阵沙沙声，把陈须嬉吓得不轻。她一下子愣在那里，循声看去，草丛里有一团灰黑色的小动物正在向远方逃去。陈须嬉定了定神，她笑了，原来趁着夜色出来赶路的不只她一个。

陈须嬉渐觉双腿有了力量，脚下的荒草被她刮得哗哗作响，她一个劲儿地往前跑去。

越往前走，陈须嬉就越感到轻松，她有了一种放飞的感觉，从这一刻起没有谁能够阻止她的前行。她正在与荒谷告别，只要过了这个夜晚她就安全了，自由了。

跑了一段路，陈须嬉回头看去，离荒谷已经很远了，她辨了辨方向，朝正北方走去。在一切成为过去之后，陈须嬉静下心来对这半年多的往事回忆了一遍，胸中除了酸楚，还涌动着阵阵悲切，毕竟是自己亲手除掉了丁琴，今夜又以非常的手段摆脱了孙篾匠。想到孙篾匠，陈须嬉多少有些愧疚：他不是一个不可饶恕的坏男人，除了那点儿好色的小毛病，算是一个守本分的人；他只是被人巧妙地利用了而已。还好自己下手不算重，否则真是对不住他。

这个夜晚没有月光，星星很少，陈须嬉一下子迷失了方向。她停了下来。四野茫茫，她感觉自己就像走进了梦里，不知道往哪个方向走才能找到通往乌里庄的路。想到乌里庄，她一下子想到了五斗，不知道他现在已经到了什么地方。带着少许怜爱、惆怅和感伤，她回想起和五斗相处的几天，这个少年的身上有很多其他人不曾有的东西。如果不是因为这场变故，他们也许就不会这么急着分开，或许他们之间还会有越来越深的情感联系。然而，现实是他们从此天各一方，再也不会有见面的一天。就像自己离开了荒谷，过去的那些日子就成了过往，过往是永远也回不去的。

她索性坐了下来，其实她早就累了，只是因为紧张一直没敢停下来。夜一寸一寸地过去，离天亮已经不算太远，身旁的花草依稀可辨。陈须嬉从地上揪起一朵小花，放在鼻子下去闻，什么气味也没有。一种孤独的感觉从心底向她袭来，她一把将小花丢到地上，掩面而泣。

未来的日子是什么样子，陈须嬉不敢去想。路途遥远的江北是回不去了，那里没有一个亲人，也没有必要回去。可是，即使到了乌里庄，找到五斗的父母，又能如何？陈须嬉不想靠乞讨度日，那样活着很不堪。她更不想随随便便地嫁人，一旦坠入苦海再想逃脱就难了。今后哪里才是她的归宿？汹涌而来的悲伤在她心上辗转激荡，她突然觉得活着好没意思。

"我要去哪里？我该去哪里？"她自言自语着。

远远地传来几声犬吠，打破了夜的苍凉与沉寂，也把她的思绪从悲戚中拉了出来，前方应该有一户人家。

像是得到了什么指引，陈须嬉站起身，朝犬吠的方向慢慢走去。

很快，她就感觉到有风从耳边拂过。除了风声，她隐约又听见了一种别样的声音。她停下来仔细去听，那是水花拍岸发出的细碎声响。

她改了主意，冲着水声传来的方向走去，一片大湖出现在她的面前。

若不是天黑和水草掩映，或许她早就发现了身边不远处的这片湖泊。

她站在了湖岸边，微风徐徐，烟雾轻笼的湖面一眼望不到尽头。陈须嬉心里微微一颤。她想，假如自己的身体与湖水融为一体该有多好，那样自己就会成为一个无忧无虑的娇孩儿。

太阳出来了，但天空被厚厚的云遮着，湖面依然模糊，耳边只有清脆激越的水声。

陈须嬉在一片斜坡上坐了下来，望着湖水，心头不知是欣慰，还是酸楚。她感到自己很轻，轻得像飘浮在空中的一缕烟，点缀在漫漫的云水之间。她一遍遍地劝自己：走进去吧！走进湖水里，那样不是神也该是仙了。

云天苍苍，碧波茫茫，陈须嬉带着一丝快意迈入水中，脚下的清凉让她感到心醉。风吹拂着她的脸颊和衣襟，人世间所有的幸与不幸都将随着她的离去而消散，二十年的幻梦应当结束在这片云水之中，她相信不一会儿自己就将化作一片云彩腾空逸去。

然而，事情远没有她想的那样美妙：她在水中苦苦挣扎的时候，一个男人把她拖到了岸上。

陈须嬉呆呆地望着湖水，恐惧和悲哀毫不留情地将她包裹起来。

男人在她身旁不远的地方站着，默默地望着湖水。陈须嬉爬了起来，她想过去对他说句感谢的话，却没有勇气。

停了片刻，她决定还是默默地走开。

"回来！"男人在背后叫她。

陈须嬉站住了，但她没有转过身来。

男人来到她的身旁，说："就这样走了？你还欠我一个人情呢！"

陈须嬉哭了。

男人根本不想去劝，由着她哭。

陈须嬉先是小声抽泣，继而大哭，她把心底所有值得哭泣的东西全都抛了出去。

等她哭够了，安静下来，这才意识到自己刚刚经历了一次生死之间的转换，是身边的男人将她的生命留在了这个世界上。

她端详起这个男人来。他看上去还不到三十岁，身体算不上健壮，甚至还有些单薄。就在陈须嬉走进湖水的那一刻，男人和他的弟弟扛着渔网在离湖岸不太近的地方正朝她这边走来，岸边有一条他们租来的小船，兄弟俩以在湖上打鱼为生。

弟弟首先看见了陈须嬉，对哥哥说："那个女人好像不大对劲儿。"

男人停住，仔细地朝陈须嬉那边看。他意识到眼前正在发生的一切后，像一支离弦的箭朝陈须嬉跑去。当他扑进湖水中的时候，陈须嬉只剩下一头长发像水草一样在水面上漂荡。

男人把陈须嬉拖到岸上，再让她头朝坡下趴着，好使她吐出更多的水来。见她还活着，男人叫弟弟赶紧回到他们住的地方取了一件干衣服来——早晨的湖边已经很凉了。

弟弟答应一声，走开了。男人独自走到远处，脱去滴水的长衣，拧干后重新穿在身上，然后走回陈须嬉身边。

陈须嬉双臂在胸前交叉抱着肩膀，紧缩着身子，好像僵住了。

弟弟去了半天，还没有回来，男人有些焦急，往前走了几步，朝坡上望。

这时，弟弟回来了，手里拿着一件男人的大袖宽衫。男人从弟弟手里接过，看了看，来到陈须嬉身边，将宽衫披在的她身上。陈须嬉打了个激灵——她确实冷得够呛。

男人说："先凑合着吧！"

陈须嬉向上提了提不大合体的宽衫，低头不语。

男人说："我叫原况，他是我的弟弟原积。"

陈须嬉抬头看着原况，问："我该怎样报答你们？"

"如果你愿意，就跟我一起回去吧！"

陈须嬉没有表示拒绝，只说："你还没问我叫什么。"

原况说："早晚会知道的。"

"我姓陈，名须嬉。"

"嬉代表快乐、无拘无束，是个好名字。"原况说，"走吧！我们住的地方在坡上。"

原况陪着陈须嬉往回走去，原积一个人撑着小船下湖去了。陈须嬉有些头晕，走得很慢。原况走几步就要停下来等着她。

兄弟俩就住在湖岸旁不远的两间茅草屋里，目光所及的地方再没有别的人家。两人来到茅屋前，一条黑犬从院子里跑了出来，陈须嬉没有躲避。黑犬很通人性，只围着她一连转了两圈，算是表示对这位陌生人的认可。

原况给陈须嬉烧了一盆热水，又找出一条自己从未穿过的长裙，交给她后走了出去。直到听见陈须嬉叫他，原况这才回到屋子里面去。

陈须嬉换上新长裙，站在原况面前，多少还有些不好意思。此时的陈须嬉脸上有了红晕，身上多了一种若有似无的风情，与那个刚被从水中拖出来的时候判若两人。

知道陈须嬉吐了许多水，现在一定饿了，原况便去外间给陈须嬉准备吃的东西。日子虽然不太好过，但鱼总是有的。原况出去了，陈须嬉开始打量起兄弟俩住的这间屋子来。整间屋子里面只有一张大床、两条长凳和一条食案，再没有一件能够让人记住的东西。陈须嬉有些不安，到了晚上，如此简陋的地方三个人该怎样住下来。

很快，原况就给陈须嬉弄好了吃的，一只大碗盛满了热气腾腾的鱼粥。陈须嬉相信这也许是原况能够拿出来的最好的食物。她并不推辞，当着原况的面全都吃了下去。

原况对陈须嬉说，他要出去一趟。陈须嬉问他出去做什么，原况只说他要添置点儿屋子里用的东西。

陈须嬉猜得到原况出去做什么，她心中充满了感激与欢喜。噩梦终于过去，就像久居黑暗之人突然得到一束暖阳一般，陈须嬉有些无措，不知如何向原况表达自己的心声。

她只能认真地看着原况。原况给了她一个微笑后，走出门去。

陈须嬉感动万分，泪水再一次顺着鼻梁流下。她想起路上原况说她的名字代表快乐、无拘无束，她真的希望这句话能成为今后岁月的写照。

陈须嬉的确是累了，该好好歇歇了。

傍晚，原况、原稹都回来了。原况从侨人聚集的镇上扛回一张小木床，顺便带回几件女人的衣裙。让陈须嬉意外的是，原况又将一根银钗递到她的手上。陈须嬉心情十分复杂，她知道这根银钗的含义，不想拒绝又不能立刻就把它插在头上。她会心地一笑，把银钗放了起来。

原稹说他今天运气也不错，将网到的鱼全都卖了，换回十九个铜钱。

自己的到来给兄弟俩困窘的日子又添了许多负担，能说会道的陈须嬉一句话也说不出来。好在原况是个心细的人，有些话即便不说，他也明白。

陈须嬉得到了久违的关照，心情一天天地好起来，对原家这对兄弟也有了更多的了解。

兄弟二人原本居住在江北盱眙，元嘉二十七年宋文帝二次北伐，在青、冀、徐、豫、兖、南兖六州招募青壮，二丁抽一。为了逃避兵役，原况、原稹抛下父母来到江南，最后落脚在这片大湖旁边。隐匿了身份，又没取得白籍，兄弟俩没有土地耕种，只好以打鱼为生。连年征战消耗大量财力，官府只好向百姓摊派，因此赋税总是少不了的。

原况、原稹每天去湖上打鱼，陈须嬉在家里给这哥俩洗衣做饭。日子过得很平静，但陈须嬉觉得这样下去并不妥当，和两个单身的男人生活在一起还是不妥。

陈须嬉知道，原况心里早已经接纳了她，把她当作了自己的家人，从见面的第一天起就是这样。陈须嬉已经做好了原况求娶她的准备，但这个男人就是不主动把事情讲明。

原况在等什么？想来想去，陈须嬉明白了。他的兄弟原积也还没有成家，作为兄长先一步成家，会让弟弟感到失落。

她有了主意。

一天下午，她早早地去了镇上，在鱼市旁边等着原况、原积的归来。当兄弟二人抬着网来的鱼走过来的时候，看见陈须嬉提着一个竹篮站在路旁。原况和原积以为她要来买什么东西，走上前很高兴地和她打招呼。陈须嬉脸上闪过一丝忧伤，她先是感谢一番原家兄弟二人对她的照顾，又说叨扰这么久实在不好意思，自己这就准备离开。

原况愣住了，看着陈须嬉不知道该说什么。原积也急了，直接告诉陈须嬉，原况离不开她，自己也希望能有这样一个嫂子。陈须嬉目光依依，两眼含泪，紧咬嘴唇，控制住自己不要流下泪来。

原况上前，一把拉住陈须嬉的手，说："跟我回去吧！"

陈须嬉扭过头去，泪珠滑过她长长的睫毛，滴落在地。

原积留下继续卖鱼，原况陪着陈须嬉回家。一路上，两人手拉着手，亲密无间。

原积是个有心计的人，卖完鱼后直接去了镇里买回一斛酒，三个人欢天喜地吃了顿晚饭。第二天，兄弟俩打鱼回来，原况在镇上又给陈须嬉买了几件新衣。

陈须嬉做了原况的小娘，从此她不再焦虑，不再伤感，更不再迷茫。她换了一种姿态，坦然地把自己的经历告诉了原况。

原况除了照顾陈须嬉，就是下湖打鱼。他根本不在意陈须嬉的过往，因为他知道，他和陈须嬉的未来已经被这片湖泊定下了。

生活一日好过一日，但陈须嬉心里总是牵挂着五斗，她本以为自己就像一条小船，永远地搁在了湖岸边，再也没有与五斗见面的机会了。没想到转年春天，她果真等来了一个机会，一伙去乌里庄的乡亲把她带到了五斗的家乡。

黎砚公和滕氏望着眼前这个漂亮又陌生的村姑。从苦海中挣扎出来的陈须嬉身体丰满而结实，一身粗布长衣，乌黑的头发，明亮的眼睛，红红的脸庞，身上有一种乌里庄女子所不具备的迷人气质，滕氏一下子就喜欢上了她。

陈须嬉说五斗在荒谷帮助过她，两天后与她告别去南方寻找盈儿，没说什么时候回来。滕氏和黎砚公虽然有些遗憾，但仍然感到高兴，毕竟有了五斗的消息。

黎砚公和滕氏听了陈须嬉的遭遇后，心上一阵阵地疼痛。

"留下来吧！"

"过些日子，让罗媒婆给你寻一个好人家。"

陈须嬉告诉他们，自己已经成家，就在离这里不远的南边，那里有一片很大的湖。

第二天一早，陈须嬉告别了黎砚公和滕氏，离开了乌里庄。此行已近圆满，唯一让她遗憾的是没能见到五斗。

五

陈须嬉逃走的那个夜晚，孙篾匠不知道自己是什么时候清醒过来的。他想爬起来，但浑身软绵绵的，没有力气。天亮以后，他终于能够下床，站在屋中间转上一会儿，就头晕得不行，不得不重新躺回床榻上。

他的喉咙一连痛了好几天，不仅吃饭困难，就连喝水都很不容易。

活计干不了，但他的脑子却一刻也没闲着。他恨陈须嬿，这个女人差点儿要了他的命；他也恨丁丑儿，是他给自己带来了这场灾祸，还骗走了他十四个铜钱。

到了第四天，孙篾匠觉得身体差不多了，可以出门走走了，这些天可把他给憋坏了。他往挑子上挂了几个竹筐、竹篮和竹斗笠，便上街去了。

几天不见孙篾匠，村里人都想看看这个新郎官是不是有了什么变化。一束束好奇的目光在孙篾匠脸上扫来扫去。

孙篾匠长长的胡须不见了，人瘦了许多，看上去气色也不大好。

"篾匠，听说你讨了小娘，是丁琴家的。"

"咋不留在家里好好陪陪你那小娘，就这么急着出来做生意？"

"篾匠，把小娘一个人留在家里，你可放心？"

丁丑儿也过来了。他是看见孙篾匠的挑子才过来的，原本是想朝篾匠讨个彩头，没想到孙篾匠一肚子怨气，正等着他这个苦主。

丁丑儿围着孙篾匠转了一圈，从挑子上摘下一个竹灯笼来。

"这个，我要了。"他说得理直气壮。

孙篾匠手一伸，说："十五个铜钱，不还价。"

见篾匠胆敢朝自己要钱，要得还相当离谱，丁丑儿愣了一下。他将竹灯笼拿在身后，仔细打量着这个初婚的半大老头儿。

"你朝谁要钱？"

"就朝你要钱。"孙篾匠提高了嗓门。

"你敢讹我！"丁丑儿将竹灯笼往孙篾匠面前一丢，几脚下去，踩了个稀烂。

"踩烂了，也是你的。十五个铜钱，一个都不能少。"孙篾匠不知哪来的底气，竟然学会了讹诈。

"管你家小娘要钱去，全都由她给。"

"我没有小娘。你把我给害苦了！"

孙篾匠这句话引起了丁丑儿的注意，丁丑儿不解地问："你说什么？"

"你和丁琴家的串通好了，想要我的命。你还我十四个铜钱来。"孙篾匠倒打一耙。

"陈须嬉是你的小娘，要不要你的命，关我什么事？"

"你跟那个灾星合伙骗了我十四个铜钱，设计要她掐死我。"

丁丑儿越听越觉得不对劲，问："陈须嬉在哪里？"

"跑了！"孙篾匠满心的怒火全发泄在这两个字上。

"跑了？"

"跑了，我差一点儿被她掐死！"

听篾匠说有人要把他掐死，周围的人立马围了过来。

"谁跑了？"

"陈须嬉跑了。"

"篾匠差点儿让陈须嬉给掐死……"

丁丑儿有些疑惑，孙篾匠虽然不算十分健壮，可也不至于让陈须嬉给掐个半死。他盯着孙篾匠刮去胡须的下巴，心里一遍遍地思索着他喊出来的那句话是真是假。

"你给我送来一个灾星……"孙篾匠盯着丁丑儿。

直到这时，丁丑儿才相信这个头发黑白参半、眼中带着细细血丝的半大老头儿在陈须嬉那里不但没占到任何便宜，还差点儿丢掉性命。孙篾匠说得没错，陈须嬉就个灾星，不仅投毒在行，还把丁琴那手绝活给神不知鬼不觉地学到手了。篾匠如今还活着就算是走运了。

丁丑儿从口袋里掏出一个铜钱丢在地上，说："给你，咱们两清了。"

孙篾匠不依不饶："你骗我那十四个铜钱，一起还我。"

丁丑儿急了，骂道："你别不要脸。"

"我就不要脸了，你还我钱。"

"白送你个小娘你都管不了，还在街上耍赖皮，我都替你害臊。"丁丑儿不想和他纠缠，转身就走。

孙篾匠一下子来了火气，扑上前去揪住丁丑儿不放，说："你还我钱来。"他哪里是丁丑儿的对手，被丁丑儿几下就给抡翻在地。

心中委屈的孙篾匠再也顾不得什么体面，坐在地上大哭大叫，骂丁丑儿和陈须嬉串通一气骗了他十四个铜钱，他还差点儿被那陈须嬉给掐死。

趁着混乱，丁丑儿赶紧溜了。

人们纷纷上前相劝："跑了也罢！这样的女人留在身边早晚是个祸害。"

"好女人有的是，篾匠别泄气，早晚一定能讨到称心如意的小娘。"

孙篾匠站了起来，抖了抖身上的尘土，一副不屑的样子，说："陈须嬉是个什么东西，谋害亲夫。我怎么能要这样的女人？"

人群中发出一阵感叹。

"太歹毒了。"

"陈须嬉敢对篾匠下这么狠的手。"

荒谷也不缺少爱促狭的人，他们再见到孙篾匠便会问："篾匠，说说你家小娘是怎么掐你的？"

"篾匠！你当真被小娘掐过脖子？"

孙篾匠先是装作没听见，当他们再重复这些话时，孙篾匠便瞪起了眼睛。那些人倒也知趣，嘿嘿一笑，不再作声。

事情传到丁泰广那里，丁泰广沉默了好一会儿说："陈须嬉跑了也是件好事。"

一个大男人差点儿被小娘给掐死，这样的事情还是第一次听说，庄子里的人都不相信这是真的。但陈须嬉一下子从人们的视线中消失了，这让人不得不怀疑孙篾匠是在有意说谎。甚至还有人认为，孙篾匠和丁丑儿之间一定有什么不为人知的勾当，两人在街上唱的这出戏或许就是在掩盖什么。

丁丑儿却有些失落，但这种失落并不经久也不刻骨，很快就被一种怨恨所替代，原因是他想起了五斗。如果不是他的掺和，结局也许就是另一番景象。和小嫂较量，在力气上自己绝对是赢家，一旦将陈须嬉占有，他丁泰广再说什么也都晚了。

该死的五斗！

几年后，受同伙的牵连丁丑儿被捉了。廷掾带人在丁丑儿家中搜出了金麒麟，回到县上丁丑儿对打劫廷掾家的过程交代得有鼻子有眼，可不知为什么廷掾就是没有认领赃物，县丞将金麒麟充公之后也就没了下文。最后，丁丑儿因为多次行窃被判重罪下狱。

帮助陈须嬉离开荒谷，令五斗有了一种成就感。他觉得自己已经长大，没有阿翁阿母的限制，自己完全可以闯出一番新天地来，这样的好心情一连持续了很多天。

五斗的步伐，都自信了许多，走在乡野风光里，有一种说不出来的轻松与新鲜。如果不是因为寻找盈儿，也许他一辈子都不会走出乌里庄。一想到盈儿，五斗脸上满是欢喜，心中有了许多幻想。

一个白天即将过去，一个村庄一个人影都没有见到。这个世界仿佛只剩下五斗自己，再无他人。五斗越走越慢，最后干脆坐了下来，他已经一天没吃东西了。陈须嬉和他分手时，塞给他几串铜钱。五斗说他用不着，陈须嬉劝他带上，并告诉他说不定什么时候就用得着。五斗推托不过，拿了三串装进包袱。三串铜钱沉甸甸的，可就是无处能够买到吃的。

天完全黑下来的时候，五斗终于走进了一座城。他找了一家最便宜的客店住下，又买了两个烧饼吃，一共花掉两个铜钱，五斗很心疼。

自从口袋里有了这三串铜钱，五斗踏实了许多。

第四章

云畦

一

这些天五斗接连走过几座城镇，进去一问，都没有人见过从广陵过来的一群人，更没人听说过谁叫盈儿。

一旦打听到有江北人居住的地方，五斗都要绕过去，挨家挨户数人家的窗户，看那上面是不是挂着一串风铃。疲倦了，他就在路边随便找个地方歇息一下，然后继续寻找。

五斗从不放弃任何一个机会，他数过所有窗子，却都没有挂着那串熟悉的风铃。

日子一天天过去，他的寻找毫无结果。五斗看着天边，陷入了迷茫。

他想起梦中的盈儿说："你若真想和我在一起，就往南去找我，我会在一个地方等你。"

五斗相信，像乌里庄这样的小村子，盈儿是一定不会留下来的。不但她不会，她的乡邻们也不会。所以，远近的一些小村庄都被五斗略掉了，去那里寻找纯粹是浪费时间。

为了讨口吃的，五斗换上了寺庙里的衣服，天黑了就找户人家住下来，实在没有地方住就去钻草垛。第二天醒来，他一边往前走一边打听什么地方有从北方过来的一群人。五斗心想，说不定哪天就有可能在路上遇见盈儿。为了这荒唐而浪漫的念头，五斗不知疲倦地奔走着。

天空很大，田野很空旷。已经是中午，路上很少遇见行人。五斗累了，想休息一下。他在路边找了个稍微干净点儿的地方坐下来，望着前方的道路出神。

身后隐约传来歌声，五斗回头看去，一个衣衫破旧的老汉正慢慢地朝他这边走来。

老汉越来越近，歌声也越来越清晰。

山公钟野色，
晦迹看云白。
朝晨长啸去，
薄暮踏歌来。
超遥无胃里，
寂静却私怀。
无归心廓落，
莫道惹尘埃。

五斗站起，恭敬地弯下腰去，候着老汉从自己身边经过。

老汉昂着头，一直唱着歌从五斗身旁走过，看都没看五斗一眼。五斗很失落，但老汉的歌声却在他心里翻腾着。

在居云寺，五斗听大和尚读过一些诗歌，却从未听过老汉唱的这首。他想当面向老汉请教，可老汉已经走过一段路了。五斗不甘心，看着老汉的背影追了过去。

老汉边走边唱，毫不在意身后。

叶叶擎空碧，

条条蔽薮泽。

一入蒹葭地，

回旋不可得。

…………

五斗还未追到跟前，老汉说话了："你只管追我做什么？"老汉停住，转过身来，看着五斗。

五斗上前，说："冒昧地问一下老丈，您唱的是什么歌？"

老汉回答："老夫一人走路，偶然编出几句闲话，打发寂寞的。"

五斗说："晚辈想要得到您的指点。"

老汉说："老夫有感而发，你非要弄个究竟，等到了我这个岁数自然就明白了。"

五斗的心思并不全在老汉的清歌上，他上前一步。

"老丈，您可见过从北方过来的一群人？他们中间有一个叫盈儿的女子。"

"老夫从不介意谁从哪里来，又会往哪里去。你既然追来，老夫就说上几句。人若能晓以自然之心，内功外行具有，则无前愆可忏，亦无后过可悔。看你那穿戴，貌似出世，心未离尘，难出是非之门。"

答非所问，又像是数落，五斗觉得老汉实在有些古怪。但他言语不俗，一定是个学问极好的长者。五斗想再跟老汉说上几句，老汉却把他抛下，自己去了，只将一串歌声留在身后。

林壑听禽语。

泱漭岁月深。

温风撩情客。

缘去两无心。

荒野上的土路坑洼不平，老汉的步伐却十分轻快。五斗站在路边痴痴地想，老汉说要想明白这首歌的意思还得等上几十年，难道要一直等到老眼昏花、步履蹒跚？真到了那步田地，即使明白了又有什么意思？

他抬头望着老汉远去的方向。老汉看上去已经六七十岁了，却没有想象中的耳聋眼花、步履蹒跚，刚才自己尚未出现在他面前，就已经被他察觉，这样的长者实在不多见。

一只蟾蜍爬到了道路中间，空洞的眼睛一眨不眨，凝视着前方，仿佛正在思考一件十分重大的问题。五斗从它旁边走过时，蟾蜍一动不动，根本就不知道躲避。也许是它觉得身边这个人只是比自己生得高大一些，做派还不如自己，根本不值得理会。

五斗弯下腰，友善地看着蟾蜍，嘟嘟囔囔地说：“你还是回到水沟里去吧！趴在路中间，小心受伤。”

蟾蜍仍旧趴在那里，无视他的劝告。五斗直起腰继续走路，眼里明显带着迷茫。

这个下午，五斗始终很沉闷，他原本好使的脑瓜儿里像是装满了糨糊。

不知不觉，他来到一处村庄的后面。

太阳快要沉没了，几只暮鸦从五斗的头顶飞过，一直飞向村后的树林子里。

一种孤单的感觉从五斗心底升起，他得赶紧进村找户人家住下，再讨点儿吃的。凄冷的夜风已经从田野上吹过来了。

他朝村口走去，那里站着一个婆婆。见五斗是个生面孔，婆婆便上前打听他是从哪里来的，到这里做什么。五斗还没来得及问清楚这是什么地方，自己的情况却已被婆婆打听得一清二楚。

婆婆显得很兴奋，告诉五斗，这里叫作高晏村。她知道盈儿在哪里，说这就带五斗找她去。马上就要见到盈儿，五斗的心跳得很凶，就像一个握紧的小拳头在使劲地捶打自己的胸膛。

婆婆不但心肠热，性子也急，不由分说地拉起五斗就走。盈儿住在村子中间，找到她还要走上一小段路。婆婆走走停停，一直在和路边的人打招呼，并把五斗介绍给他们。那些人意识到了马上就要有故事发生，便跟在他俩身后，一起往盈儿家走去。

婆婆在两间又低又矮的茅草屋前站住，对五斗说："到了，就是这儿。"

五斗打量着这座破旧的茅草屋，心中升起了疑惑，这里真是盈儿居住的地方？

带着疑惑，五斗跟着婆婆走进院子，一直跟在他们身后的那些人便停住脚步，站在大门口向院子里张望着。

来到房前，五斗急切地往窗子上面看，没有他熟悉的那串风铃，他心中的期望在一点点减少。

婆婆冲着屋门，喊了声："盈儿，有人找你。"

门开了，一个瘦瘦的黑脸汉子从屋子里钻了出来，问："谁要找盈儿？"

五斗不知该怎样应付他，没有说话。

婆婆替五斗回答："他叫五斗，来找你家盈儿。"

男人黑着脸问："你哪儿来的，找盈儿做什么？"

五斗没见过这种咄咄逼人的阵势，一时答不上话。

这时，一个女子从屋子里跑了出来，问："谁在找我？"

五斗见了大失所望，问了句："你是盈儿？"

女子急切地说："我就是盈儿。"

眼前这个盈儿看上去十八九岁，个子矮矮的，宽大的衣裙罩着她肥腴的身体，怀里还抱着一个几个月大的孩子。

"是你找我？"盈儿眼里分明带着一种祈盼。

五斗说："我找的不是你。"

"谁让你出来的？回去！"男人冲着盈儿大声地吼。

盈儿不去管他，冲着五斗说："我是云畔的盈儿，你是在找我吗？"

男人怒了："赶紧给我闭嘴。"

盈儿怕了，真的闭上了嘴。

五斗十分泄气，后悔来的时候没跟婆婆多了解一下这个盈儿的情况。

盈儿怀里的孩子大声地哭叫，男人更不耐烦了，大声地嚷嚷："孩子都被你弄哭了，还不快回屋里去。"

盈儿没有回到屋里去，她背过身，解开衣衫给孩子喂奶。

五斗像放下了千斤重担，冲着婆婆说："对不起，我要找的不是这个盈儿，这是一场误会。"

听见这句话，盈儿立刻转过身来，看着五斗，眼泪差点儿没落下来。

五斗看见了，心中生出一丝悲哀来。不过，这个盈儿的表现让他想不通。还有站在大门口，伸长脖子朝院子里张望的那些人，更是让五斗难以理解。他感觉这里面一定有故事，而且不是一个简单的故事。五斗看上去有点儿慌乱，刚来时的激动与兴奋消失得无影无踪，心里只想尽快离开这个令人尴尬的地方。

男人的注意力全都在婆婆这里，大声说："没事你们就赶紧走开吧！别再来找我们的麻烦。"

五斗转身朝大门口走去，盈儿还是有些不甘，一直看着五斗远去的背影。

婆婆也为这场误会而遗憾，连连说："对不起，对不起，我们弄错了。"她追着五斗朝大门口走去。身后的男人又冲着盈儿叫喊起来："看什么看，赶紧给我滚回屋里去……"

　　声音传到五斗的耳朵里，他对那个男人一下子有了恨意。他觉得这个盈儿很可怜，男人不该这样对待她。

　　五斗低着头，从看热闹的人群缝隙中钻了出去。

　　来到街上，五斗直奔村口。婆婆跟不上他，急得大声叫喊："天晚了，赶紧跟我回家吃饭去。"

　　五斗只好停下来等着婆婆。当婆婆把他领回家的时候，五斗看见院子里的木墩上还坐着一位公公。五斗忘记了刚才的尴尬，赶紧上前和公公打招呼："公公吉祥。"

　　公公脸上带着和善的笑，含糊地答应了一句，五斗没有听清。直到婆婆上前把五斗介绍给公公，五斗这才发现公公不但耳聋，说话也有些口齿不清。如今天色已晚，赶了一天路，五斗已经十分疲惫，顾不上去想刚才那个盈儿的事情了。

　　婆婆家有四间茅屋，两个人住起来很宽敞。吃过晚饭，婆婆先把公公安置好，然后送五斗到另一间屋子歇息。

　　婆婆将屋子简单收拾了一下，并没有马上离去，想跟五斗说说话。

　　五斗觉得一个人的夜晚很寂寞，有婆婆陪他一起聊天，那是再好不过的事情，便说："时候还早，您就给我讲点儿什么吧！"

　　婆婆点上蜡烛，沉默了一会儿。她看着五斗，努力想从他那里找出与盈儿哪怕有一丝一毫联系的地方来。

　　"你想知道我今天为什么要带你去见盈儿吗？"婆婆说话了。

　　五斗看着婆婆凝重的表情，觉得这背后一定有非同寻常的事情。

　　五斗说："不知道。"

　　接下来，婆婆对五斗说出了一个自己乃至整个村子里的人心中共同的疑问。

盈儿的丈夫叫张元渚,人缘很是一般。张元渚的兄弟姐妹不少,但他们都和村子里的大多数人家一样,很少与张元渚来往。

张元渚家里穷,娶不起小娘。元嘉二十六年,张元渚被官府招募充作戍兵,令人不解的是一年以后他就回到了村里,而且还带回一个十几岁的女子来。张元渚把女子锁在家里,不准她和村里人见面。村里人向他的兄弟姐妹打听那个女子的事情,这一家子全都守口如瓶。两年过去了,没有人知道那个女子的来历,更没有人能够见到她。村里人在背后议论说,张元渚不知从哪里拐来了一个女子,一直把她囚禁在家里。直到有一天,张元渚和那个女子吵架,邻居们才知道那个女子原来叫作盈儿。因此当婆婆领着五斗去往张元渚家的时候,人们都想跟着看个究竟。

婆婆说完,五斗的心一下沉了下来。自己正在苦苦地寻找盈儿,这里却又有一个盈儿正盼着她的家里人能够早日找到她。

盈儿祈盼的眼神让五斗这一辈子也不能忘记。婆婆告诉五斗,她今天就是想让五斗和村里的人都能见上盈儿一面,借此了解一下盈儿的情况。

五斗一下子想起盈儿刚才的那句话:我是云畦的盈儿,你是在找我吗?盈儿在一种非常状态下把自己曾经生活的地方告诉给了五斗,她分明是想得到五斗的帮助。

婆婆的意思也十分明白,她希望五斗在今后的日子里无论到了哪里,都不要忘了这里有一个需要解救的女子——盈儿。

五斗感到了一种责任和使命,他答应婆婆,接下来他不管到了哪里都不会忘记寻找那个叫云畦的地方,好使盈儿早日得到解救。

二

戍兵张元渚是在与北魏军队作战的时候逃散的。都尉阵亡,他也没有回到原来驻屯的地方，而是和另外两个戍兵向辖区相反的方向逃去。一次征战失散少量戍兵已经成为常态，并不会引起郡尉乃至督府的注意，因此，张元渚并不担心被捉住后会受到怎样的责罚。

张元渚一伙不敢返回原籍，脱下戎衣开始流浪，其间难免做些打家劫舍的勾当。那天，几个人来到一个镇上，张元渚便开始留心谁家是当地的大户。三个人分散开，像瘪着肚皮的狗，慢悠悠地在镇子的每一条街道上游荡。

两个同伙贼头贼脑地走在街上东张西望，拿不准的目标，要么停下来站在附近，长时间观察；要么就是走过去了，不一会儿再走回来，反复几次，扭着脖子朝那边看，仿佛是这家人的亲戚，多年不上门，已经恍惚了，非要等熟人出来似的。机灵一点儿的本地人一看这两个生面孔就知道他们心里想的是什么，于是赶紧走回自家院子，不是关门闭户就是告诫家里人夜里要多加防范，小心让这两个贼钻了空子。

张元渚倒是比两个同伙"专业"很多，从不在目标附近长时间逗留。他会以买主身份亲自去店里看一看有没有自己想买的，结果当然是价钱不妥无法成交，或者是因为自己钱不够说改日再来买，把站在柜台前面的伙计弄得心里痒痒的，统统把自己店里最好的东西拿给他看，巴不得这个买主明日再来。

那是个想起来就让人不寒而栗的冬天，入冬以来就没有下过一场雪。到了夜里，镇上的街道就再也看不见一个行人，只有风不甘寂寞地吹着。焦干的大地上被黄尘笼罩，镇子旁边的一条小河都瘦成了一条细线。正是一个放火的好时机，不用多费心思，张元渚便有了打算。

到了傍晚，三人在镇子外面找了一个僻静地方碰头。张元渚排除了两个同伙要打劫一家当铺的想法。他说当铺虽然钱多，但里面防守十分严密，做这单生意的风险太大。他亲自选定了一家胭脂水粉店，准备在午夜过后下手。这家店的后面为住宅，店面里只顾了一个伙计，住宅里住着六十多岁的掌柜和他的女人。店面虽然不大，却是这个镇上唯一一家胭脂水粉买卖，附近再无别的同行与它竞争，因此财路十分可观。胭脂水粉店的斜对面隔着一条街就是一家木器店，木器店的后院堆着几垛木料，但没有养狗，只要先在木屑上点上一把火，很快就会将成堆的木料点燃。这个地方所有的店铺挨得都较近，大火一旦蔓延很容易殃及其他店铺。到时，人们都会跑出去救火，或者想法子自保，而胭脂水粉店只有一个伙计，顾前顾不了后，趁乱下手把握最大。

两个同伙完全赞同张元渚的想法。三人在傍晚前先在镇上找了一家饭馆填饱了肚子，然后出了镇子，找个地方躲藏起来。

直躲到午夜，整个镇子全都安静下来，夜黑得让张元渚自己都感到有些恐慌，三个人拉开距离从镇子外面摸到了木器店的后院。张元渚叫同伙翻墙进去放火，自己站在外面放风。

不一会儿，张元渚就看见木器店的后院起了火光，随后看见两个同伙先后跳出院墙。三人来不及说话，迅速消失在茫茫夜色之中。

当镇子里的人发现木器店后院的熊熊大火时，临近的几家店铺已经感受到了扑面而来的热浪。人们叫喊着，奔跑着，去井里或近处的河里提水灭火。但那火烧得十分旺，一时半会儿是灭不住的。整条街已经乱作一团，找不到水的人们乱哄哄地拥向大街。

火光照亮半个夜空，胭脂水粉店的伙计早已跑出店铺，不知是去救火还是去看热闹。张元渚躲在两个同伙身后撬开店门，三人钻进店内，很快就把里面的钱财洗劫一空。两个同伙仍不满足，索性又扑到后院，抵住掌柜夫妇叫他们交出财物。这种情况下自然是保命要紧，掌柜也只得拿出全部金银，张元渚一伙人这才收手，溜之大吉。

胭脂水粉店的伙计站在人堆里，凝神注视着这场大火，心中还在庆幸隔着一条街，大火烧不到自家店铺来。伙计转身往回走，却震惊地看见胭脂水粉店的门锁已经脱落。他心头一紧，一把拉开店铺的门，里面空空荡荡，和自己出去时相比已经完全变了样子。就在一刹那，他有了一种不祥的预感。他毫不犹豫地推开后门，跑进后院掌柜住的屋子。

因受到惊吓，掌柜的女人已经昏死过去，掌柜两手抓着她的头正在施救。一见伙计，掌柜破口大骂："你躲哪儿去了？"

这次得手让张元渚一伙激动了许多天，粗粗算了一下，得来的金银铜钱能让三人在两三年里都不愁吃喝。只是顺手盗来的脂粉虽然价格不菲，但很难出手，把它们扔掉实在是舍不得，带在身上又不方便。因为那些脂粉是上流社会的男人和女人才会使用的东西，他们几个粗人在人堆里香气扑鼻的，过于扎眼。

脂粉的气味熏得三人有些迷乱，满脑子都是女人黛色的弯眉和鲜红的嘴唇。天刚亮，张元渚就来到外面，他要到街上去看看早起的女人。他如今手里有钱，不缺吃不少穿，就缺个女人。

张元渚拐进了一条胡同，见一个年轻女人刚好从胡同的一头朝他这边走来。张元渚装作被什么东西硌了脚，脱下鞋子伸手去里面掏，直到那女人从他身边走了过去，他这才把鞋子穿好。女人的身材的确很出众，张元渚就像被灌了迷魂汤一样跟在她的身后，没走多远，女人就拐进了自家院子。

张元渚很失落，站在女人家门口发了一阵子呆。

直到家家吃过早饭，张元渚这才转回店里，两个同伙问他出去这半天都干了什么。

张元渚说了句没头没脑的话："女人算是什么东西，老子有钱。"

两个同伙一听这话，立刻明白了张元渚为什么一大早就自个儿跑了出去，不知道是哪个倒霉的女人又被他跟踪了。张元渚喜欢盯着女人的背影看，他有这个嗜好，至死都不会改变。但从他的表情上看，今天好像并不如意，两人也没心思再去问他。想着那些迷人的女子，两个同伙心里火烧火燎，在一边商量是不是找家妓院去消遣一下。

张元渚闷闷不乐，虽然跟他们去了，心里还是空落落的。两个同伙乐不可支，直到夕阳西下才心满意足地离开。张元渚瞧不起他这两个愚蠢的同伙，有时甚至想甩开他们两个去单干。转念一想，如果没有他们的帮衬，自己恐怕又什么也做不成。刚刚做了这么大的案子，钱财全都带在身上，万一遇到官府巡查，那可是件相当危险的事情。

到了晚上，几个人回到客栈里开始商量，再做几单生意立马住手，回乡讨个女人，老老实实地过一辈子日子。

远水不解近渴，同伙给张元渚出了一个主意——劫持。

张元渚想了想，同意了。

已经到了冬天，地里的庄稼几乎全被割倒，举目望去，四野十分空旷。张元渚一伙人在路上转悠了几天，别说女人，就连个男人都很少碰到。三个人有些泄气，都有了散伙的心思。张元渚说明天去别的村子里碰碰运气，实在不行再各奔前程。

两天后的一个下午，三人走进一个不算太大的村子里，在村后一户人家的柴草垛后面躲了起来。他们发现这户人家没有男人出现，而且屋后不远处就是坡下，再也没有别的人家。这是一个十分理想的劫持目标。

三人没有丝毫的慌张，甚至对制服女人的每一个细节都有了明确的分工。张元渚站起身，单独躲到一棵大树后面，便于观察四周动静。马上就到了做晚饭的时候，这家的女人大概会到柴草垛这边来取柴火。

小肚子胀得慌，张元渚解开裤子，撒起尿来。他一眼看见一个年轻女人正朝柴草垛这里走来。张元渚赶紧将剩下的一半憋了回去，来不及系好裤子，直接将手指塞进嘴里吹了个口哨。

两个埋伏着的同伙如同伺机捕猎的野兽，做好了扑上前去的准备。

此时，女人发现了大树后面的张元渚。张元渚装作刚刚撒完尿的样子，提起裤子往一旁走去。走着走着，他又回头看了女人一眼。

那一声口哨引起了她的警觉，她停了下来，站在原地一动不动。

看见女人停住，张元渚有些沉不住气，也停了下来。

张元渚的反常让女人相信危险就在前面，她转身就往回跑。

两个同伙早就等不及了，一齐从柴草垛后面冲出来向女人扑去，张元渚也向这边奔了过来。

女人被吓得不轻，跌跌撞撞，一边跑一边大叫。

差一点点，她就要被张元渚一伙抓住了。三人见良机已失就不再追，很快消失在了村后的坡下。

这是一次失败的行动。回到客栈，三人开始分赃。两个同伙揣着财物连夜返回家乡，将胭脂水粉全都丢给了张元渚。

张元渚在客栈里住下来，第二天他去了城里，把胭脂水粉统统送给了那些风月女子。

城里不是久留之地，回到客栈，张元渚陷入烦恼。

他想起了在青川做牙婆的姑姑张雪鹊。如今她已经五十多岁了，身体瘦小，像个耗子，但却是一个颇有心计的女人。

想讨一个跟自己过一辈子的女人，看来真得求姑姑帮忙了。姑姑做这一行当的年头虽然不长，但人脉广泛，无论官妓私娼还是良家妇女，只要姑姑一出手，那就没有不成的买卖。不幸的是，前几年姑父交割人贩后于归家途中溺死河中。失去了帮手，姑姑的这手好活也就慢慢荒疏下来，但贩卖人口这种事，对姑姑来说是手到擒来。

记忆最深的一次，是姑姑当着自己的面在家里给一个小娘看面相，姑姑说那个小娘早晚得被她的男人给克死。小娘怕了，想从姑姑那里寻求一个化解的办法。在姑姑的蛊惑下，小娘开始嫌弃起自己的男人来。几天后，姑姑就把小娘卖给了一个家住外地的光棍汉。小娘脱手，姑父把十串铜钱交到姑姑手上。那天，姑姑一双小眼睛瞪得溜圆，半天合不拢嘴。

张元渚好像又听见了姑姑数钱时疯狂的笑声。

说走就走，张元渚离开客栈，直奔青川。

三

二十天后，张元渚来到了青川。

这里的情况完全超乎张元渚的想象，姑姑家门前的小巷子就像渔夫将水舀干了的池塘，人们拥着挤着跪在地上，就像一条条鱼儿露出青色的脊背。几面黄旗在前面引路，四个壮汉抬着一顶小轿从姑姑家的院子里走了出来，身后的人们自动排成细长的队伍挤挤挨挨地跟了上去。

人们一边缓缓行进一边虔诚地呼喊："孔雀大明王菩萨圣驾降临了……"男女老少陷入少有的兴奋。行走灵便的挤在前边，腿脚不好的、生病的、没有力气的，被人扶着跟在后面。

张元渚觉得这些人好笑，他从不相信这世上会有什么菩萨，因为他从小就看惯了自己姑姑装神弄鬼的那套把戏，但他急切地想知道从姑姑家院子出来的那顶轿子里坐着的是谁。

张元渚挤进人群，问："那轿子里坐着的是谁？"

没有人理会他。

张元渚继续问："轿子里抬着的人是谁？"依然没有人理会他，张元渚便跟在那伙人身后往前走去。

半年前，青川这地方的白籍侨民发生暴乱，一夜竟达数万之众，劫掠仇杀，暴乱随即蔓延开来。很快就有消息传出，孔雀大明王菩萨降临人间，为苍生消灾解难，天下很快就会太平。人们每天都会看见几个壮汉用滑竿抬着一位身穿红衣的瘦小女人，她一边挥舞手中的柳枝向四下洒水，一边不停地念叨："一日街头洒甘泉，六合清明报平安。"

人人自危的日子里，人们都躲在安全的地方，远远地观望。胆大的人凑上前去，一边看还一边乐——觉得那个被人抬着的红衣女人很有趣。几天后暴乱果真平息，人们才相信那个身着红衣的瘦小女人就是孔雀大明王菩萨的化身。人们四处打听，终于在一条小巷子里找到了这位孔雀大明王菩萨的化身，一身红衣的瘦小女人——张雪鹊。一时间，十里八乡的人们都知道了菩萨降临人间的事情，张雪鹊家的小巷子变得拥挤不堪。善男信女们个个都扮演了善心肠的角色，纷纷捐钱在城边一块空地上垒起石坛，为这位活菩萨设立道场。每隔几天，张雪鹊都要来到这里举行法会，接受信徒的叩拜。

张元渚来到城边空地的时候，一身红衣的瘦小女人已经在石坛上面落座，几面黄旗插在两侧，一名男礼侍跪在前面，所有的信众在他身后黑压压跪了一地。

张元渚想看个究竟，绕过人群来到石坛旁边凑近一瞧，不由得惊呆了——那端坐在石坛顶端的席子上，接受全体信众叩拜的人正是他的姑姑。

在不久的过去，姑姑还是个靠装神弄鬼勉强骗几个铜钱过日子的巫婆。今非昔比，现在的姑姑高高在上，一呼百应。不！应该是一呼万应，阵势壮观得不可想象。从巫婆到菩萨，角色的转换实在太快了，姑姑的身份地位发生了翻天覆地的变化。

张元渚说不清此刻是什么心情，他不知道得了正果的姑姑是不是已经改邪归正，和曾经做过的那些勾当一刀两断。假如自己看到的这一切都是真的，姑姑一定不会待见这个坏事干尽的侄子，那自己此行的目的可真就要泡汤了。

男礼侍站了起来，转过身去指导全体信徒。

张元渚焦灼不宁地离开石坛，神色里有了无奈，有了失落，还有点儿不甘心。他心事重重地往人群后边走去。

张雪鹄阴沉沉的面孔上带着微笑，目光掠过石坛下跪着的每一个信众，她清楚地发现了游走在人群边上的张元渚，但此时的她只能视而不见，保持着雷打不动的庄严。

张元渚装出无所事事的样子站在人堆旁，但马上就有人扭头规劝："见了活菩萨，怎么还不下跪？"

张元渚两条胳膊交叉放在胸前，一只脚稍稍前伸，仰脸望着天空。

身边一个男人实在看不下去，伸出手来拉了拉他。

张元渚冷冷地一笑，转身离去。

第二天，张元渚早早挤在队伍前面，随着人流一起来到城边的石坛下，他选了一个更靠前的位置跪下，跟着大伙一遍又一遍地重复着昨天的动作。

快到中午的时候，男礼侍突然宣布，孔雀大明王菩萨从今天开始给众生加持赐福。

张元渚一阵心慌，他也学着大伙的样子，站起来，跪下去，不住地磕头。

在男礼侍的主持下，加持典礼庄严进行，无论男女老幼全都站起自行排成一列队伍，慢慢地从菩萨身边通过。张雪鹄眯着眼睛，伸手在经过她身前的人头顶上轻轻抚摸几下。被抚摸的人跪下磕头后马上离开，张雪鹄又开始了下一个。

一个上午过去，"活菩萨"张雪鹄累了，男礼侍宣布今天的加持典礼结束。没有受到加持的人心里稍稍有点儿遗憾，又满怀期望地等着明天。

菩萨加持典礼的消息一夜间传遍了城里城外。一些平日里不参与这伙人活动的普通百姓这次也参与进来。一下子拥进这么多人，场地变得拥挤不堪，秩序就有些混乱，婆婆弄丢了儿媳，老婆不见了丈夫，儿子寻不着老爹。小孩子走失的事情屡屡发生，已经受过加持和没有受过加持的人挤在了一起，不但男礼侍分辨不清，就连张雪鹄自己也不知道哪些是反复排队希望重新接受加持的人。

解决的办法总是有的，"菩萨"毕竟是"菩萨"，心肠就是比普通人好，男礼侍宣布今日下午临时增加一场专门为远道而来的信众举办的加持典礼。

那些劳苦不堪、一连几天都得不到加持机会的外地人流下了激动的泪水。一位老妇为"菩萨"的特别恩典所感动，她浑身抖个不止，喉咙哽咽着。

在别人歇息吃午饭的时候，这些远道而来的男女老幼顶着烈日虔诚地跪在石坛下面，盼着这场特别恩惠的到来。

半个下午过去，太阳偏西，斜照着张雪鹄。轮到一个十五六岁的小女孩接受"菩萨"的加持和赐福，张雪鹄眯着的眼睛睁开了。

"小童女，报上你的名字年庚来。"

"菩萨"突然开口，小女孩愣了一下，赶紧回答："我叫盈儿，十五岁。"

"小童女听了，我是孔雀大明王菩萨。"

确实是"菩萨"显灵，盈儿诚惶诚恐，腿一软，跪了下去。

张元渚见了，往前凑了凑，在盈儿身边站住。

"菩萨"对张元渚招了招手，张元渚也跪了下去。

男礼侍见了，慌忙跪倒。显然，他对这种突发状况毫无心理准备。他身后的人们也好像得到了指引，齐刷刷地跪倒在地。

"菩萨"开口了："小童女，你与身边这位童子金缘已到，今日就是良辰，我这就指派你们两个成婚，不得有误。"

张元渚往前爬了几步，在"菩萨"面前鸡啄米般地磕头，说："感谢菩萨大恩大德。"

盈儿不知所措，她从未应对过这种场面。人们如同听见了荒原的号角，将盈儿和张元渚围在中间，都想一睹这对金童玉女的风采。

到了该男礼侍发挥作用的时候，他喊破了喉咙才勉强使场面平静下来。加持典礼一下子演变为成婚现场，盈儿做梦都没想到，这个下午自己稀里糊涂地做了别人的新娘。人们在荒唐中燃起了别样的期望，单身汉们心里努力搜寻着自己与别人相比有什么特别的地方，期待着"菩萨"将自己非凡的身世给挖掘出来，就像那位金童一样收获突如其来的幸福。人们在向这对新婚夫妇表示祝贺的同时，也不忘感谢"菩萨"这份额外的眷顾，当然更希望自己也能获得一份意外的惊喜。

没有花轿，没有鼓乐，和"菩萨"的旨意相比那些都不重要，张元渚拉着盈儿在人们的羡慕与赞美声中匆匆离开。

短暂的混乱过后，加持大典依旧进行。

四

趁热打铁，张元渚将盈儿带到姑姑家里后马上就占有了她，他这样做的目的就是彻底摧毁盈儿最后的一点点自信。即使是这种不合理的场合，张元渚一点儿也不觉得着耻，这是他的天性。张元渚既有过人的欲望，又有疯狂的胆量。因此，盈儿从这一刻开始就成了他的专属。盈儿心惊肉跳，一点儿反抗的能力都没有。

事后，张元渚赶紧收拾财物，逼着盈儿跟自己一起离开青川。

直到这时，盈儿才感觉到了事情的荒唐，想要挽回却已经不可能了。她不想跟张元渚走，求他放过自己。张元渚顿时变成另外一副样子，威严地拒绝了盈儿的要求。盈儿一下子有了恐惧感，第一次尝到了身不由己的滋味。

但她还是保存着最后一丝幻想，她要在这里等下去，等着菩萨回来，放自己回到阿翁阿母的身边。

张元渚感觉自己的权威严重受挫，一张长脸拉得更长了，装模作样地说："菩萨的法旨岂是儿戏？你初为人妇怎敢做出违背天理的事情来？现在我就是你的主人，让你往东，你就得往东；让你往西，你就得往西。不然，我就替天行道，叫满街的人都见识一下你这个不守妇道的女人。"

盈儿哀哀戚戚地哭出声来，张元渚早就失去了耐性，拉起盈儿的胳膊，将她拖出门去。

来到街上，盈儿不情愿地往前挪动着，她看着街上稀稀拉拉的几个行人，祈盼着有一个人能够帮助自己。一见张元渚那霸道的模样，想管这桩闲事的人都退了回去。盈儿泪水盈盈，用屈辱的眼神看着路边的每一个人。

张元渚显出出人意料的镇静，自己背着一个包袱，一只手紧紧地抓着盈儿。他使了很大的劲，把她给攥疼了。

盈儿祈求说："你轻一点儿吧！"

张元渚仍使出全力抓着她，一直向城北拖去。在张元渚手里，盈儿就像一只折了翅膀再也上不了天空的飞禽，只能任人宰割。

傍晚，张元渚饿了，就在一处村庄里讨了两个饭团。来到野外，自己拿起一个坐在地上吃。吃够了，将剩下的半个饭团递到盈儿面前。盈儿不吃，张元渚有些恼怒，狠狠地扇了她一个耳光。盈儿怕了，一边哭一边将半个饭团吃了下去。两人歇了一会儿，又往前走去。快到半夜的时候，盈儿实在走不动了，张元渚看看前面有一个大草垛，于是停下来在草垛里掏了一个窝，两人钻进去歇息。天亮以后接着赶路，五天后，他们来到了高晏。

稚气未脱的盈儿就这样带着对家乡对父母的眷恋，被张元渚带走了，她的家人从乡邻那里听到这一消息时惊愕不已。十五岁的盈儿去了一趟城里，就糊里糊涂地做了人妇，甚至连去向都不清楚，究竟谁该对此承担责任？盈儿的父亲是一个地地道道的农夫，虽然心怀悲伤，却也不失理智，当夜便找来自家亲戚友人商量寻找盈儿的办法。挨至第二天，一家人便开始行动。他们先是来找昨日显灵的"菩萨"张雪鹊，询问盈儿的去向。

让人不解的是，"活菩萨"张雪鹊今天有些神不守舍，对昨天发生的事情竟然一无所知。盈儿的父亲奈何不得，立刻去找青川县丞鸣冤，诉张雪鹊诈伪，把盈儿嫁与他人。县丞听了，问盈儿的父亲可有婚户文卷。盈儿的父亲听了，怪自己一时糊涂手里没有任何佐证就来告状，这叫县丞怎么能给张雪鹊定罪。

隔了一夜，盈儿的父亲带来证人，改诉张雪鹊拐卖人口。青川县丞不敢耽搁，即刻去传张雪鹊。没想到人去屋空，张雪鹊已经不知去向。县丞只好做下文案，着廷掾早晚拿人。公堂上，盈儿的父亲失魂落魄，一句话也说不出来。县丞简单安抚几句，便将盈儿的父亲给打发了。至此，盈儿的事情再也没有了下文。

一家子四处寻找，却始终没有消息。盈儿的父亲深知寻回女儿的可能性是极其渺茫的。那个下午，巫婆的一句昏话给这一家子留下无边无涯的伤痛和思念。

至于张雪鹊，许多不信她的人也仅仅认为她是一个装神弄鬼骗人钱财的巫婆，偶然间说了一句不该说的昏话，从未意识到她深藏不露的心机。而那些死心塌地追随她的人，则认为张雪鹊就是"活菩萨"，是他们永远的坛主。因为某种因缘，菩萨暂时离开了，但也并未真正地离开，她仍时时刻刻地关怀着他们。

石坛还在，每一天仍有很多信徒在那片空地上徘徊。

而张元渚无疑是最大的受益者，当然他也算是这场闹剧的终结者。如果没有他的出现，姑姑可能还有更大更远的发展前景。因为张元渚，张雪鹊从坛席上跌了下来，一夜之间两人都成了逃亡者。生活就是这么滑稽，这么让人不可思议。然而，更不可思议的是，这世上始终有那么一群人，穷其一生也不会从痴迷中醒来。

张元渚带着盈儿走进村里的时候，他没有一丝的惶惑，只觉得自豪和兴奋。身边这个青葱般的女孩，让高晏村的人们觉得张元渚很有本事，没有人知道他这一年多来都做了些什么。可刚进家门，张元渚就变成了恶魔，他毫不犹豫地把盈儿囚禁起来。至于盈儿的家住在哪里，张元渚又是怎么把她弄回来的，村里人更是一无所知。

盈儿陷入了一种遥遥无期的孤独与苦闷之中。每当夜晚来临的时候，盈儿就会偷偷地哭泣。起初，张元渚对盈儿还有些宽容，后来就失去了耐性，每每拳脚相加。盈儿只得把眼泪吞进肚里，再把眼泪擦干，接受张元渚的蹂躏。

在张元渚心情不错的时候，盈儿也曾小心翼翼地对他说，能不能允许她回一次云畦，和父母见上一面。这时，张元渚就把嘴一撇，说了句："做你的美梦去吧！"盈儿便愁眉不展，默默地躲到一边。

自从身边有了盈儿，张元渚的长脸看上去圆了一些，眼睛似乎也小了许多。带回来的财物足够支撑他两到三年的开销，日子过得很惬意。偶尔，也会有一种恐慌在他心头拂过，他不知道姑姑已经逃亡，害怕事情败露，盈儿的父母不知哪天就会找到这里。盈儿不是明媒正娶来的女子，私藏民女和逃避戍边，若被官府发现，哪一个都是不可饶恕的重罪。

于是他选择蛰伏，从不轻易出现在人们面前，就连亲属也很少登门。应该说他的这种策略还是成功的，至少两年过去了都平安无事。更让他快活的是，盈儿给他生下了一个孩子。自从有了这个牵绊，盈儿的苦闷似乎减轻了许多，张元渚对她的监视也渐渐松懈下来。

但婆婆和五斗的到来又引起了他的警觉，看得出盈儿并未打算死心塌地地跟他过日子。她冲着五斗道出了家乡的地址，这样做就是希望五斗把她的信息传递给家人，不知道五斗是否会把她的这句话记在心上，但这的确给张元渚带来了无穷无尽的烦恼。

对盈儿还得严加管控，不能有一丝一毫的马虎，不过高晏村的男男女女才是最大的麻烦。

一个风烛残年的婆婆都会跟自己过不去，这个世界上还有什么事情不可能发生？就像自己和姑姑简简单单的一出戏，就把盈儿弄到了手里。张元渚第一次感到了自己的无能与虚弱，总觉得官府派来的人，正手攥着绳索站在自己家的大门口，向路过的人们打听这里是不是张元渚的家。惊恐过后，他就越发地恨起婆婆来。

这些日子，张元渚的眼皮总是无缘无故地跳个不停，他猜想这或许就是灾难即将到来的先兆，于是他想到了躲避。对！就像当初把盈儿从青川弄到这里来一样，自己再把她弄到一个谁也想不到的地方去。

山里是最好的选择。

张元渚的计划还没有来得及实施，官府就先他一步找上门来，理由只有一个——临阵脱逃，交由郡守问罪。很快，张元渚就被送去边地罚做十年劳役。

获得自由的盈儿一个人带着孩子回到了云畦，回到了父母的身边。这次非同寻常的经历给她的身心带来极大的伤害，从此盈儿对天下男人都不信任，对装神弄鬼的巫婆更是避如蛇蝎。

高晏村人的生活依旧，并未因为盈儿的离开而寂寞，也不因张元渚被抓而消停。慢慢地，婆婆和村里所有的人就把盈儿和张元渚的事情给忘掉了。而这些都是五斗离开以后，不长时间内发生的事情，五斗对此一无所知。

五

离开高晏村，五斗接下来的行程中又多了一项内容，那就是寻找云畦这个地方。那里是另一个盈儿的家。

云畦在哪里？自己能找到那个地方吗？五斗感到了一种不可承受之重，心情一点儿也不轻松。

婆婆倒是十分认真，她把五斗送出村口还不忘再三叮嘱。

"五斗，你一定要把盈儿的事情放在心上。"

"我会的。"

"一旦有了她家里人的消息，别忘了给我带个信儿来。"

"我记住了。"

"盈儿啊，太可怜了。"

直到五斗走远，婆婆还站在那里。

走进一个村子又一个村子，出了一个镇子又一个镇子，就是没有一个叫云畦的地方，也没听说谁家丢失了一个叫盈儿的女子。

一连几天的西北风，冬天说到就到了。怀抱幼儿的盈儿就好像一道肃杀的风景，令五斗难以忘怀。每一天，他都在向人们打听云畦这个地方，结果却不尽如人意。

行人，马车，川流不息。

五斗眼前却好似空无一物，天地间只有寻找盈儿这么一个念想。他一边走，一边打听。

一个光头少年风餐露宿，长途跋涉，只为寻找一个女子，这听上去就像是一桩荒唐事。听了五斗的讲述，人们常常会报以一笑，接下来便开始思量五斗的脑子是否正常。

再看看他单薄的衣服和鞋子，在这寒冷的冬天，无论如何都不像一个正常的少年。但就是这样一个不正常的少年，却坚定地做着那件看似更不正常的事情，他的心完全被那个期望裹挟起来。

几乎每一个认真听他说话，或是与他有过交流的人，都会带着一种笑意离开。五斗看得出那笑容里的嘲弄，心中也会产生一丝难堪与别扭，但这种感觉很快就消散了。他在心中一字一顿地说："不管人们怎样看我，我一定要找到盈儿。"

不过，他还是吸取了一点儿经验，开始注意自己的举止言行，改说盈儿是自己失散的姐姐，自己正在寻找她。虽然这样看上去有点儿落俗，但至少不必再面对鄙夷或冷漠的眼神。

听五斗这样说，人们又改换了一副遗憾和同情的面孔，还要添上一句："但愿你能早日找到盈儿。"

一次次的希望，一次次的失望，五斗的情绪时而高涨，时而消沉。随着季节的加深，寒冷带来的烦恼渐渐增多起来。他一度真的想回去了。望着北方，五斗想着自己家里的火炉，不知不觉中就往家的方向移动着脚步。可当他意识到，自己一旦回去就再也没有重新出来的机会时，就狠狠心，转过身来继续前行。

他就像寒风里的一片落叶，不知飘到哪里才能够停下来。

一个黄昏，五斗走进了一座村庄。他一步一步地往前挪去，不知今夜如何度过，他的眼神里流露着失落和迷茫。

他开始怀疑那个晚上自己在居云寺里做的梦来：是不是真的像阿翁说的那样，梦是不可以当真的。

他盯着脚上的鞋子，那是盈儿留给他的。他好像听到了盈儿的足音，那足音很轻很飘，好像就在自己前面不远的地方。五斗抬头看去，苍茫中一个人影也没有。

他从心底发出一声叹息："盈儿，你到底在哪里？"

路边生长着一株枫杨树，五斗走了过去，一手扶着树干，慢慢地坐了下去。他什么也不看，眼睛直直地盯着自己脚上的鞋子。

"盈儿，你为什么偏偏送我一双鞋子？"

五斗发誓不把这双鞋子踏烂绝不回去。他想，或许盈儿就在前面不远的一个地方，或许她就站在冬日的寒风里目不转睛地望着天边，等待他的到来。盈儿瘦瘦的，一副无依无靠的样子，此时她的形象在五斗的脑海里比以往任何时候都生动逼真，抹也抹不掉。

其实，这都是五斗对盈儿的想象性猜测，越是找不到盈儿，他就越像一个小孩子一样依恋着盈儿。

五斗一动不动地坐着，备受煎熬，不知接下来自己该要去哪里。

他陷入一种困境，而身陷困境中的人大都是一副颓废的形象。过了一会儿，两个男人从五斗身边走了过去。没走几步，他们又停下来朝五斗这边看。

"好像是一个痴子？"

"从哪儿跑来的？"

两人又看了几眼，转身离开。

在他们眼里，此时树下的这个痴子，还不如一个乞丐。

他们的话，五斗听得清清楚楚，一种寒碜的感觉彻底把他包裹起来。又冷又饿，他坐在树下耷拉着脑袋，浑身直打哆嗦。他的手又碰到了口袋里的铜钱，正是离开荒谷的那个夜晚陈须嬉送给他的。一路上他一直没舍得花，白天随便讨点儿吃的，夜里钻进草垛一觉睡到天亮，即使有店家他也不会去投宿。

这里的村庄与村庄相距都比较远，荒野又经常有野兽出没，五斗本已接受就这样度过一整夜的现实。没想到，天完全黑下来的时候，他被一位叫宁褚的孤身老汉发现，又被老汉带回了家里。整整一个冬天，五斗一直留在宁褚身边。

五斗从宁褚那里知道，此处再往南就是山阴，会稽已经不远了。

第五章

乐城

一

五斗再次开启了中断一个冬天的旅程，桃花刚刚绽放的时候，他来到了会稽。宁褚曾经告诉五斗，会稽不是简简单单的一座城，那里辖境广大，光是县城就有十个之多，想找到江北来的移民实在是不容易。走过一座又一座城，一个又一个村，五斗真正体验到了大海捞针的滋味。该到哪里去找盈儿，五斗陷入了迷茫。

直到这时，他才感到自己这次出来多少有些草率。在家里阿翁就曾对他说："会稽地方那么大，你到哪里去找她？天知道盈儿会不会在那里。"

但五斗从未觉得自己荒唐，他认为只要尽力了，哪怕最终没能找到盈儿也值得。否则，他将留下一辈子的遗憾。

五斗原本是想早一点儿离开宁褚家的，没想到冬天还没过去一半，五斗就病倒了，他陷入了困境。不过他稍有好转，就动了离开的心思。五斗对宁褚说，他还要去一个叫云畦的地方，有一个同样叫盈儿的女子也需要他的帮助。宁褚想了想，觉得有些渺茫，没让五斗离开。五斗有些心焦，每逢黄昏他都会站在村庄外的交叉路口，透过斜阳去看过往的行人。

天气转暖，五斗向宁褚告辞。宁褚告诉五斗，切勿像过去一样漫无边际地去寻找盈儿，少有人从南方或北方到此处，实在找不到就尽快回转，回到乌里庄，回到父母身边去。

五斗无奈地点点头，说他接下来只想去几个大一点儿的县城，若是再找不到便回来。

五斗偷偷地将一半铜钱留给宁褚。临走前，宁褚给五斗剃去了一个冬天养长的头发。

春天就要过去了，前景越来越不如意，五斗却还是不肯回转。这天，他来到一个村庄旁边。

一个胡子拉碴、骨瘦如柴的汉子坐在村口的一棵银杏树下，花白的头发乱蓬蓬地系在脖子后面，长裾打满了补丁，他身前的平地上铺着一块画满方格子的粗布。

五斗走过来的时候，汉子正低头在粗布上面摆弄几个骰子。五斗想起了云畦，以及他对婆婆的承诺。

他朝汉子走过去，想打听一下这里是什么地方。

汉子慌忙将骰子收起，抬头看着五斗。他的眼窝深深地凹陷下去，眼睛像雨后土路边上的两汪浑水。

"乐城。"汉子半天才回答。

五斗有些疑惑，四下看看，这里只是一处几十户人家的小村庄，怎么看都不像是一座城，问："您可听说有一个叫云畦的地方？"

汉子没有再回答五斗，眼睛却盯着五斗背上的包袱，那里面像是揣着什么东西。

汉子问："你有什么吃的东西吗？"他看上去好像已经饿得够呛。

五斗把手伸进口袋，碰到里面的两个铜钱，想掏出来递给汉子，但又放弃了。五斗心想，即使给了汉子这两个铜钱，也不见得他就能吃到一点儿东西，便说："我还没有化来吃的。"

汉子见五斗这样说，也就不再理睬他，眼睛望着别处。

五斗不想放过任何一个可以打听的机会，又问："您知不知道有一个叫云畦的地方？"

汉子扭过头来，想了想问："你打听云畦做什么？"

五斗回答："我要去云畦。"

汉子接着问："你去云畦做什么？"

五斗说："那里是盈儿的家，她被人拐到了别处。我要找到她的家人，将她解救出来。"

"你是哪里人？"

"乌里庄。"

"乌里庄在什么地方？"

"在很远的正北方……"

"你叫什么？"

"五斗。"

汉子对五斗有了一个大概的了解，便不再理会他，只顾盯着自己脚下的那块粗布出神。

五斗见他低头沉思，越发相信他知道云畦在什么地方。于是，弯下腰，凑近了汉子，问："想必您知道云畦？"

汉子抬起头，说："知道。"

第一次听人说知道云畦，五斗很兴奋："您快告诉我，云畦在哪里？"

汉子叹了口气："很远很远……"

既然有了希望，五斗当然不会放弃，说："请您告诉我云畦在哪里，我会谢谢您的。"

汉子浑浊的眼睛一亮，"当真？"

"当真！"

汉子直了直腰杆，两只眼睛眨都不眨地望着天边，像是努力在寻找云畦。

"云畦在哪里？"

五斗越是急切，汉子反倒越是沉稳。他扭过头来盯着五斗，并不急于开口。

五斗伸手从口袋里掏出两个铜钱，递给汉子。汉子接过，放在手里掂了掂，慢吞吞地说："我就是告诉你，恐怕你也找不到。"

"为什么？"五斗问。

汉子皱起了眉头，说："想去云畦，从这往东先要渡过一条大河，过了大河再往东翻过两道山梁，接着往南走两天，然后往东面去，再往南走半天就能找到云畦了。"

五斗听得有些头晕。

汉子又接着说："云畦是我的家乡，我在乐城这个地方做生意，欠下人家一笔债务无法脱身。要是有我跟你一起走那就方便多了，可是……"

五斗看着这个困境之中的汉子，说："您欠了人家多少钱？"

汉子掰着手指算了算说，少说也得两串铜钱。

五斗有些为难，自己包袱里也只剩一串铜钱。

"施主，我只有一串铜钱，能不能跟人家说说，先把这一串钱还给他，剩下的等下次有了钱再还，这样行吗？"

汉子想了想，说："倒是可以试一试，可还得看看人家能不能答应。"

五斗解下包袱，将铜钱全都掏出来，放在汉子身前的粗布上。两人数了数，只有一串，还余下三个。

男子抓起三个铜钱对五斗说："这三个你先拿着，我先把这一串铜钱还给人家，这样好不好？"

五斗没接那三个铜钱，说："都拿去吧！省得人家嫌少。"

"也好，我这就找那些债主去，早去早回。"汉子并不推辞，看了一眼五斗，又说，"我们明天一早在这里见。"

五斗点点头。

汉子从地上敛起那块粗布，一步三摇地走开了。

五斗心里十分高兴，帮助汉子，就是帮了盈儿，也是帮了自己。他心里期待着，明天就可以和汉子一起去找云畦。

已经到了傍晚，正是家家户户吃晚饭的时候，五斗捧着两个菜团子从一户人家的院子里走了出来。

他回到村口那棵银杏树下，一边吃着菜团子一边向西天边望去。黄昏的天空迷蒙恍惚，吐露着不可言说的奥妙。五斗看得呆了，想象着自己乘着一片云彩，能够马上投入那片黑红相间的神秘中去。

两个菜团子吃完，五斗感到十分轻松。他心里一遍遍地憧憬着，云畦该是一个什么样的地方，那里一定有很大的一片平地，种着许多蔬菜与花果，流水的沟渠纵横其间，竹林边上几间茅屋就是盈儿的家。天上白云如画，地上花木成畦，暮霭时分，一位阿翁手持竹杖站在屋前的土路边，正在等待盈儿的归来。

五斗认为自己正在做一件十分有意义的事，再辛苦劳累也值得。

村子里传来呼鸡唤牛的声音，吃过晚饭的人们来到户外，数一数自己饲养的家禽家畜，然后把它们统统关进棚子里或别的什么地方。五斗想，自己也应该找个地方歇下来了。

天完全黑下来的时候，五斗在村子后面找到一个大草垛。他抓着草梢爬了上去，在上面掏了一个窝，解下包袱枕在脑后，仰面望着天空。一弯月亮正慢慢退到云朵身后，只剩满天星斗。五斗想着明天的行程，迷迷糊糊地睡着了。

远远的一伙人冲大草垛这里走来，领头的就是拿走五斗全部铜钱的那个汉子。汉子指了指草垛，另外两个比他年轻的汉子从草垛的两边悄悄爬了上来。一左一右蹲在五斗身边，盯着五斗看。两人的眼睛很亮，亮得有些瘆人。一个汉子小声问五斗："小师父，你身上还带着多少钱？"

五斗摸摸衣襟上的口袋，说："一个铜钱也没有了。"

"那怎么成？不把钱全拿出来，我们是不会放过你的。"

一个汉子忽地按住五斗的肩膀，另一个汉子骑在五斗身上，将一块画着方格子的粗布蒙住五斗脑袋，双手去掐他的脖子，咬着牙说："你要钱还是要命？"

五斗闷得不行，挣扎着从梦中惊醒，心扑通扑通直跳。他好害怕，抓起包袱顺着草垛边缘滑了下去，一路狂奔向村口。

他在银杏树下坐了下来，一直坐到天亮。

这里是他和汉子约定好见面的地点，可直到中午，汉子都没有出现。

下午过去，黄昏即将到来，汉子还是没有出现。五斗不敢到别处去，他不知道汉子什么时候就会来找他，怕错过了与汉子见面的机会，一直站在银杏树下等他。

饿了，五斗就到村子里讨点儿吃的；渴了，五斗再去讨碗水喝，然后赶紧返回银杏树下。村子里的人觉得村口站着的这个人有些奇怪，但都是远远地张望一下，没有人走上前去问他站在那里干什么。

对那个汉子，五斗显然没有丝毫的怀疑，从早到晚始终守在那里，一连两天都是这样。到了第三天早晨，五斗终于沉不住气了，他走进村子打听有谁认识那个长裾打满补丁、手里抓着一块粗布的汉子。

村里人告诉他，那个人叫李树梢，是个赌鬼，经常在乐城一带活动。人们还告诉他，乐城就在前面，已经不远了，五斗去那里说不定还能遇见他。

像是被人当头浇下一桶冷水，五斗感到一阵寒冷，确切地说是心冷。

他眼睛瞪得大大的，盯着村口那棵银杏树出神，仿佛那个叫李树梢的汉子没有走远，此时就坐在树底下，脚踩着一块粗布，手里握着几个骰子。

五斗想起了阿翁送他去居云寺的那个春天，大和尚和二和尚每天外出，五斗还小，老和尚把他留在寺院里。一天，寺院里来了一位四十岁上下、一条腿有残疾的乞丐。老和尚见他行走不便，便周济他一点儿粮米，乞丐收下后便离开了。过了些日子，乞丐又回来了，老和尚照例送他一些粮米。此后，乞丐成了寺院的常客，要钱要米一点儿顾忌都没有。大和尚和二和尚有些不快，背地里怪罪老和尚惹了麻烦。一天，乞丐背着铺盖卷走进寺院，说这里既清净又饱暖还可以修行，他要皈依佛门与老和尚早晚相伴。老和尚没有应允，乞丐便赖着不走，自己寻了间空屋子住下。乞丐在寺院白吃白喝好几个月，常有一些不明不白的人摸黑来寺院找他，关起门来不知在里面做些什么勾当。大和尚忍不住，一天独自闯进乞丐住的屋子，没等乞丐反应过来，上前一把揪住他的衣领，将他拖出了屋子，再回身进屋拎起铺盖卷，连同他一起扔出山门。乞丐从地上爬起来一句话没说，瞪瞪眼，走了。几天后的夜里，山门外的柴草垛起了大火，因为隔着一座墙，加上风势不大，这把火才没有殃及寺院的房舍。大和尚和二和尚都说这把火是乞丐放的，老和尚却保持沉默，什么也不说。从那以后，乞丐就消失了，大和尚和二和尚每每外出，再也没到碰见过他。

不过，大和尚总是觉得不安，晚上睡觉把门闩得牢牢的，身旁还忘不了放上一条木棒。

五斗清楚地记得，大和尚说，有些人来到世上就是吃喝和排泄，一点儿好事也没有，根本不值得可怜。老和尚听了这话反倒怪罪起大和尚，大和尚便不言语了。五斗对乞丐和经常来寺院找他的那伙人也没有好感。他想，银杏树下的汉子就像当年赖上寺院的那个乞丐，也是个恶人。他十分懊恼，怪自己糊涂，认错了人。

这是他离开乌里庄后第一次受骗。口袋里空了，他无精打采地往前走去。走出几步，五斗又回头看了一眼村口的那棵银杏树。

一个走街串巷卖麻油的汉子累了，放下担子坐在那棵银杏树下歇息。同样一个地方，换了一个人，就会别有一番情调。

汉子低着头，一动不动地看着自己脚下竹篓里的青瓷油瓶，不知在想什么。五斗有些担心，不知他会不会成为下一个受骗者。

五斗的担心是多余的，汉子是本地人，庄子里的人他都熟悉。

汉子站起身，拎起竹篓往庄子里走去。

五斗也打起精神往乐城走去，他不希望再遇见李树梢，最好一辈子也别遇见。

二

"小和尚，一个人往哪里去？"

"乐城。"

"去乐城干什么？那里没有寺院。"

"去找一个人。"

"一个什么人。"

"一个从北方过来的人。"

…………

这个上午，五斗遇见好几个爱打听事情的人，他们都说有从江北过来的人留在了乐城，或许他们中就有五斗要找的人。五斗很兴奋，不由得加快脚步往前走去。半个时辰不到，他的眼前出现了一座白石牌楼，一条石板路从白石牌楼下面穿过，一直通向城里。

牌楼底下，左右各站着一个身着戎衣手持长戈的卫兵，两人正聊着什么。

当五斗看清楚牌楼上面"安平乐和"四个大字的时候，两个卫兵的注意力也放在了他的身上。五斗第一次看见这么高的牌楼，心中已经有了几分畏怯。面对两个陌生又威严的卫兵，五斗更加紧张。他不知道接下来会有什么样的事情发生，这一路他多次听说官府捉丁的事情，脚步一下子慢了下来。

他壮着胆子朝牌楼走了过去，不停地告诉自己："我是一个出家人，出家人不问俗务，出家人是不会被捉去做丁的。"

见来人是个十几岁的小和尚，两个卫兵瞥了他一眼，又把注意力放到了别处。

五斗从容地走进城去。

恰逢阴天，看不见太阳，五斗沿着一条大街往前走。乐城的街道不是很宽，走着走着就出现了一条岔路，就像一棵大树分出的枝丫。向两侧望去，青石铺就的小巷子深不可测。转过两条街后，五斗就迷了路，再也分不清东西南北。估摸已经到了中午，五斗左右张望一会儿，拐进一处更窄的巷子，在一户人家那里讨了点儿吃的，开始盘算今夜在哪里歇息。

虽然身上一个铜钱没有，但是五斗并不担心挨饿，只是夜里无处栖身。大街小巷，川流不息，想找一个安静的门洞都不容易。

转了一个下午，五斗都没发现一个可以遮风挡雨的地方。太阳很快落下，夜风渐渐增添了凉意。五斗想起白天走过的一座小桥，就在这不远处两条小巷子中间，桥下的小河边还拴着几条带篷的小木船，那里似乎可以过夜。

五斗转身往回走去，天完全黑下来的时候总算找到了那个地方。没有灯火，幽暗的桥下，除了苍茫，还是苍茫。五斗站在河岸边，看看桥上，又看看小船，一阵犹疑。

这是今夜唯一可以歇息的地方，他别无选择。

他靠近船头，轻轻叫了一声："船家。"

没有人应。

五斗拉动拴船的绳索，小船靠近河岸。他轻轻一跳，便站在了船头。远处传来断断续续的箫音，像是从一条挂着绿灯笼的船上发出的。五斗静静地聆听着，那箫音韵味悠长，像是月亮被一层薄云所蒙，又像是船下薄薄的流水。五斗向挂绿灯笼的船上望去。夜色的深远处，船影虚幻迷离，漂浮不定。河风徐徐，三两声鸟鸣从岸上半隐半显的树影中发出。五斗的心怦然一动，那吹箫的一定是个优雅的女子，生得十分好看，就像盈儿一样。听了一会儿，箫音渐渐远去，和那绿灯笼一起消失在茫茫夜色之中。

五斗有些失落，看了看四周后钻进船舱。他伸手去摸，除了一张草席之外什么也没有。五斗躺下来，船身微微摇晃，很宽敞，也很安静，他为今夜有了这么一个理想的安身之处感到庆幸。他希望船的主人在今后的一段日子里，最好都不要来找这条船，这样自己就可以免去无处栖身的烦恼。

这大概是五斗最值得回味的一个夜晚，多年以后，五斗仍然会想起那挂着绿灯笼的小船，还有那时断时续的箫曲。

想着白天走过的每一个地方，五斗有些困惑。乐城不但很大，地理也十分复杂。一样的房舍，一样的店铺，总也望不到尽头。走在深不见底的小巷子里，七拐八拐，七转八转，就又回到了最初的地方。乐城简直就是一座迷宫，真正把它搜寻一遍，找到那串挂在窗上的风铃，没有几个月的工夫似乎不大可能。

万花筒一样的乐城，或许一生都很难见到第二个。

夜半，河上起了大风，鼓起的水浪摇荡着小船，五斗一下子想起小时候吊在棚上的摇篮。五六岁的时候，在邻居家他还偷偷地爬上去过，那天他无论如何也无法使它摇荡起来，此后他再也没有体验过躺在摇篮里的惬意。今晚在船舱里，或许他能够找回小时候关于摇篮的那段被尘封已久的记忆。一阵倦意袭来，他睡着了。

太阳出来的时候，五斗在河边洗了脸，他精神饱满地出现在大街上。

对五斗来说，城里的每个角落都充满快乐和希望。他的目光不会放过任何一个气质高雅、身材苗条的女子，盈儿也许就在她们中间。盈儿是诗一般的女子，气质高雅，不同于一般的村姑。两三年的接触，她的一举一动、一笑一颦，早已定格在五斗的记忆深处。

居云寺那个夜晚，盈儿走进梦境。分手的时候，月光朗照，盈儿的目光朦朦胧胧的，带着一丝能够再次相见的渴望。他紧紧地跟着她，却不能让她多留一会儿，她那虚幻的影子瞬间消失在苍茫夜色之中，就像是一幅画，带着寂寞的诗意和远古的神秘。五斗相信，再见面时，盈儿一定记得梦中他们两人在古塔下的短暂相遇。

听阿母说，盈儿是和她的乡邻们一起离开的。盈儿像是一株即将绽放的花朵，在最有风韵的时候，怎么可能留在僻陋的乡野？而乐城恰恰是最适合盈儿生存的地方，想要找到她，一定要在这个美女云集、艳姝满目的地方多下一番功夫。

五斗一边走一边看，卖玩具的、卖扇子的、卖菱角的、卖各种水果的，挂着各种招牌的店铺前面，一溜长龙似的排满了各式各样的摊子。五斗在一家屋檐挂着两个黄色六棱纱灯的门口停下，他抬头看了看门上的匾额，上面写着"羽后人家"几个大字。五斗看了半天，不解其意。他朝门内望去，柜台旁边一位老者坐在藤椅里闭目养神，柜台里一个伙计正低头摆弄一把折扇。

五斗走进门去，在伙计前面站住。

伙计抬起头来，见是个年纪不大的光头少年，赶紧丢下手中的折扇，问："小师父，要买折扇吗？"

五斗双手合十，说："我不买折扇，请问施主，可曾见过一个叫盈儿的女子？"

伙计明白了，这是一个进门打听事情的主儿，便问："小师父，你说的是个什么样的女子？"

五斗回答说："一个十七八岁、身着绿衣的女子，她叫盈儿。"

伙计想了想，说："没有，没见过。"

"打扰了。"五斗转身走出门去，只留伙计一脸困惑。

这时，藤椅上的老者睁开眼睛，问："来了什么人？"

伙计回过身去，说："一个孩子，打听一个叫盈儿的女子。"

老者说："那不是个孩子，是个出家人，他叫你施主，你明明叫过人家小师父。"

伙计说："出家人怎么过问起俗家女子来？"

老者说："那都是孽缘。"

"孽缘？"伙计若有所思。

乐城来了一个十四五岁的少年，瘦瘦的，并不浓密的眉毛下一双幽潭般的黑眼睛，嘴角现着几分执拗。他逢人便打听可曾见过从广陵过来的一群人，他们中间有一个叫盈儿的女子，或者见过谁家窗前挂着一串风铃。

没人见过从广陵过来的一群人，更不知道谁是盈儿。人们倒是先弄清了这个少年叫五斗，从乌里庄来到这里。乐城人的头脑是最聪明的，渐渐地，人们产生了怀疑，怀疑这个冒充和尚的少年背地里的动机，因为五斗眼里流露着一种不该有的渴望。

人们有了戒心，不愿意让五斗走进自己的店铺，就像怕自己家的财富被一个来路不明的外乡人瞧见似的。五斗却没有一丝一毫的察觉，固执地向他们打听，有谁见过从江北来的一群人，他们中间有一个十七八岁、名叫盈儿的女子。

一些爱生事的人便寻他的开心。

"五斗，你再说一遍那个叫盈儿的女子家住什么地方？"

"盈儿的家在云畦。"五斗本来是想说盈儿的家在广陵，可不知为什么，他突然冒出了这么一句话。

"云畦在什么地方？"这本来是五斗经常向别人提出的问题，今天却被他们反过来问。

五斗也觉得不对劲，小声回答："不知道。"

人们更觉得奇怪，接着问："五斗，你见过盈儿吗？"

"见过。"

"盈儿是你什么人啊？"

"是一个，一个……"五斗有些答不上来。

"五斗，你找一个和你不相干的女子做什么？"

…………

离开乌里庄半年，五斗从没有遭遇过今天这样的尴尬。乐城的人实在刁钻，凡事非得刨根问底。五斗招架不住，红了脸，仓皇逃去，他的身后传来一阵笑声。

三

五斗一如既往地走动着。

一个阳光朗照的上午，五斗来到一条街上。这条街他已经来过很多次，但他总觉得说不定什么时候盈儿就会在这里出现，自己不想失去每一次能够找到她机会。五斗一个门口接着一个门口地往里面看，走累了就背靠墙根歇上一歇，但眼睛却是万万不能闲下来的，特别是有年轻女子从他身旁经过的时候。

远处几个衣裙鲜艳的女子朝他这边走来。五斗瞧见，立刻往街边上挪了挪，这样也好在她们经过时看得更清楚些。

几个年轻女子缓缓向前，五斗看见靠中间的那位绿衣女子，她那高挑的身材的确有些像盈儿。

五斗一阵心跳，两手也有些发抖。他努力控制着自己的情绪，期待与她见面的那一刻。

想不到的是，几个女子在一家绸缎庄门前停住，商量了一会儿便一起走进了店铺。五斗等不及，三步并作两步，来到那家店铺门前面。那个穿绿衣的女子背身对着门口，五斗清清楚楚地看见她长长的头发在耳后绾成一个髻，上面插了把竹制的簪子，这就是盈儿在乌里庄时的打扮。

不大一会儿，几个女子转身出了店门。走在前面的是两个身穿紫色衣裙的丰腴女子，五斗顾不得去看她们，单单去看她们身后的绿衣女子。

几个女子在五斗身前站住，一个紫衣女子说："我们散了吧！"

"也好。"另一个女子回答道，她牵过绿衣女子的手，又说，"我俩同路，正好一起回去。"

绿衣女子一边答应一边朝五斗这边看，两人目光相对时，五斗惊住了。

淡淡的弯眉，清瘦的脸庞，这不正是盈儿吗？她居然出现在这里。五斗又想起梦中盈儿说的那句话："你若真想和我在一起，就往南去找我，我会在一个地方等你。"

没错！盈儿真的在这里等他！

五斗一阵战栗，干张嘴说不出话来。绿衣女子看了五斗一眼，就把目光就移开，牵着紫衣女子的手，往前去了。五斗以为她没有认出自己，忍不住叫出声来："盈儿！"

绿衣女子头也不回头地去了，她根本就不是盈儿。

五斗像是从天堂跌进了地狱。

绿衣女子越走越远，身影消失在一条街口处。

五斗仔细想了想，原来自己弄错了。他站在那里，好沮丧。远远地，一位农夫拎着酒葫芦朝这边走来。

农夫来到五斗身边，找了个树荫坐下，举起葫芦喝起酒来。

一只螳螂在农夫面前飞过，消失在路旁的草丛里。紧接着，就有几个小孩子追了过来，一个个弯下腰，在螳螂落下的地方搜寻着。

农夫唱了起来。

去野多轻翅，

迷离各不彰。

枝疏虫敛翼，

叶茂豸扬长。

日暖纤身去，

晚凉瘦影藏。

蛰居嗤智巧，

养浩度寒霜。

五斗听了，似懂非懂，他觉得农夫歌声里的轻翅就是那只螳螂。

一声惊叫，一个小孩子捉住了螳螂。另外几个小孩子全都扑了过去，七八只小手一齐争抢，螳螂很快就被扯去了翅膀，最后被一个小孩子丢弃在了草丛里。

五斗见了，十分不忍，他走上前，从草丛中捡起螳螂。螳螂还活着，五斗将它放在路边的一根树枝上，看来螳螂的命运也不似农夫歌里唱的那般美妙。

小孩子们太过分了。

螳螂沿着树枝向上爬去，五斗看着它被浓郁的绿色包围了才转过身来。

树荫下，农夫仍在唱歌。

昏鸦敛翼思玄夜，

蛛蛰绕结争月白。

倾叶翩飘随风去，

龙跃天衢浩气来。

无由年少遇明主，

开心写意列班排。

披发狂叟执金简，

妙年历落黄金台。

他没有心思顾及五斗，站起身提着酒葫芦离开了。五斗听了，一句也没记住，只觉得那首歌好像是在描绘一个人的故事，结局似乎十分理想。

农夫走远了，五斗也不再去想。

当他回过神来再去寻找两个女子时，她们早已消失在茫茫人海里。

盈儿，她究竟在不在这座城里？

五斗情绪低落，站了一会儿，离开了那条街道。这时他觉得两条腿软绵绵的，浑身少了许多力气。

他在一户人家门口的台阶前坐下。这户人家两扇大门半开，或许一会儿就会有人出来，他也好讨口吃的。

疲惫不堪的五斗垂着头，打起了瞌睡，跌入梦乡。梦里，一个人从他身边走了过去。五斗抬头看去，是一个乞丐。

乞丐蓬头垢面，看不出本来颜色的旧长裙打满了补丁，赤着脚朝前方走去。

五斗站起身，跟在乞丐身后。

路的尽头是一座红墙碧瓦的殿宇，距离较远，五斗不知那是什么所在。

乞丐走得很快，早把五斗甩在了身后。五斗看着乞丐登上台阶推开殿宇的大门，走了进去。

五斗来到近前，抬头看去，这是一座孤零零的、没有匾额的殿宇。

大殿门开着，几个五六岁的小孩子正在殿门口玩耍。五斗跟着一个小孩子走进大殿，对面法坛上端端正正地坐着刚才那位乞丐，另有几个小孩子在他身前跑来跑去。五斗看着乞丐，乞丐也在看着五斗。

乞丐的眼神里透着不可言说的威严，他显然不希望五斗在这里停留。

五斗明白了，这是个谁遇见谁倒霉的主，避之唯恐不及，自己偏偏跟他跟到了这里。

他怕了，慌忙跪倒在地……

已是正午，街上静悄悄的。

五斗身后的大门内出现了一个四五岁大的小女孩。小女孩本来是不打算走到街上的，可台阶下面坐着的光头少年引起了她的注意，她悄悄地迈出门槛，朝五斗走去。

她在五斗身后站住。见他睡着了，小女孩想去摸一摸这个比自己大许多岁的少年。小女孩伸出了一只小手，往前移动了一步，指尖刚好碰到五斗的耳朵。

五斗感觉有一只手偷偷地伸向自己脑后，他一下惊醒，回头一看，一只毛茸茸的爪子正伸向自己。五斗被吓得不轻，干张嘴就是叫不出声来，一下子瘫倒在地。

五斗的表现完全出乎小女孩的预料，她像是受了谁的欺负似的，哇地哭出声来。

小女孩的哭声惊动了大门里的女人，她几步来到台阶下，将小女孩护在怀里，说："不怕不怕，阿母在这里。"

小女孩从女人的怀里扭过头来看了五斗一眼，又把脸埋在女人的怀里。

女人冷冷地看着五斗，说："一个小孩你也欺负……"

五斗尚未从惊恐中醒来，瞪大双眼望着这对母女，嘴里念叨着："一只毛茸茸的爪子……"

女人厌恶地瞪了他一眼，道："胡说八道。"她抱起小女孩，几步迈上台阶，转身将大门关上。

五斗眼里透着恐惧，坐在地上，不住地念叨："毛茸茸的爪子……"

很快，五斗的身边就聚拢一大堆小孩子，目光里透着疑惑，都想弄清楚刚才发生了什么。

五斗坐在地上，嘴里反复叨咕着一句话。

"毛茸茸的爪子，一只毛茸茸的爪子……"

一个小孩子蹲下来，仔细地看着五斗，问他哪里有一只毛茸茸的爪子。

五斗垂着眼皮，喃喃自语："毛茸茸的爪子……"

小孩子们窃窃私语："小和尚好像癫了。"

五斗一点儿精神也打不起来，像是疲惫极了。他想躲开这群小孩子，找个地方去睡一会儿，可浑身就像散了架，没有一点儿力气。

他强撑着站了起来，往前挪了几步就再也抵挡不住那一阵紧似一阵的睡意。五斗朝路边一棵樟树奔了过去，身子刚靠近树干就睡倒在地。

这场面不多见，小孩子们的好奇心又被勾了起来。他们可不打算让五斗安安稳稳地睡下去。你捅捅我，我捅捅你，希望有谁能够率先出手捉弄一下五斗。一个个头稍大点儿的小孩子从树上揪下一片叶子，凑到五斗跟前去撩他的眼睛。在他的带动下，小孩子们跃跃欲试，满地寻找能够对付五斗的东西。很快，每个小孩子手上都有了一个令自己满意的工具。他们蹲下来，一个用草梢去搅五斗的耳朵，一个去碰五斗的鼻子，一个去扒五斗的鞋子，还有一个用尖锐的瓦片去扎五斗的脚心。

五斗翻过身去，仍然睡着。

如此捉弄还是不过瘾，一个小孩子真的发起狠来，捡起五斗的鞋子，照着他的额头使劲儿拍了下去。

五斗一惊，醒了过来。小孩子们并没有四散逃去，反倒围住了五斗。一声声童音不住地问："你怎么睡在这里？"

"你是从哪里来的？"

…………

五斗脸上一点儿表情也没有，好像压根儿就听不见他们的问话。

小孩子们有些失望。他们开始琢磨五斗的来历。想来想去，这附近根本没有寺院，这个叫五斗的肯定不是当地人。

一个小孩子说，五斗来历不明，整天在这里骗吃骗喝。另外一个小孩子说，应该把五斗送去官府，怎么看他都不像一个好人。

一个拄着拐杖的婆婆站在远处朝这边张望着，不知这里发生了什么，慢慢地朝他们走来。她站在了这伙小孩子身后，从他们身旁的缝隙往里看。

婆婆眨了几下眼睛，看清了地上坐着的是一个十四五岁大的孩子。婆婆不明白，他为什么穿着一件僧人的衣服。对了！那一定是他捡来套在自己身上的。可怜的孩子！婆婆心里酸酸的。她转身走回家去，再来时，将两个菜团子递到五斗手上。

五斗接过菜团子，狼吞虎咽地吃起来。

婆婆叹息一声："可怜的孩子。"

在婆婆的劝说下，小孩子们各自散去。

第二天，五斗照旧走在街上，一身尘埃，脚步虚飘。

从一条街到另一条街，一个店铺接一个店铺地转——和以往不同的是，五斗不再向谁打听盈儿的消息，只管梗着脖子一路走过去，然后不知从什么地方再走回来。有时五斗也会停在一个店铺门口，一动不动地盯着里面看，直到店铺里的人被他看得受不了，出来把他给撵走。没有人见过昨天午后发生的那一幕，不知道五斗为何突然变成这个样子。

一些人便将五斗截住，问他是怎么了。五斗眼神直直的，像是听不懂他们的问话，一点儿反应也没有。

乐城的人们还是可怜这个神志不清的少年，送给他点儿吃的、喝的。人们看见他那失去神采的眼睛，会从心底感叹一声："他咋成了这个样子？"

这样的事情每天都在重复，人们对五斗渐渐失去了兴趣。当五斗出现在店铺门口时，里面的人都懒得去看他一眼。五斗怔怔地立着，大概他也觉得无趣，过了一会儿就走开了。一个伙计站在店铺门口瞧见五斗朝他这边走来，赶紧钻进屋子回身把门关好，再瞪起一只眼睛从门缝往外看，直到五斗走过去后才将店铺的大门打开。

四

已经是四月，乐城的白天十分温暖，街边樟树的叶子被风吹得哗哗作响，遮住了正午灿烂的太阳。

五斗从一条小巷子里面奔出来，站在槐树下傻笑。一个年纪不大的铜匠挑着担子颤悠悠地朝他这边走来，担子两头挂着的小器物叮叮当当，吸引了五斗。他好像听见了风铃摇动时发出的声音，盯着铜匠的担子看。

铜匠在五斗身边停了下来，问："小和尚，站在这里干什么？"

"干什么呢？"五斗含混地重复了一句。

铜匠累了，正想找地方歇一歇，于是放下担子，看着五斗，问："小和尚，从哪里来的？"

五斗眼睛盯着担子上挂着的几个铜铃铛，一把扯下两个。

"你要买铃铛？"铜匠问。

五斗没说话，眼睛盯着担子上另外两个大一点儿的铃铛。

铜匠说："你都要了，就给三个铜钱吧。"

五斗将几个铃铛全都扯了下来。

铜匠耐心地等待五斗付钱。

五斗摇着铃铛，根本就不去理会铜匠。

铜匠急了，问："你到底有钱没钱？"

五斗脸上带着莫名其妙的笑容。

铜匠发现了五斗的异样，从五斗手里夺回铃铛，丢进挑子的木箱里。

五斗自言自语："铃铛……"

铜匠赶紧挑起担子快步离开了。

五斗转过身，跟着他。

铜匠走了一段路，觉得身后并不平静，扭头一看，见五斗紧紧地跟着自己。铜匠有些恼怒，放下担子，冲五斗瞪起了眼睛，说："你只管跟着我做什么？"

五斗停住。

铜匠重新挑起担子，继续走路，走了几步又回头望了五斗一眼，见他没有跟上，嘴里叨叨咕咕："真晦气，碰见这么个痴子！"

五斗走到了另一条街上。

一位老汉坐在案板后面的竹椅上，面前摆着一摞油面饼子。没有生意，老汉看上去无精打采的。

五斗凑了过来，在老汉身前站住，他两眼直直地盯着案板上面闪着油光的饼子。

老汉知道五斗心里在琢磨什么，眯眼看着。

五斗伸手抓起一个饼子就往嘴里填，三口五口下去，巴掌大的一张饼子很快就没了踪影。

老汉睁大了眼睛，说："你慢着点儿。"

五斗好像什么也没听见，伸手又抓起一个。人们聚拢过来，在五斗和老汉前面围了个半圈。

此时的五斗，眼里只有饼子。

他几乎又是以同样的速度将饼子吃了下去，然后使劲抻了抻脖子，在人们的嬉笑声中钻了出去。

往前行走了几步，五斗在一个提篮卖桃子的婆婆身前站住。婆婆刚刚见证了两张饼子消亡的全部过程，赶紧把篮子抱在怀里转过身去，背对着五斗。

五斗转到婆婆身前，伸手去夺婆婆手里的篮子。婆婆急了，大声呼救："癫子抢桃子啦……"

五斗并不在乎婆婆喊什么，一手一个，将桃子抢到手里，张口就啃。

"天杀的癫子。"婆婆十分生气，一边骂一边提着篮子躲开了。

这样的场景每天都在重复。斯文与含蓄，忍耐与羞耻，一下子全都被五斗丢在了往日的时光里。

一天中午，五斗蜷缩在折扇店铺前的街道上，啃着刚从路边摊贩那里抢来的萝卜，一群小孩子将他团团围住。

"萝卜好吃吗？"一个小孩子弯下腰，盯着五斗的脸问。

五斗将啃剩的半个萝卜递给他，小孩子接过，一把丢进路边的壕沟里。五斗又黑又脏的手臂抹了一下嘴角，脸上带着莫名其妙的笑。

小孩子看着他，说："五斗，再讲讲你那个盈儿的故事吧！"

五斗看着他，问："你见过盈儿？"

小孩子动了促狭的心思，说："见过。"

"她在哪儿？"

"不告诉你。"

"你快说，盈儿在哪儿？"五斗看着他，急切地问。

小孩子看了看身后，不远处一个卖水果的老汉身边站着一个几岁大的小女孩。

"就在那儿。"他指了指小女孩。

五斗瞪着一双无神的眼睛，说："她不是盈儿。"

"她就是。不信，你过去看看。"小孩子碰了碰他。

五斗没有反应，低头看着脚下。

小孩子心头涌起戏谑的冲动。

"你是饿了吧？我给你点儿吃的。"小孩子蹲下身，两手食指和拇指在五斗面前比画出一个圆圈，笑嘻嘻地说，"这是一张香喷喷的大饼，送给你，吃吧！"

五斗眨巴眨巴眼睛，看着这个比自己还要小许多的小孩子，学着他的样子也将两手拇指和食指比画出一个圆圈，冲着他说："这儿有一个甜瓜，送给你吧！"小孩子一下子被他给气乐了。

一个脸上多毛的中年人从这里经过，见地上坐着一个衣衫破旧的小和尚，脚步没停，接着往前走去。这时，他的身后又传来小孩子欢快的叫喊声："再去给癫子弄点儿喝的来。"

人群中立刻跑出一个小孩子，他拿着一只带豁口的大碗，快步从多毛的中年人身边跑过。

多毛的中年人被勾起了兴致，他将小孩子拦下，问："你们在做什么？"

小孩子回答说："癫子渴了，要水喝。"

"癫子要水喝？"中年人转身望着那群小孩子。

那个拿着破碗的小孩子在路边的水沟旁舀起半碗浑水，转身往人群那边走去。

中年人想弄个究竟，跟在端水碗的小孩子身后往回走去。那边，几乎所有的小孩子全都望着他们俩。人群闪开，小孩子稳稳当当地将半碗浑水递到五斗面前。五斗抬起头，看着他。

"喝吧喝吧！喝下去就一点儿也不渴了。"他将半碗浑水送到五斗的嘴边，五斗接过一口气全都喝了下去。

"这回不渴了吧？！"小孩子很得意。

"好喝不？"

"要不要再来一碗？"

小孩子们七嘴八舌。

五斗直勾勾地看着拿着空碗的小孩子，说："好喝……"

中年人站在小孩子身后仔细地看着地上这个瘦弱的小和尚，一下起了捉弄的心思。他在五斗身边蹲下来，说："刚才你喝的是一碗脏水，路边坑里的脏水。"

"脏水？"五斗好像听明白了中年人的话。

"土坑里的水，蛆虫、沙子什么都有，你全都喝下去了。"

"那咋办呢？"

"你把它吐出来呀！"

"我吐不出来。"

"我有办法。"中年人看着身边的小孩子，"快！拿鞋底拍几个苍蝇来，多拍几个……"

小孩子明白了中年人的意思，一下子跑出去好几个。不一会儿，一个个头稍大一点儿的小孩子就将鞋底沾着的几个死苍蝇递给中年人。

中年人看了看并不嫌少，他捏起两个被拍扁的苍蝇，递到五斗面前，说："把这个吃下去，你刚才喝下去的脏水就全都吐出来了。"

五斗看着他的指尖，问："你让我吃啥？"

"别管它是啥！只要能把你肚子里的脏水吐出来，吃啥都行！"

小孩子们七嘴八舌一起嚷嚷："让你吃苍蝇……"

五斗看清了中年人指尖上的东西，说："我不吃……"

中年人另一只手去揪五斗的耳朵："快点儿快点儿！吃了好去吐，这可是为你好。"

五斗一边躲闪一边喊叫："我不吃，我不吐……"

中年人有些泄气，一边往地上涂抹自己手上沾着的东西一边说："这算哪家的癫子！"那个稍大一点儿的小孩子笑出声来："他顶多算是个半癫。"

"对！就叫他半癫，叫他半癫好了。"小孩子们欢天喜地。

中年人觉得无趣，站起身走开了。

到了家家户户吃中午饭的时候，小孩子们这才不舍地散去。折扇店里的伙计从店里走出来，将五斗从地上拉起。

"阿父让我来叫你。"

五斗像是没听见，脸上毫无表情。

"阿父叫你进去。"伙计说完，转身往回走去。

五斗慢慢地跟上。

伙计将五斗引进店里，冲着躺椅上的老者说："阿父，他来了。"

第二天清晨，乐城刚从沉睡中醒来，家家户户开始了一天的忙碌。从街巷到庭院，扫地担水，生火做饭，将小孩子从被窝中叫醒，把鸟笼挂在窗外……

折扇店后院一间屋子里，五斗洗过脸，坐在一张饭桌的旁边，等着伙计过来一起吃早饭。

伙计端上来两碟小菜和一箪米饭，放在五斗面前的食案上。五斗看着伙计，直到伙计坐下来邀他一起吃饭，才动手拿起筷子。

五斗一脸的茫然，他不明白自己是什么时候来到这里的，而且还换上了干净衣服，头发也给剃得干干净净。

昨天夜里，他就想问问这个伙计，到底发生了什么，自己一点儿记忆也没有。但伙计的态度十分坚决，只说到了明天才能告诉给他。

五斗只得耐心等待天明，一夜都没有睡好。

吃完早饭，伙计看着五斗，在一种安适与肃静的环境里，他给五斗讲了一个既往与现在、虚幻与真实的故事。

五斗在折扇店里见过的那位老先生姓顾，名三蓬，是伙计的阿父。顾三蓬自幼修行，未曾婚娶。祖上曾有一位名字叫石汐的长者在羽山苦修，晚年遇一奇人，论道数日，留下一柄羽扇后，便没了踪迹。石汐许久不见，顾家派人四处寻找，一天夜里梦见石汐归来，言其已经羽化，今后勿再寻找，留下一把折扇，并说此物顾家后人自有用处。家人醒来说，既然人已故去，留扇何用？遂把羽扇丢弃。几代人过后，顾家竟然做起了折扇生意，想起先祖石汐的那把羽扇，后悔没能保留下来。顾家人认为家业兴盛有赖先祖功德，店铺就用了"羽后人家"这四字做招牌。

三蓬见五斗流落街头，遂叫伙计将其带到这里，设法医治。五斗这才摆脱痛楚，清醒过来。

五斗听了，沉吟不语，庆幸自己遇上了一个出世高人。伙计叫五斗且不要离开，三蓬老先生说一会儿还要见他。

五斗有些忐忑，他不知道先生叫自己过去是为了什么。或许是叫自己离开，或许……不管是什么结果，肯定对自己有所益处。因为是先生使自己清醒过来，给了自己吃的和穿的。

伙计说："时候到了，我们这就去见先生。"

五斗带着一种期盼，跟着伙计走出门去。

五

无论顾三蓬出现在什么地方，总会吸引人们的目光。他微闭的双目，飘拂的银须，挺直的腰板，让见过他的人心底升起一种敬畏。

顾三蓬很少讲话，除了和几个道友相聚的时候。他总是一个人待在屋子里，很少走出门去，见过他的人少之又少。却总有些人通过各种途径，非要找到他不可。他经常告诫伙计，平时就要做到言勿轻吐，目勿乱观，手勿乱动，心勿乱想，这是日常修行之道。

当五斗走进屋子里的时候，顾三蓬并未像往常一般靠在藤椅里闭目养神，而是站在屋子中间，脸冲着门口往外看。五斗一下就感受到了他的目光，那是真正能读懂人内心所思所想的目光。即使他不再看你，也会让你感到这目光随时随地，无处不在。

昨天就是在这间屋子里，顾三蓬从酒水罐子里捞出一根钢针，先在五斗的头上刺了两下，接着又敛气凝神，用右手食指指尖按在五斗的头顶上。片刻，五斗就像从梦中醒来，一下子恢复了神志。顾三蓬不让五斗说什么，立刻吩咐伙计将他送去休息，除此以外不再多说一句话。

"叩见先生。"五斗在顾三蓬前面跪下。

"你且起来，不必那么多俗礼。"顾三蓬转过身去，在藤椅上坐好。

五斗站起，低头在顾三蓬面前站住。

顾三蓬看着五斗。

"能不能告诉我，你从哪里来，为何要到处寻找盈儿？"

五斗据实相告，没有一点儿隐瞒。

顾三蓬想了想，问："你今后有什么打算？"

五斗说："不知道。"

顾三蓬说："那我就给你指两条出路，一是你转身回家，二是在我店里做个伙计，早晚参禅清修。"

五斗一下想起了居云寺，想起了乌里庄，想起了荒下措……但更让他不能释怀的还是古塔，月光下盈儿一小步一小步地朝自己走来。五斗不知道该做何种选择。

顾三蓬说："你不用着急，过一会儿再回答我。"

离开父母已经大半年，五斗心中装的完全不是对亲人的思念，此刻，他认为这个世界上最宝贵、最值得拥有的只有盈儿。

五斗抬起头来，说："我已经来到了会稽，只想找到她，不想马上就回去。"他说这话时声音很低，看得出他被歉意紧紧地包裹着。

顾三蓬听了，没说话。

"也许，她就在不远的一个地方。"

片刻，顾三蓬说："你为情所困，迷了双眼，所见所想皆为虚幻。"

五斗的想法已经荒唐到不可思议，顾三蓬并不感到意外，干预只能到此。五斗一定不会回头，他仍会像过去几个月那样漫无边际地去流浪，没有谁能够阻止。他之所以要五斗留下来或返回家乡，也只不过是为了他能够早日清醒，意识到未来的羁绊，当磨难到来的时候有足够的心理准备，痛楚也会得到减轻。顾三蓬虽然不能完全预测五斗的未来，但他知道五斗终究是要放弃他最初的想法，回到乌里庄去的。只是仅凭五斗的阅历和受到的教化，他当下还不能明白。

五斗说他今天就想离开乐城。

顾三蓬告诉五斗，如果不如意可以随时回来找他。

五斗答应下来，带着一丝愧疚离开了顾三蓬的折扇店。正值上午，阳光朗照。

折扇店门口，几个小孩子正在玩耍。

五斗看着他们。

小孩子们发现五斗有了变化，不但衣服干干净净，人也有了精神。

五斗走了过来，孩子们很识相地给他让出了道路。五斗从他们身边走了过去，小孩子们你捅捅我，我碰碰你，眼中只剩惶感。那个端碗喂五斗脏水的小孩子，不甘心地跟在五斗身后，希望能够有更新的发现，其余的小孩子紧跟在他的身后。

五斗觉察出了异样，不知道小孩子们为什么要跟着自己。可他又不便发问，便装出不在意的样子，潇洒地往前走去。

小孩子们很固执，跟在他身后，轮流发出些奇怪的动静。

五斗停了下来，转过身看着身后这群小孩子，问："你们跟着我做什么？"

小孩子们怔住了，站在五斗身后，像是一截截木桩。

"你……你不是个癫子吗？"那个喂五斗脏水的小孩子问。

五斗笑了："你看我像个癫子吗？"

小孩显得很吃惊，问："你啥时候不癫了？"

直到现在，小孩子们才意识到面前的五斗已经完全变成了另外一个人，他们对继续跟在五斗身后已经没了兴趣，便不声不响地散开了。

只有一个小孩子仍旧跟在他的身后，问："五斗，你要去哪里？"

"我要离开乐城了。"

"你啥时候回来呀？"

"不知道。"

五斗的神态安静中带着悠远，这是小孩子从未见到过的。

小孩子有些不舍，他不希望这半个夏天的热闹就此落下帷幕。望着五斗的背影，他心中渐感空落。

五斗走了，盛夏的乐城从此少了个癫子。随着五斗的离开，那段有趣的日子便永远地结束了。

五斗直觉在丢失的那段记忆中，自己身上一定发生了什么事情，或许还很不堪。"你不是个癫子吗？"小孩子的这句话让五斗很压抑，也很难堪。

几天后，伙计偶然想起了五斗，对顾三蓬说："阿父，五斗为什么会因为一个梦就离开家乡？"

顾三蓬说："他被情迷住了眼睛。"

"他什么时候才能够清醒过来？"

顾三蓬说："伤痛过后他才会清醒。"

"像他这样的人多吗？"

顾三蓬沉默着。

"我们为什么不把他给拦下来？"

顾三蓬说："拦不住的。"

伙计又小心地问："阿父，我们对五斗是不是太过冷漠了？"

顾三蓬不假思索地说："有修养的人做事应该无亲无疏，无贵无贱。对五斗不能过多干预，那样对他不好。"

伙计站在他跟前，目光呆呆的。

第六章

秋岭

一

五斗离开了乐城，顾三蓬没有资助他。顾三蓬知道五斗深陷在自己编织的童话之中，刚刚过去的苦厄没给他留下一丝一毫的教训，眼下他的认知根本不足以对自己的行为做一番理性的思索。而接下来发生的事情，就证明了顾三蓬判断的准确。

五斗仍旧走在路上，故事也依然继续。他曾对阿翁阿母说要用一年的时间去寻找盈儿，眼下还没到该回去的时候。

一条官道直接向南，整整一个下午，五斗一直走在起伏不定的丘陵上，一会儿上坡一会儿下坡，视野忽而开阔忽而狭小。他的情绪也随着视野的变化而出现波动，时而轻松时而压抑。

太阳偏西，五斗还没有走出丘陵。一路上行人稀少，偶尔才会遇见一两个庄子，人家也不是很多。五斗认定盈儿一定不会居住在这里，要想找到她，还要走上很远的一段路程。

一轮红日在土丘的后面落下，天色渐渐昏暗，但还没有完全黑下来。五斗心头罩上一种孤独，他不想继续往前面走，想赶紧找个地方住下来。丘陵不似平原那样平坦和宽广，目光更容易受阻，即使村落就在不远的地方也很难发现，更何况这还是个薄雾笼罩的黄昏。

很快他就尝到了固执给自己带来的苦果。再次爬上高坡的时候，他开始后悔自己太着急离开乐城，旅途的沉闷与单调并不可怕，可怕的是陷入一种进退两难的境地。

他硬着头皮往前走去，除此之外别无选择。走着走着，五斗觉得并非只有自己一个人在走夜路。直觉告诉他，身后还有一个人跟着他。

五斗心里有些发慌，他想拐个方向，前面却没有一条岔路。他放慢了脚步，希望身后的那个人能够赶紧过去，但身后的人仍旧不紧不慢地跟着。

五斗索性停了下来。果然，身后那人开始呼唤他。

"伙计，等一下。"男人很快就追了上来，"伙计，你要去哪里？"

五斗不知道前面是什么地方，随口答道："前面。"

"我也去前面，咱俩同路正好有个伴。"

从他说话的声音判断，这是一个四十岁左右的中年人。五斗一下子松弛下来，甚至为自己刚才的紧张感到可笑。有了这个旅伴，至少可以打发掉一个人走路的孤单与寂寞。

两人并排走在一起。

这是一个很爱讲话的男人，他很快就知道了五斗一个人前行的目的。他冲着五斗绽开了笑容，说话也更加亲切。

男人说他见过许多从广陵过来的人，也知道他们都去了哪里。

漆黑的夜晚，五斗看不清他的样子。

"小弟，相见就是缘分，就像咱们两个，说遇见就遇见了。我想你要找的盈儿也是一样，到了该见面的时候，躲都躲不掉。"

男人的话更加坚定了五斗寻找盈儿的信心，一路上他从未得到这样的鼓励。帮助过他的人大都认为，五斗的想法或许永远不可能实现，劝他不如早点儿结束这种荒唐的行程。男人又给了他许多鼓励与夸奖，五斗听得晕晕乎乎，完全陷入幸福的憧憬之中。

夜越来越深，两人聊得越来越投机。男人有时对自己的花言巧语都产生了怀疑，五斗却丝毫没有察觉，只管享受着从陌生人那里获得的温暖与亲切。这是个幸运的夜晚，离开乌里庄已经大半年，很少遇上如此热心的好人。

走着走着，男人突然对五斗说，他有一种感觉，觉得五斗和盈儿相见的日子不会太远了。

五斗问男人为什么会有这种感觉，男人非常自信，说他的感觉从来就没有错。

男人让五斗再坚持一下，很快就会有盈儿的消息。

五斗兴奋地攥紧了拳头。他比以往任何时候都要激动，眼里一下子蓄满了泪水。

其实，寻找盈儿的念头，五斗并非没有动摇过，但都一次次地被他化解了。五斗身上经常带着一黑一红两颗大小相当的石子。犹疑不决时，五斗就会将两颗石子放在掌心里轻轻摇晃，直到从手掌的缝隙里掉出一颗来。如果掉下来的是一颗红色石子，五斗就会信心倍增，心中马上充满希望；如果掉出来的是一颗黑色石子，五斗就会感到沮丧。但他又固执地认为这个结果或许并不准确，继续把两颗石子放入掌心重新摇晃，直到掉出一颗红色的石子来。这种占卜的方法是他从居云寺二和尚那里学来的，二和尚还说，只要诚心，任何难题都可以用这个法子决断。五斗对他的话深信不疑。

五斗的追逐原本就是一场虚无，他眼里闪着惶惑，心中揣着梦想，一路走来，不到生死关头很难清醒。

夜风渐渐增强，他们的前方出现了一条通向山里的岔路。

男人告诉五斗，那些从江北过来的人，都从这条岔路往前去了。大家族带着同乡同里在那里定居下来，或许五斗要找的那伙人就在前面。但这条路人烟稀少，看见村落至少要走到明天中午，而且先要穿过一片山林。他愿意帮助五斗到达那个地方。

五斗豁然开朗，浑身充满了力量，心情也好了不少。

在男人的鼓动下，五斗跟着他走上了这条山路。山林依稀露出了轮廓，路也越走越窄。

男人指着前面的树林说这里叫作秋岭，从这里翻越过去，路途最近。已经是午夜，五斗突然感到了夜行荒野的紧张与迷惑，越往前行，越是如此。但他分明感觉自己已经被这个男人牢牢地控制住，想回头已经很难了。走着走着，脚下就完全没有了道路，五斗跟跟跄跄又不情愿地跟着他蹚着荒草前行。

不知穿过几道山梁和密林，他们的前面才出现一片荒地。

浓墨一样的夜慢慢地淡去，天上的星星一颗一颗地变少。五斗望了望天空，辨了辨方向，问："你究竟要把我带到哪里去？"

男人说："正前方有几间木屋，没有人住，正好进去歇一歇，天一亮再接着走路。"

"要不我们还是原路返回吧？"五斗感觉到了不对劲，不想跟他再往前走。

男人的态度变得有些强硬，说："那怎么行？我们马上就要到达那个地方了。"

五斗有些昏昏然，一切听从男人的安排。

几间木屋果真出现在他们面前，男人拉着五斗朝那边奔去。到了木屋门口，男人叫了一声："伙计们，我回来了。"

很快，门开了。男人一把将五斗推了进去。

五斗蒙了，像是一脚踏空跌下悬崖一般，失去了决断。

男人显得很兴奋，把五斗拖进里间屋子大声嚷嚷着："看看，我给大伙弄啥来了？"

屋子里很黑，看不清有多少人在里面。立刻就有人接过话来问："是个甑，还是个瓮？"

男人回答说："一个甑。"

那个问话的人好像有些泄气："我还以为是个瓮呢！"

男人说："就是个甑，也是有用的，从明天开始就让他给咱们烧火做饭遛马。"

五斗明白了，原来自己掉进了土匪窝。

男人又去了一趟外间，把木屋的门闩得结结实实，然后返回里间屋子，把五斗按到墙角的地上。"老实给我待着，小心扒了你的皮。"说完，他脱掉鞋袜，爬上五斗头上的床铺躺了下来。

五斗老老实实地坐在地上，竭力抑制着自己的恐惧。

很快，男人就发出均匀的鼾声，走了大半夜的山路，他的确累了。五斗觉得自己身下有些潮湿，摸了一把，手上竟然沾上了泥巴，便往一边挪了挪。

"老实点儿！"男人冷不丁吆喝了一嗓子。五斗吓了一跳，看来他的一举一动都在男人的掌控之中。

从身边发出的各种汗臭和高低起伏的呼噜声中，五斗判断屋子里至少睡着十几个男人，但他们分明又是清醒着的。都说土匪睡觉总是睁一只眼闭一只眼，看来想趁着黑暗逃出这间屋子是不可能的，说不定还会给自己带来更大的麻烦——土匪的歹毒与凶残，五斗是听说过的。

天渐渐地亮了，五斗的惊慌与不安也渐渐散去。男人翻过身去看自己头上的五斗。四目相对的那一刻，五斗这才发现昨夜与自己同行的男人是个疤眼。

五斗不愿意看他，扭头看着窗下，那里堆放着几口长把大刀，还有长矛和斧头。

疤眼一下来了兴致，问："那是爷们儿吃饭的家伙，你看那干啥？就是教你，你也使不了。"

一夜没睡，五斗头脑有些麻木，坐在地上，既懊恼又悲哀，还有些愤恨。疤眼爬起来，下地踢了五斗一脚，从墙角一个木架子上扯过一个布口袋，丢到五斗面前，命令道："想必你已经明白了，从今天开始你就给大伙做饭去。干好了，没你的亏吃。"

五斗知道自己的处境，倔强是没有任何好处的。他从地上爬起来，拎着口袋往外屋走去。疤眼一把将他拉住，说："我的话还没完，看在你过去是个出家人，就不给你'过堂栽花了'。不过，你也别再想着从这里活着跑出去。照规矩头回跑的被抓住先打断一条腿，要是再跑被抓住立马就把你给剁了，扔到林子里喂野兽。"他指了指窗下的几口长把大刀。

五斗看看他，转身就往外间走，疤眼跟着他，见他真的去灶上淘米，转身向对面屋门口走去。

一个睡眼惺忪的瘦男人拉开屋门走了出来，冲着疤眼说："刚才听小十四说，你弄来一个小崽子？"

"一个小和尚崽子。"

"真是个和尚？"

"头儿，是他自己说的。"

"嗯！和尚倒是老实，年纪小，不会惹麻烦。"

"把他弄来就是要他给咱们出点儿苦力。"

"别太难为他，早晚叫小萤子陪陪他，自个儿就上道了。"

"那是那是……"

头儿不再理会疤眼，径自向外面走去。疤眼朝屋门内瞟了一眼，里面闪过女子的半张脸。疤眼冲她一乐，女子一下子躲开了。

二

这是一个与世隔绝的地方，藏在几道山梁的背后。放眼望去，四周除了树林还是树林，只有这么一丁点儿荒地被头上的蓝天严严实实地覆盖着。外地人不小心一脚踏入，那只能叹息一声，坐在地上安安静静地等候被人发现，因为他已经被浓厚的绿色包围再也出不来了。

五斗陷入秋岭已经七八天了，疤眼将监视五斗的事情完全交给了小十四。小十四是这伙土匪中年龄最小的一个，不管白天还是黑夜，他都与五斗形影不离。小十四不在的时候，五斗也从未离开过这伙土匪的视野。

起初，小十四还对五斗进行了一番训诫，告诉五斗别以为自己能和疤眼走进来就一定能够走得出去，没有人带路五斗几天都别想走出林子，转来转去，不是饿死就是渴死。蚂蚁啃耗子咬，到来年开春，风一吹人就成了一堆枯骨。

五斗问："那你还看着我干什么？"

小十四眼一瞪，说："老子这是怕你白白地去送死，这是对你好。"

每天太阳升得老高，土匪们才从被窝里爬出来。吃过五斗做的早饭，一个个分散开消失在密林深处。他们去了哪里，五斗不知道；走的是哪条路，五斗也不知道。接下来一天的时间，五斗要做的就是将五六匹马牵到林子边上吃草。快傍晚的时候，土匪们一个个像归巢的乌鸦，陆陆续续地回到木屋这里来，吃五斗做好的晚饭。做饭喂马两件事，五斗做得井井有条，小十四觉得十分省心，最初的戒备也就慢慢地淡去，五斗的活动范围宽松了许多。小十四跟疤眼说犯不上再去操心费力地看着五斗，就是放他自己出去，恐怕他也不敢走出这片森林。疤眼却不这么想，他说："五斗身上还没沾过腥，怎么可能安心留在这里？再说，谁能保证他跑不出这片林子？"小十四不服气，说："我来的时候不比他大多少岁，不也这么混到了现在？"疤眼嘿嘿一笑，说："你和他不一样，你是惹了祸才主动找我们来的。你可得给我小心点儿，放跑了五斗，这些活儿全都得你来干。"

小十四蔫了。

这伙土匪对五斗并没有其他的戒备，刀枪棍棒随便堆在地上从不收起，五斗做好的饭端上来就吃，从不怀疑五斗会动什么歪点子。疤眼相信一个十几岁大的和尚是不会起什么杀念的。

这天吃过早饭，五斗要出去放马。小十四拎着一口大刀跟了过来，五斗有些奇怪，问："你拿刀干什么？"

小十四没好气地说："不杀你。"

"怕我跑吗？"

"你上得去马吗？"

的确，五斗连骑马的本领都没有，只会牵马。

"那你拿刀干什么？"

"你想知道？"

"我当然想知道。"

小十四一边走一边说："这两天风声有点儿紧，好几回在山后碰见官家的探子，疤眼说再出去时带上家伙，见到生人不管他是干啥的，一定不要留下活口。"

五斗看着小十四，说："那我们就别往那边去放马了，省得还要杀人。"

小十四微微一笑，道："杀个人有什么大惊小怪的，我们身上谁不背着好几条人命？"

五斗被他说得心惊肉跳，细看小十四，见他眼里分明透着一股凶光，原来站在自己面前的竟然是一个恶魔。小十四推了他一把，说："不去放马也行，你把马草给割回来，也省得我再去杀人。"

五斗犹豫了一下，说："也行，我这就把马赶回去，一会儿就去割马草。"

小十四踢了五斗一脚，骂道："你连个好话歹话都听不出来？等你去割马草，那马全都得饿死。去去去，赶紧给我放马去。"

"做坏事要下地狱的。"

"你说谁下地狱？"

"我没说谁。"

"真啰唆。"

五斗更加厌恶起这个拎着大刀的小十四来，心里一遍遍地祈祷，但愿一个陌生人也别碰上，这一天能够平平安安地过去。

这个上午还真是太平，林子里除了小十四和五斗再没有一个人影。林子边的坡地上五斗背对小十四坐着，小十四躺在他身旁不远的地方望着天空。闲得无聊，小十四便往五斗身边凑了凑，抖搂起这伙土匪的家底来。五斗不想听，可又惹不起，只得耐着性子听他唠叨。

这伙土匪原本在山外很远的地方出没，一次抢劫绸缎时杀了过往商人的伙计，没想到那伙计是当地另一伙土匪头儿的侄子。两伙人发生一场冲突，头儿占了上风带着自己一伙人躲进了秋岭。头儿是个瘦子，不到五十岁，性情偏执，在这伙土匪中有绝对的话语权。

除了头儿，疤眼也没人敢惹。疤眼除了对女人的渴求比别人迫切之外，还有一个更坏的毛病，那就是嗜赌。据他自己说，一次他输了个精光，浑身上下只剩下一条短裤，便从腿肚子上割下一块皮肉来放在了赌桌上……这次，五斗就是疤眼出去赌输了回来的路上遇到的。疤眼输了钱，心有不甘，觉得弄回来一个五斗也算有所收获。

头儿屋里那个女人叫小萤子，是去年不知从哪里给弄回来的。头儿玩腻了，隔几日就会叫小萤子去陪别的男人。小萤子也不是个省油的灯，因为她的撺掇，这伙土匪表面上一团和气，背地里不共戴天，曾经的生死兄弟变成了随时都有可能反目的冤家对头。而小萤子却把这些杀人不眨眼的男人们弄得团团转，每个男人都竭尽全力地讨好她，说不清这女人到底是个什么货色。

小萤子并不是头儿唯一的女人。秋岭周围村庄里与头儿有染的女人至少还得有五六个，尽管她们都有自己的丈夫，但她们的丈夫从头儿手里接过铜钱后做的第一件事就是赶紧把自己床榻给腾出来。是否心甘情愿无人知道，毕竟和头儿一起来的还有他腰上那把明晃晃的尖刀，只要不瞎，他们是绝对看得见的。

头儿身体并不强壮，拳脚也不厉害，单打独斗还不一定拼得过那些女人的丈夫。但头儿生性残忍，什么事都做得出来，没人惹得起，何况他身后还有十几个如狼似虎的弟兄。头儿的两大爱好就是酒和色，因此几乎每个月都要到山外别的女人家里住上几日。

五斗一下想起已经有两天没有见到头儿了，便问："头儿哪去了？"

小十四说："头儿跑风去了。"

五斗不解，问："啥叫跑风？"

"跑风你也不知道？"小十四嘲笑五斗，他忘记了五斗来自很远的乌里庄，根本听不懂他这种上不了台面的话。

五斗不再理睬小十四，独自望着山林出神。

小十四来了兴致，嘿嘿一笑，解释说："跑风就是钻女人的被窝，这回你明白了吧？！"

五斗没有说话。

小十四说："已经出去两天了，这回可便宜了疤眼和老七，一连两宿轮班泡在小萤子屋里。"他碰了一下五斗，"你想不想和小萤子亲热一回？"

五斗烦不胜烦，扭过身去。

小十四一把将他拉了过来，大声说："我在跟你说话！"

"你这是拿我开心。"

"嘿！你这个小崽子，我可是为你好。头儿不在家，眼下可是个机会。"

"你自个儿留着吧！"五斗嘲讽地说。

小十四并不在乎五斗的态度，接着问："我说，你到底碰过女人没有？"

问话的毕竟是个杀人不眨眼的土匪，手里又握着一把大刀，再反感五斗也得忍着，回答说："我是个出家人。"

小十四乐了："那怎么了？我和你一样，不也出家了吗？"

"你和我不一样。"

"怎么不一样？你不也走街串巷、漫山遍野地找女人吗？"

五斗被他噎得够呛，一句话也说不出来。

两人再这样对话下去后果难以预料，五斗干脆闭嘴做起了哑巴。小十四再说什么，他根本没有去听。小十四兴致不减，说得眉飞色舞。今天天气极好，阳光照着草地和远处的树林，在五斗眼里，天之蓝、地之绿比以往任何一天都更加鲜艳。然而五斗的心情却是一派灰色，极端的灰色，灰得有些黑暗。

想从十几双眼睛的注视下逃走显然是不可能的，还有别的办法吗？刀和长矛随手就能拿到，但面对的是一群恶魔，别说动手了，就是被他们发现有了那个念头，都是死路一条。山中倒是能够找到有毒的东西……很快，五斗就否定了自己，一个修行的人是断不可以起这种念头的……

小十四见他低头沉思，上前踢了他一脚，问："想什么呢？"

五斗回过神来："没想什么。"

"我不信，是不是也打小萤子的主意了？啧啧！那滋味……"小十四心里装的全是情欲，整天就爱叨咕男人女人那点儿事情。平日里一到了晚上，头儿和小萤子那屋里的灯火刚刚熄灭，这间大屋子里便泛起了污浊。土匪们一个比一个放肆，偏偏小十四的话比谁都肉麻，土匪们在他的即兴演绎中寻找着各自的快感。小十四也有自己的烦恼，偏偏让他看着这个不爱听他说话的五斗，因此每一个白天他说得都不尽兴，一点儿也不满足。

五斗不听他也要说，小十四心里实在盛不下那么多的污秽，随时随地都会往外溢，收是收不住的。

五斗恨不得晴天能打个霹雳，一下子把身边这个腌臜给劈死。这个念头一闪也就过去了，他在心里默默地忏悔："我不该总起这种不良的念头……"

<h2 style="text-align:center">三</h2>

不知出了什么事情，头儿走了十几天还没有回来。土匪们有了躁动，说话个个都带着凶恶，仿佛一堆烈日下的干柴，只要有一点点儿火星就可燃起熊熊大火。五斗小心翼翼地伺候着这十几个快要失去理智的魔鬼。

小十四也变得烦躁起来，一大早就跑到外面，双手举起大刀使劲去砍倒在窗下的一截木桩。木屑横飞，直到木桩中间只剩下很细的一小段相连，小十四仍然不肯罢手，仿佛他正砍着的不是一截木桩而是一个大活人，今天不把对方拦腰斩断决不罢休。木桩断为两截，小十四直起腰抹了一把额头上的汗水，长出了一口气，即使这样也很难让他的心平静下来。

疤眼不去理睬他，并非无计可施，而是他还有一个更强劲的对头——老七。老七这几天明显憋着一股劲，说话总是带着几分火气。前天在木屋外面，疤眼将扒下来的裤子丢给五斗，老七马上就将他腥膻味扑鼻的大布犊鼻裤丢了过来，叫五斗先给自己洗。五斗不声不响地将老七的大裤衩和疤眼的裤子一起按在木盆里，然后拎起木桶往木盆里倒水。疤眼看着老七，嘿嘿干笑两声，说："有你的。"老七瞪起鼓溜溜的圆眼珠子，阴阳怪气地说："他闲着也是闲着，累不坏，是吧?！"

五斗抓了几下老七的大裤衩，手上黏糊糊的，像是抓起刚从野兽身上剥下还没来得及除去血筋的毛皮。五斗一阵恶心。他盼着老七和疤眼之间的恶斗现在就爆发，那样自己就能找机会逃走。然而，疤眼走开了，只剩下老七站在五斗身后，他想看看五斗到底先洗谁的东西。五斗当然知趣，他害怕老七那双鼓溜溜的大眼睛，从不敢正眼去看他。刚来的那天早晨，土匪们全都起来了，只有老七一个人仰面朝天地躺在床铺上打着呼噜。五斗偷偷看了他一眼，老七睡觉的时候竟然瞪着眼睛。从那时起，五斗就相信这不是一个惹得起的主儿，在他面前更得多加小心。五斗给所有的土匪洗过衣服，但从没碰过小萤子的东西，那是因为小萤子从不来找他的麻烦。

昨天疤眼出去一整天，吃晚饭的时候才回来。他当众送给小萤子一盒水粉。小萤子不要，疤眼硬是将水粉塞在小萤子怀里，又向她眨眨眼。小萤子拿着水粉走回自己屋里，疤眼立刻跟了进去。这一切被老七看在眼里，他的脸拉得老长。老七食肠宽大，别人都已经吃饱，他才仅仅填进去一半。疤眼从小萤子屋里出来，叫五斗给他端饭。老七骂骂咧咧，冲着疤眼使劲。疤眼也不示弱，一边往嘴里填饭一边接招。疤眼的人和老七的人各自拉开了架势，若不是有人竭力相劝，双方差点儿就动起刀来。

这个上午，五斗照例出去放马，他打开栅栏门，将围栏中的五六匹马全都放出来，然后跟在马的后面向正北的林子里走去。小十四情绪不好，今天不想跟着五斗。直到五斗赶着马匹走出老远，他才提着刀不情愿地跟了上来。

小十四冲着五斗的背影大喊："找死的小崽子，你给我站住！"

五斗像是没听见一样，仍旧不紧不慢地往前走。

小十四一溜小跑，气喘吁吁地追上五斗，说："你是聋了，还是故意跟老子作对？”

五斗不去看他：“我早晚做饭，闲时放马，从未跟谁作对。”

连五斗都敢犟嘴了，小十四做梦都没想到。他像不认识似的看着五斗，心想他肩膀上那根小细脖子到底能不能经得住自己这一刀。

“看我干啥？我又没惹你。”

小十四脑子似乎清醒了，对！五斗是没惹过他，还给他洗衣做饭。但小十四还是觉得有些憋闷，只要跟五斗在一起，他心中就会生出一种莫名其妙的凶狠。他两眼直直地盯着五斗。五斗不知小十四打的什么主意，站在那里一动不敢动。小十四往前迈了两步，一声不吭，冲五斗心口就是一拳。

五斗脸色刷白，一屁股坐在地上。小十四把刀插到地上，瞪眼看五斗捂着心口喘气。

小十四姓冯，乳名小驴子。五岁那年，阿翁冯财花钱请教书先生给他起了一个颇具书卷气的名字——冯儒修。因为跟了头儿，冯儒修这个名字是不能再叫了，疤眼就按人头数给他起了一个小十四的名字。没有人真正探究过小十四的内心世界，这个二十岁出头的年轻人来自秋岭附近的一个庄子，在他十岁上下的时候，阿母和阿翁吵架之后在自家屋子里上吊自杀了。小十四是第一个看见的，手指粗的麻绳套在阿母的脖子上，他被吓坏了，张嘴想喊阿翁，可就是发不出声音来。他逃出屋子去找阿翁。阿翁回到家里，见阿母直挺挺地吊在梁上，不是先去把人给解下来，而是狠狠抽了阿母一顿耳光。

小十四看得呆了，心里落下一个病根。从此他不怕死人，偏偏怕绳子，只要看见绳子，他就想做个套子像阿母那样把脑袋钻进去。对绳子，小十四既恐惧又喜欢。睁眼闭眼心里全是绳子，撵也撵不走。小十四怀疑自己这条命早晚也得断送给绳子，心里一急，将家里粗细不等、长短不一的绳子统统找出来，拢到一起剁得稀烂。阿翁知道后，不问青红皂白，就是一顿毒打。来到秋岭，头儿将放马的活计交给了小十四。一见那拴马的缰绳，小十四就怕得要命，有好几次他把缰绳从马头上解下来，拎在手里朝一棵大树走去。每每到了最后关头，小十四才一把丢掉这要人命的东西，跟跟跄跄地跑开了。

阿翁不是个任劳任怨的本分人，卖光赖以活命的几亩薄田后，带着他靠偷窃和乞讨度日。小十四渐渐长到了知慕少艾的年龄，这时他喜欢上了本庄一个名叫秋夕的女孩儿，但他的家境和名声根本没有资格去女孩儿家里提亲。他眼睁睁地看着女孩儿嫁给了自己小时候的一个玩伴。同住一个庄子，每当看见小时候的那个玩伴，小十四就会感到压抑，心中升起一股挡不住的妒意，他仍然放不下已经为人妇的秋夕。两年前的一个春日午后，小十四溜进秋夕家里，见她独身一人，小十四起了坏心思。那天秋夕拼命挣扎，小十四没有得逞，但他害怕事情败露，索性杀死秋夕后逃出了庄子。

从此，小十四无时无刻不被一种恐惧和羞耻的感觉折磨着，只要看到女人就会想起被他杀死的秋夕。自从跟了头儿，耳濡目染，小十四有了一个固执的念头，那就是该杀的不是秋夕，而是秋夕的男人。如果秋夕不嫁人，自己就不会走到这一步。这一切都是因秋夕的男人而发生，如果有机会，他一定要把秋夕的男人杀掉。这个念头很愚蠢，但小十四却不肯放弃。

就在他出逃后不久，阿翁死掉了，听说是被人杀死后丢在野地里，几天后被野狗给吃掉了。谁干的？没人知道，小十四自己也想不明白。那天小十四和同伙躲在林子里正在谋划一次抢劫，他躺在草地上，仰望着天空，一句话也不说，眼里分明透出一股非同寻常的残忍。

手里有了一口大刀，小十四一下子觉得自己很不一般了，可在这伙土匪眼里，小十四并没有摆脱他曾经的那副寒碜形象，见了谁他都得做出一副谦卑的样子。刚来没几天，小十四就接过了比他大一点儿的那个土匪原来的全部活计——洗衣烧饭放马，小十四成了一个不要工钱的劳力。他只能暗暗叫苦却别无选择，他知道能够找到这样一个避祸的地方，实在不易！疤眼倒是有些同情小十四，给他弄回来一个五斗。

小十四活得很压抑，心里渐渐有了怨恨，手握大刀时特别喜欢盯着人的脖子看。但那也仅仅是看一看，人是不能随便杀掉的。他把全部的凶残转移到了各种小动物身上，树上的松鼠、地上的刺猬和蜥蜴，只要被他发现，很难再有活下来的机会。放马的时候，他坐在林子边上，不一会儿身前身后就散落着一块一块破碎的蛤蟆尸体，有些甚至还在抽搐。

五斗坐在地上，半天才缓过气来。他不敢吭声，站起身赶着几匹马继续往林子那边走去。小十四从土里拔出刀，跟在他身后。

两人来到林子里把马圈在一个地方吃草，小十四把五斗拉住坐在地上，又开始了没完没了的唠叨，只不过这回他换了个让五斗十分惊讶的话题。

在五斗被疤眼拐到这里之前就有消息说，仇家打听到了头儿一伙在秋岭的落脚点，说不定什么时候就会来这里复仇。头儿怀疑是有人故意放出的风声，后来经过线人证实这消息的确是真的，头儿这才认定是有人出卖了自己。背地里疤眼对头儿说，老七是个奸细，他做过对同伙不利的事情，可头儿不大相信。秋岭不能再待下去了，头儿来了个先下手为强，自己卷钱去了山外。老七不知从哪里知道到了头儿抛下大伙自个儿逃命的这个消息，便向小萤子追问头儿和钱的去向。小萤子说头儿这次出去确实是多拿了一些钱，并没说要去做什么。老七要小萤子把剩下的钱全都交出来，大伙分掉，小萤子不肯。老七威胁说头儿跑了，仇家很快就要到来，现在散伙还来得及。小萤子说就算散伙也要等头儿回来。老七骂小萤子是不是被头儿给弄昏了头，死到临头还要给他做守财奴。小萤子害怕了，交出了一部分钱财，随后找到疤眼商量对策，后来的事情不得而知。

五斗怎么也不会想到土匪间的一场血腥恶斗就在眼前，对自己来说是福是祸还很难说。果然，下午他和小十四回来的时候，拐过林子刚看见木屋，就听见木屋前面有人大声叫喊："疤眼给老七杀了！"

小十四一时弄不清谁把谁杀了，愣在那里不敢动。情况突变，五斗知道逃跑的机会来了，他丢下手里的马缰绳拔腿就跑，小十四回过神来一把将他拉住。这时木屋那边冲出几个人来，冲着五斗和小十四大声吆喝："都给我站住！"

五斗吓得不轻，一动不动，老老实实地站在那里。小十四看清了，是老七带着几个人提着家伙朝他和五斗奔来，他立刻握紧了手里的大刀。

来到近前，老七用刀一指小十四，说："疤眼被我杀了，你把马给我留下，赶紧滚。"

小十四往后退了几步，指着几匹马，说："都在这里，你把它们全都牵走。"

老七一伙一人夺过一匹马，跨了上去，在五斗和小十四面前匆匆离去。

五斗壮着胆子对小十四说："这里再没我什么事了，你就放我走吧！"

小十四又来了脾气，一把揪住五斗，说："都是你这个丧门星，你一来就给我们带来了灾难，还敢说不是？"

五斗反驳说："刚才你还说散伙是早晚的事，怎么把罪过加在我的头上？"

小十四说："你有没有罪，待会儿再说。小萤子不知怎么样了，你得陪我去看看。"

五斗哀求说："求求你，我看不了那些刀下的死鬼。"

小十四牙一咬："看不了也得给我看，你还得帮我给疤眼收尸。"

五斗一下子坐在地上，说什么也不去。小十四咬着牙，举起了大刀，说："这些年好人被我杀了三四个，今天再杀你一个也不算多。"

五斗忽地蹿了起来，双手直摇，道："你别杀我，我跟你去。"

小十四揪着五斗衣领，一字一顿地说："这就对了，给我乖乖地回去。"

五斗战战兢兢地走在前面，小十四跟在他身后。两人来到木屋前，看见疤眼直挺挺地倒在地上，早就没了气息。五斗一下子停住，小十四用刀尖顶着五斗，硬是将他弄进木屋里。

屋子里静悄悄的，各种家什乱七八糟地丢了一地。小萤子头发乱七八糟的，身子缩在床脚下，惊恐地望着屋门口。小十四丢下手里的大刀，一把将她从地上拉了起来。

五斗不愿看他们，走出里屋。

小十四吼了一嗓子："敢跑，我立马就剁了你。"

五斗害怕，在外间靠墙站着。

小十四问小萤子："说，到底是咋回事？"

小萤子镇静了一下，告诉小十四："我也不知道咋回事，那屋就打起来了，接着就看见疤眼往外跑，老七他们几个在后面追。"

"跟着疤眼的那几个人呢？"

"没见着。"

小十四一下想起，跟疤眼不错的那几个人上午出去到现在还没回来。他又把心思放到了钱上。

"钱还在吗？"

"都给老七他们拿走了。"

小十四懊恼地骂了一句："这些挨刀的，都不得好死。"他来到外间去找五斗，见五斗老老实实地站着，小十四在灶台边上坐了下来。

"你是不是想跑？"小十四问。

"我没想跑。"五斗低下头去，大气都不敢喘。

小十四说："谅你也跑不出我的手。"

小萤子从里屋出来，冲小十四说："你去把院子里那个死鬼埋了吧！我看不了。"

"不忙，等等他们几个。"小十四说。

小萤子看了一眼五斗，问小十四："你看着他干什么？他也跑不了。"

小十四说："那可不一定。"

小萤子说："放了他吧！"

小十四说："不行！放了他谁给大伙做饭吃？"

小萤子说："都已经散伙了，他还给谁做饭吃？"

小十四说："谁说散伙了？"

小萤子不想再和他争辩，转身走回里间。

又过了一会儿，上午外出的那几个土匪陆续回来，一见疤眼死了，大眼瞪小眼不知如何是好。小十四告诉他们，老七杀了疤眼，带着几个人已经离开了。几个人出去一天，带回了仇家就在这附近活动的坏消息。大势已去，几个人和小十四一商量，还是先把疤眼埋了再散伙，事不宜迟，各自逃命要紧。

小十四留下一个同伙在屋子里看着五斗，其他人提着大刀去埋疤眼。

小萤子将五斗叫到屋子外面，小十四留下的那个同伙也跟了出来。

小萤子有些恼怒，冲那个同伙说："都这个时候了，你还不赶紧逃命，总跟着我干什么？"

他指了下五斗，说："小十四一会儿朝我要人，我咋办？"

小萤子不再理会他，将五斗拉到一边。同伙没有跟过来，站在一边看着他们。

小萤子问五斗："你打算去哪里？"

这些日子的经历，让五斗对继续寻找盈儿已经失去了信心，甚至是心灰意冷。他告诉小萤子："我要回家，回到乌里庄去。"

小萤子看着五斗，说："跟我走吧！"

五斗摇摇头。

"为什么？"见五斗不信任自己，小萤子有些焦急。

"我不想和你们在一起。"

小萤子看了看周围没膝的荒草，再看看五斗那副瘦弱的样子，说："那我跟你一起走。"

"求求你，放了我吧！"五斗企求说。

小萤子往前走了几步，一把将五斗拉住，说："你一个人是走不出去的。"

"都到了这个地步，你们为啥还不想放过我？"

小萤子急切地说："究竟怎样你才能相信我？"她又看了看四周，只有小十四的那个同伙站在不远的地方，手里攥着一把大刀朝他们这边看。她知道一时半会儿很难脱身，便问五斗："你想知道我的过去吗？"

五斗看着小萤子，弄不清她的真实意图，只是点点头。

小萤子一反常态，往日的轻浮与魅惑一下子全不见了，说话的腔调也变得庄重起来。眼前这个既陌生又熟悉的女人，让五斗十分吃惊。不管她究竟是什么样的人，五斗还是乐意知道她的底细。

小萤子又往林子那边看了看，见小十四他们还没有回来，就一本正经地讲出了自己的身世。

原来，眼前这个二十几岁的女子叫盈紫，小萤子不是她的真实名字。她不知道自己出生在什么地方，父母究竟是谁，只听人说起在她还很小的时候被人偷走卖给了人贩子，几经转手，十四岁的时候又被卖给了乐城一个张姓大户人家，做了侍女。盈紫就是张姓老爷给她起的名字。大娘子不喜欢老爷买来的这个伶俐女子，却又无可奈何。老爷不把盈紫当作下人，除了端茶收拾屋子，盈紫每天就是读书练字。平静的日子只过了四五年，那时的盈紫已经出落成体态丰盈、面容姣美的女子。一次大娘子有事回娘家住了几日，老爷将盈紫偷偷地留在了卧房。后来，大娘子发现了她和老爷的私情，更加容不下她，找来自己的娘家兄弟，将盈紫骗出来卖给了秋岭的土匪头儿。小萤子这个名字，就是从头儿嘴里叫出来的。盈紫不甘心在土匪窝里过那种暗无天日的日子，摆脱命运的念头整天在心中萦绕。冥思苦想，她终于有了主意，只能利用自己的姿色迷惑这伙土匪，给自己换取更多的活动空间。她一直在寻找机会，把这伙土匪的窝点透露给官府。终于，她在附近山林里碰见一个猎户，把她的处境和土匪的情况传递了出去。

不可思议的是，五斗竟然成了疤眼的猎物。五斗会轻易地相信一个陌生人，并被带到人迹罕至的林子里来，说明少年的心智还不成熟，盈紫不忍心将这个少年留在土匪窝。于是，她仔细观察了五斗，但没和五斗有过任何交流。想帮助他，必要疏远他，这是最好的策略。在目前的情势下，想把五斗解救出来，凭她个人的能力显然是办不到的，即使头儿不在的时候，她都很少能有清静的时候。但她还是找到了机会，再次走进山林，把这里的消息传递出去。幸运的是她又成功了，头儿一伙在秋岭的窝点很快就被传到了仇家那里，头儿正是在这种情况下离开了同伙。或许头儿已经意识到了小萤子给自己带来的危险，但为了能够脱身，不得已放弃了对小萤子的惩治。眼下头儿和这伙土匪虽然各自逃散，但并未彻底被官府镇压或是被仇家除掉，说不定什么时候他们还会想起她，到那时会是怎样的结局谁也说不清，想想就觉得可怕，这也是小萤子不敢自己逃走的原因。

五斗听了小萤子的这番话，心里对她的印象完全改变，她原本还算是一个良家女子，更像是一个可以亲近的大姐姐。为了将来能够活着走出秋岭，她不得已才委身土匪。他钦佩这个女子的聪明和胆识，也可以说她的所作所为既是拯救自己，也是拯救五斗。五斗来不及说出任何感激的话，小十四一伙人的叫喊声已经传了过来，两个人失去了逃跑的机会。

在闹哄哄的黄昏里，木屋见证着人性的自私与疯狂。

埋完疤眼，小十四一伙人回到木屋跟前。五斗见小十四凶神恶煞的样子，心中忽然起了一个念头：小十四马上就要对自己下手了。

小十四瞪眼看着五斗，看得五斗一阵哆嗦。小萤子感觉到了凶险正在逼近五斗，她赶紧过来，冲着小十四说："五斗是个孩子。"

小十四看了小萤子一眼，根本没把她的话放在心上。几个同伙也不知道小十四心里在想什么。刚才留在这里监视五斗的那个土匪往后退了几步，他不想参与小十四和五斗之间的事。

疤眼死了，老七跑了，如今他小十四就是这里的头儿。低眉顺目的日子终于过去，他要在这种时刻抖一抖自己的威风。至于是否放过五斗，一时半会儿他还拿不定主意，不过他总觉得五斗活着出去会对自己不利。

"小崽子，你说我该怎么处置你呀？"小十四心情不好的时候就这样叫五斗。

他的眼神里分明带着一种残忍，五斗不敢看他的脸，往后退了一步，低下头，心里一遍遍地祈祷菩萨保佑自己。

小萤子绕到五斗身前，对小十四说："求求你，让五斗赶紧走吧！他没惹你，这一个月来他也对得起大家。"

小十四盯着小萤子的脸和胸看，近在咫尺，小萤子被他盯得难受，转身看着别处。小十四好像听进去了她的话，决定放过五斗。接着他又问小萤子藏了多少私房钱，赶紧拿出来。小萤子说她从来没有过私房钱，就是有也给老七他们抢走了，连一盒水粉都没剩下。

小十四刚要发作，见小萤子一脸的委屈，情绪又缓和下来。他觉得小萤子说的确是实情，刚进门时，他就已经瞧见屋子里被老七他们翻了个稀烂，便叫大家收拾家伙准备散伙。

一个土匪过来问："五斗咋办？咱们总不能带上他。"

小十四骂了句："让他咋来的就咋滚。"他叫过一个土匪，用刀撬开烟囱底下的石头，将埋藏着的铜钱掏了出来，几个人蹲在地上一五一十地分赃。

小萤子走过去，叫小十四把这些打劫来的铜钱拿一些分给她。

小十四嘴一撇："我们自个儿都顾不了自个儿，咋能把钱分给你？"

那几个土匪也在一旁帮腔："就是！自从有了你，我们够倒霉的了，有多少钱也不能分给你！"

"就是嘛！"

一个土匪问小十四："小萤子咋办？"

小十四说："带着她是个累赘，她爱去哪儿就去哪儿。"

那个土匪不干了："把她卖了，好歹还能弄俩钱花。"

小十四说："荒山野岭的，你想卖，谁来买她？"

那个土匪看了一眼小萤子，说："那也不能便宜了她……"

小萤子见势不妙，转身想跑。一个土匪上前把她拦住："别跑！平日里你就不怎么待见我，这回我得好好找补回来。"

五斗心中着急，冲他说："行行好！都到了这时候，你就把她给放了吧！"

那个土匪说："关你什么事？给我滚开，小心我一刀剁了你。"他挥了一下手里的大刀。

这回五斗没有躲避，站在了小萤子身前。

那个土匪仔细地看着五斗，不无醋意地说："你凭什么护着小萤子？莫非你已经跟她……"

五斗又羞又气，但只能忍着。

另一个土匪还在拿五斗寻开心："我一眼就看出他不简单，十四五岁就知道到处找一个什么女人。"

小萤子骂了句："一窝挨千刀的。"

一个土匪捅了一下小十四，在他耳边说了句什么。

小萤子感觉不好，再留下去，小十四说不定就会起什么坏心思，她拉起五斗拔腿就跑。

几个土匪望着他俩的背影起哄："看哪！小贱人跟和尚一起跑了。"

"我就说嘛！他俩早就钻了一个被窝，咱们都被他俩给耍了。"

小十四的脸色有些难看。

两人跑出一段距离，小萤子回头对五斗说："进了林子，千万跟着我，别散开。"

五斗一边跑一边答应着。

那个刚才冲小十四耳语的土匪急了，大声说："散伙也不能放走了小萤子，杀了她。"

"对！杀了她。"

"还有那个小崽子。"

小十四一下起了杀心，大喊一声："还等什么？赶紧给我追呀！"

几个人冲着五斗和小萤子追了过去。

到底晚了一步，他们眼睁睁地看着小萤子和五斗钻进了树林。小十四几个人停下来，站在那里大口大口地喘气。

西山上那如血的残阳像被一种无穷的力量牵拖着，很快就要坠入林下。小十四的眼中再无一点儿神采，有的只是疲惫，手握大刀的胳膊无力地垂了下来。

小萤子跑着离开了，留下一地狼藉。小十四看着幽暗的树林，心中闪过一丝失落。小萤子那让谁都失魂落魄的眼神，实在不可多得。今后这杯浓酽不知会落到谁的手上，独自品啜。

几个土匪站在林子边上，你看着我，我看着你，一脸失落。

四

虽然钻进了林子，小萤子觉得危险还是没有解除，小十四一伙说不定什么时候就会追上来，土匪做事是没有任何道理的。

她叫住五斗，告诉他不能再往北走，从这里一直向东，虽然山势陡峭，但能尽快走出林子。这样即使小十四他们从背后追来，也不会想到他们去了哪个方向。

天色一片昏暗，马上就要黑下来，秋岭草深林密，即使是大白天，一个土生土长的山里人走进来也容易迷失方向。这时的五斗就像一个不谙世事的小孩子，把自己完全交给了小萤子。事实上，如果没有小萤子的引导，这个夜晚五斗只凭自己恐怕是无法走出这片山林的。

小萤子彻底丢弃了女性的柔弱与矜持，像男人一样，双手拨开荆棘，脚下蹚着荒草，凭着曾经在这里遇见猎户的记忆，带着五斗一起前行。

走着走着，五斗问："我们走的方向对吗？怎么还没见到能走出去的路？"

小萤子回答他："别说话，跟上。"

两人中间有了一段距离，小萤子不得不停下来等着五斗。走完一条沟壑又一条沟壑，茫茫林海无边无际，好像永远也没有尽头。衣服和裤子被树枝刮破了，手和脸被划出了道道血印，这些五斗全都顾不上。他没有别的念头，只能看着小萤子的背影，深一脚浅一脚地行进。

夜渐深，两人终于走出了林子。小萤子一下子跌在地上。五斗仿佛也疲倦极了，顺势坐了下来。

五斗问小萤子这里是什么地方。小萤子想了想，她听猎户讲，从这往东是米镇，往东北就是乐城。她又问五斗，他们该往哪里去。五斗说："我想回乐城去。"

小萤子说："乐城那边是小十四和老七一伙出没的地方，他们经常在那里活动，这个时候去乐城，路上是很危险的。

"那你说怎么办？"

"先去米镇，去找我在林子里曾经遇见过的那个猎户，他告诉我一旦有机会逃出秋岭就去找他。"

"也只能这样了。"

月色正明，两人站起来，辨了辨方向，蹚过一片长长的荒野，才踏上了一条官道往东走去。

从这一刻起，五斗才真正感觉到了自由。但小萤子仍然心有余悸，生怕自己再遇上什么坏人，虽然身边有了五斗，但仅凭五斗的能力，是保护不了他们两个人的。这里不同于山林，什么事情都可能遇到。

一路上两人并排走着，原本是保持着一定距离的，但小萤子走着走着就靠近了五斗。这个女人给人的感觉十分微妙，让人有些害羞又有些陶醉。除了陈须嬉，五斗从未和女人如此近距离地接触，脸上一阵阵发热，身子不由自主地躲向路的一侧，但小萤子仍旧紧紧贴着他走，最后五斗甚至被挤到了路边的草丛里。小萤子伸出手将五斗拉了回来。那是一只成熟女人的手，软绵绵的，温暖的，五斗的心一阵微颤。这种自然而然的接触就像细雨润物，让两人的尴尬一下子就全消失掉了。

月光底下，两人不时地看一下对方的脸。小萤子的目光朦朦胧胧的，里面似乎带着一丝魅惑。五斗分明感到了小萤子和自己之间隐约存在着的一种亲密。因为这个原因，两人的话语也就多了起来。

"到了米镇，你有什么打算？"小萤子问。

"我不知道。"五斗回答。

"那天亮了咋办？"

"遇见人家，找点儿吃的。"

"我腿有些发软，走不动了。"

"那就歇会儿吧！"

"还是再走一会儿吧！说不定前面就会遇见人家。"

五斗没有说话。

"你给我讲个故事吧！"小萤子又说，她好想听五斗说话，借此打发走夜路的寂寞。

"讲什么？"

"讲个有趣的吧！"

五斗想了想，说："山林里有一只山鸡很难找到吃的，饿得飞不起来。它好不容易找到了一条虫子，还没来得及吃下去就被自己的同类给抢走了。一个农夫走过来，把虚弱的山鸡抓回去，关在笼子里，给它谷米和水。山鸡虽然有了吃喝，但它仍然渴望飞回山林，不愿意被农夫关在笼子里。"

小萤子听了，问五斗："你说山鸡是在野地里饿死好，还是被农夫养起来好？"

五斗想了想说："还是飞回野地里好。"

小萤子说："它有可能会被饿死的。"

五斗无言以对。

"现在什么时辰了？"小萤子问。

五斗抬头看了看天："下半夜了。"

"我有些饿。"小萤子说话的声音像一个没有长大的小女孩。

五斗想起他们的上一顿还是昨天的早饭，自己也觉得有些饿了。他停下来，向四周张望着。

"你在看什么？"

"左边好像有一片庄稼地。"

"那又怎样，你总不能去吃庄稼吧？"

"我好像闻到了一种香气。"

小萤子这才注意到空气中确实飘浮着一种淡淡的香甜的气息，她肯定地说："是甜瓜的气味。"

"我们不走了，到地里找几个甜瓜来吃。"五斗下了官道。

小萤子没说话，跟着他拐进了地里。

走过不远，他们就发现了一小块瓜地，地边还搭着一个不大的窝棚。五斗走到近前，小声地叫了声："阿公……"

他一连叫了几声都没有人应，种瓜人显然不在窝棚里。五斗转过身看着瓜地，漆黑的夜空下自己俨然成了窝棚的主人，正站在地边上守着这片瓜地，防止贼人的光顾。小萤子站在一边一直看着他，见此情景忍不住笑出声来。五斗做了个手势，让她别发出声响来。

小萤子知道他在想什么，只要种瓜人还在，五斗绝不会自己下手去摘地里的甜瓜。

两人无话，身边只有夜风刮过。

五斗当然知道小萤子在等待什么，心头有了一种责任感。他毫不犹豫地走进瓜地。

五斗捧着几个熟透了的甜瓜出现在小萤子的面前，她还是一动不动地站在那儿。五斗拿起一个甜瓜闻了闻，然后递了过去。

小萤子接甜瓜的时候，却将五斗的手一起了捧进自己的手心。五斗一下子感觉到了小萤子作为一个女人此刻真实的内心需求，这是顺其自然的情感流露。他好像也受到了她的鼓舞，很想和她再靠近一些，便说："我们进窝棚里吃吧。"

显然，这是小萤子早就期望的。她捧着甜瓜，率先钻了进去。

"进来吧！"她招呼道。

五斗答应一声，也钻了进去，贴着她的肩膀坐下。

窝棚显然不大，一个人待在里面还算宽敞，若是两个人进来就显得有些拥挤。

吃过两个甜瓜，小萤子用手臂抹了一下嘴唇，说："我们还接着走吗？"

五斗说："天还没亮，我们就在这里歇了吧！"

窝棚把两个人带到了别样的情调里。离开土匪窝子，小萤子完全成了另一个人，有意无意地展现着她的活泼与天真，说话的声音也比过去温柔。秋岭内外，小萤子不一样的形象，深深地吸引着五斗。

小萤子自己先躺下来，她的手在身边摸索着，想找点儿什么东西枕在自己的头下。找了半天，发现除了麦秸什么也没发现。

她往一边靠了靠，对五斗说："赶紧躺下歇歇，天亮还要走路。"

他在她的旁边侧身躺下，又尽量往窝棚边上靠了靠，他怕被她误解。

"往这边点儿吧！还不算挤。"

五斗轻轻地往中间挪了挪，身子总算是躺平了。

无人惊扰的夜晚，在一个完全陌生的环境里，一个无家可归的女子与一个少年躺在了一起，单调的田野上分明浮荡着青春的气息。半个夜晚的行走，小萤子疲倦了，静静地躺在麦秸上面，听着窝棚外面秋虫的叫声，五斗却忍受着害羞的煎熬。身边小萤子均匀地呼吸着，五斗的呼吸却显得有些急促，他怕被小萤子听出来，便把嘴巴张开，这样就可以掩饰住自己的难堪。

夜风将旷野里各种青草的混合气味吹进窝棚，有甜瓜的，有麦秸的，还有小萤子身上飘散出来的女人特有的气味。这种淡淡的、丝丝缕缕的好闻气味让五斗有些迷乱，他们挨得实在太近了。

吃饱了的小萤子很快就睡着了，五斗却一点儿困意也没有。他静静地躺着，感受着来自身边的温暖。

远处传来几声犬吠，村庄离这里并不算远，种瓜人或许正在自家床上睡得正香。

小萤子均匀地呼吸着，温柔而绵长的气息像春夜里绵绵的细雨，滋润着干渴的土地，那些潜伏在黑暗中原本就会发芽的东西，便一点点地破土了。

五斗偷偷看着小萤子的脸，虽然只是一个大概的轮廓，但还是有着一种说不清的韵味。此时的五斗无论如何也无法把这个乖巧的小萤子和土匪窝里的那个女人联系起来。他陷入一种困惑里：还没有嫁人的小萤子算是一个女孩儿，还是一个小小的妇人？

睡熟的小萤子翻过身来，一条腿放在了五斗身上，五斗微微一颤，心一阵狂跳，呼吸也变得有些急促。他不敢躲开或者是把小萤子的腿从自己身上给挪下去。他生怕把小萤子给碰醒，那会让两个人都感到尴尬。

五斗感受着小萤子身子的柔软，一种不可言说的感觉从心中渐渐升起，他希望夜能够慢点儿过去，他和小萤子在一起的时间能够尽量延长。

东方渐渐发白，小萤子醒了过来。她偷看了五斗一眼，然后翻过身去。五斗闭着眼睛，均匀地呼吸着。小萤子相信五斗一定不会实实在在地睡着，起码他对刚才的状况是有感觉的。

小萤子主动结束了这场无心的接触，心中却充满了渴望和自信。

又躺了一会儿，小萤子坐起身，招呼五斗："五斗，醒醒。"

五斗睁开眼睛，说："天亮了。"

小萤子："我们该离开这里了。"

五斗答应一声，爬了起来，第一个钻到外面，小萤子紧随其后。

瓜地的主人还没有出现，五斗又摘了两个香瓜揣在口袋里，鼓鼓囊囊的。小萤子见了，说："没看出来，你还是个贪心的小和尚。"

五斗说："还不知道什么时候能讨到吃的，有了它起码饿不着。"

两人相视一笑，一起走上了官道。

五

太阳出来了，小萤子眯缝着眼睛，像是看五斗，又像是在看太阳。

"到了米镇，我们是不是就到了该分手的时候了？"小萤子试探性地问了一句。

"你说呢？"五斗反问。

"总得有分手的那一天。"

"那你愿意分手吗？"

小萤子没有说话。

五斗的心绪陷入一种即将到来的离别情境之中。昨夜刚刚逃出秋岭，小萤子说要去米镇投奔一个猎户，前方不知哪个路口小萤子就会停下来对自己说："五斗，你多保重，我们就在这里分开吧！"

想到这儿，五斗心里便蒙上了一层薄薄的悲哀和孤独，接下来自己一个人该去哪里，是继续寻找盈儿，还是回乌里庄？无论哪种选择，五斗都有些心灰意懒，只有和小萤子守在一起，他才觉得有意义，或者说有意思。应该说从见到小萤子那一刻起，五斗就喜欢上了她那双含了万种柔情的眼睛，更重要的是今夜他感受到了小萤子身体的结实和柔软。

女人真是神奇，短短一个夜晚竟然改变了五斗，他离开乌里庄的初衷一下子被笼在了洪荒里。

想起刚才窝棚里两人躺在一起的情景，五斗有了一种预感，小萤子大概不会想着马上离开自己。

　　但五斗的心理很快就发生了改变，觉得自己在精神和智力方面都不如小萤子，站在她面前，自己就处于仰视的位置。五斗心中甚至还升起了一种卑微，觉得自己应该主动向小萤子告别。

　　上午的阳光十分灿烂。五斗停下来，看着小萤子。

　　"我想回家去。"

　　"不想和我去米镇了？"

　　"嗯！"

　　"为什么？"

　　五斗没有回答她，小萤子却陷入了沉思。

　　两人默默地站着，谁也不说话。这种沉默冲淡了两人行走在乡野风光里的轻松与愉悦。

　　过了一会儿，五斗对小萤子说："如果你愿意，躲过这段日子，就去乌里庄见我的父母。"

　　"那我该是什么身份呢？"

　　"你是我的姐姐。"

　　小萤子听了这话，脸上露出了笑容，她似乎很在乎五斗对自己的称谓。

　　"我们现在还不该分开。"小萤子看着五斗说。

　　"为什么？"这回是五斗在问。

　　"不为什么。"小萤子的话不容置疑。

　　"那好吧！"此时的五斗就像一个没有主意的小孩子，随意被人支配。

　　远远地，有了村庄，五斗问小萤子："前面就是米镇了吧？"

　　小萤子想了想说："应该不是，但已经不远了。"

　　五斗固执地看着小萤子，一种绵绵的爱意从心底升起。他感激小萤子，是她帮助自己脱离了险境。遇见她也许就是天意，只是不知道他们之间该有多大的缘分。

小萤子被他看得有些心慌，她发现今天五斗的眼神有些发亮，这是过去从未有过的。但她很快就摆脱了窘迫，冲五斗一笑，说："到了米镇，除了对猎户，不要说我们是刚从秋岭出来的。"

五斗点头答应。

小萤子看着秋岭外面的夏季景色，脸上满是欢喜。身边这个少年，给这个夏天添了一份别样的风采。

第七章

米镇

一

快到中午的时候，五斗和小萤子走进了米镇，眼前的景象完全出乎他们的预料。

仿佛整个世界的人一下子全都拥到了这里，狭长的道路上人头攒动，挑担背包，拖儿带女，一拨人刚刚过去，后面的人又源源不断地拥来。人们都在叙说一件事情：这个春天，皇家宗室发生了祸乱，文帝被杀，沿江多地发生战争，江南暴民乘机起事，乐城也未能幸免。到处都在抢劫，到处都在杀人，十室九空，能跑的人全都跑掉了。

五斗看见这些逃难的人，无论男女老少都是一脸的惊恐，一家子为了避免走散互相呼唤，其中夹杂着小孩子的哭叫声，给人的感觉像是末日一般。

原以为米镇就像一个小庄子，到了之后随便打听一下就能够找到猎户。直到这时，小萤子才发现自己犯了一个常识性的错误：当初没有留下猎户的名字，更没问清楚猎户住在米镇的哪个地方。如今，猎户可能早就逃离了这个地方。小萤子有些懊恼，站在路边看着混乱的人群从面前经过，她有了一种被逼上陡壁悬崖，已然穷途末路的心态。五斗惊讶地发现，此时小萤子眼中充满了失望，这是他过去从未见到过的。五斗一下子觉得小萤子和那些刚刚从自己眼皮底下过去的人在本质上没有什么区别，都是无家可归的流浪者。这情形把他刚刚逃出秋岭的喜悦，冲得干干净净。

五斗对未来有些不知所措。是留在米镇，还是跟着逃难的人群一起离开，五斗显然没了主意。

理一理刚才听来的消息，一拨人和另一拨人描述的情形都不一样，或许他们完全来自不同的地方，经历也各不相同，看上去一切都是无序的。但有一点是统一的，那就是只有往南才有生路，往北或留下就是死路一条。

一个挑担的老汉呼哧呼哧喘着粗气，一边走一边回头看着身后的老妇，他们之间已经有了一小段距离。老妇身上背着一个包袱，走路摇摇晃晃，看上去她已经很累了，实在无力跟上挑担的老汉。

老汉卸下肩上的担子在前头等着她，老妇慢慢地来到他跟前，一屁股坐在地上，埋怨说："别再整天这样瞎跑了，跑到哪里都一样，该井里死的在河里死不了。"

老汉叹了口气。

"这回说什么我也不走了。"老妇浑身抖个不止，喉咙里哽咽着。

老汉扶着担子，绝望地看着她。

老妇一边流泪一边哀求："找个能遮风挡雨的地方就行，哪里死，你就在哪里把我给埋了。"

老汉拉她起来，她不肯。

最后，老汉妥协了："我答应你，可也得找到住下的地方呀！"

"这一路有很多没人住的空屋子，我们就往回去吧！"

"那就往回去吧！"

老汉转回身去，重新挑起了担子，老妇这才从地上爬起来，哆哆嗦嗦地跟了上去。

五斗相信，若不是万不得已，或许这对老夫妻都不会轻易离开他们生活了一辈子的地方。显然是一场祸乱把他们驱赶到这个完全陌生的地方，还要面对不可预测的未来，逃难实在是一种没完没了的折磨。

他想起了乌里庄，想起了家中的阿翁阿母，想起了荒下椿……如今那里怎么样了？一种新的愁绪涌上心头。这里离家乡已经很远了，直到这时，他的无奈与虚弱才一股脑儿地涌了出来。

站在原地怔了一会儿，五斗回过神来，心想战乱未必哪里都会发生，乌里庄很可能是太平的，过去几十年一直如此，眼下自己倒是陷入了困境。

小萤子站在路边，想了一阵后问五斗："我们怎么办？"

五斗说："我不知道。"

小萤子很平静，她显然有了主意。

"我们就在这里留下。"

"我听你的。"五斗答应着。

五斗和小萤子都觉得这个时候他们更是不能分开，必须一起挨过眼下这段动荡的时光，至于未来怎么样，他们没有足够的时间去思考。

老汉和婆婆刚才的对话提醒了他们，应该先找个地方住下来。

既然选择留下，那就要赶紧行动。

米镇说大不大，说小不小，几乎所有的房屋都在一条小河沟的两旁排列。站在河岸两边不远的高坡上看，米镇就像一条蜿蜒的长蛇，中间又因为地势有高有低，便出现许多空旷地带。因此米镇分为四五个区域，各区又不相连接，称谓上也各不相同，有的区域叫荆川，有的区域叫薪寨，有的地方叫稻村……最南端，也是最小、最偏僻的一个区域叫石矶。一个镇子有这么多这么庞杂的叫法，想必是有一定规模的。

经过半个下午的寻找，五斗和小萤子决定在石矶安置下来。他们在远离河岸的地方找到了一座破旧的老房子。屋子里空空荡荡，仅有的一张破床榻布满了灰尘，看上去已经多年没有人居住过，房顶和门窗还算完好，勉强能够挡住风雨。前面稍远一点儿的地方也只有四五户人家，但已经全都逃走，因此十分僻静。有了住处，小萤子的恐慌与不安暂时得到了缓解。

两个人将屋子彻底收拾了一遍，虽然还很不尽如人意，但比起逃难来要好上许多。

出去讨了点儿吃的，回来的路上两人又从其他空屋子里搬来一些盛水做饭等生活必不可少的东西。天完全黑下来的时候，两人便歇息下来，他们又把话题扯到了日常生活上来。五斗决定从明天开始就上山砍柴，这样也好换回些吃的和用的东西，尽管不知道在这里能留多久，但身边有了小萤子，他不愿意再像过去那样靠乞讨来度日。

小萤子笑笑，说："人都快逃光了，你砍柴卖给谁？"

五斗说："那就留着自己用。"

这个夜晚的月亮，分外明亮，也分外好看。

没有铺盖，五斗在麦秸堆上缩成一团。小萤子也将麦秸铺在破旧的大床榻上，躺了下来，望着没遮没挡的窗子。

夜风透过窗子吹进屋里，小萤子感到了一丝凉意，她坐起身望着地上的五斗，小声说："你到我这里来吧！我有点儿冷。"

五斗说："要是有件衣服就好了。"

"可不是吗？"小萤子回答说。

的确，从秋岭逃出来，两人都没来得及带走自己换洗的衣服。

五斗坐起来，将身上的衣服脱下，抛给小萤子，说："把它盖在身上，就不会太冷了。"

小萤子接过五斗的单衣，还是没有躺下，说："把衣服给我，你咋办？"

"我不冷。"

"要不，我们在一起睡吧？这样也暖和些。"

五斗没有回答。

小萤子知道五斗已经默许，便把衣服丢给五斗，然后把床上的麦秸抱起放到五斗旁边，贴着他躺了下来。两人都有些后悔，白天没从那些没人居住的屋子里找点儿铺盖来。

睡不着，两人便说起彼此的过去。五斗从古塔的梦境开始说起，一直说到秋岭和小萤子的第一次见面。小萤子认真地听着，她感觉五斗虽然幼稚，但还是一个很不错的少年，文采也很不错，便问："那你能即时作点儿什么吗？"小萤子想探究一下这个少年学识的厚度。

一片云飘了过来，月亮像是在云里穿行。

五斗想起这两天的颠沛流离，以及眼下的处境，于是说道："月午幽云黯，宵分僻地寒。"

小萤子听了，觉得不错，便问五斗是否还有下句，五斗说他还没有想好。

一个夜晚就在两个人的闲聊中不知不觉地过去了。晨光透进屋子，天很快就要亮了，小萤子往五斗身边凑了凑，说："我还想让你把昨晚没完成的后两句诗给补上。"

五斗想了想，说："风飘千万里，代我见青鬟。"

小萤子听了，沉默不语，她知道五斗这两句诗中的内容正是他现在心境的写照。

"那让我来和你一首吧！"

五斗一下来了兴致，催促小萤子赶紧说。

小萤子想了想，说："闵默容华黯，霜兴渌水寒。依约归故里，或可现高鬟。"

五斗听了，若有所思。

小萤子笑笑，又说："舒卷云容色，纤萦梦醒间。秦楼鸾凤曲，撩乱碧罗天。"

五斗不清楚小萤子用的是什么典故，要她解释最后这一句的意思。

小萤子说："你明白的。"

五斗想了半天，还是不明白。

"在这没人打扰的地方，我们就做一回萧史弄玉。"她贴着五斗的耳朵，小声说："月落参横，霞光再现，就让我把自己交给你吧！"

五斗脸忽地红了，一下子把她拥进了怀里。

说到底，五斗还是个羞怯的少年，对这突如其来的幸福不知所措。他伏在小萤子身上，脸却扭向一边，根本不敢看她。

她给了他足够的鼓励。

"看着我。"

二

这个早晨，五斗和小萤子起得很晚，两人弄了点儿吃的东西，五斗就出去了。不一会儿，五斗又回来了。他不知从哪里找来一把柴刀和绳子，又在屋子的一个角落里翻出一条扁担，于是两人一起走出屋子。他们沿着山坡往前走去，脚下全是没过脚背的荒草，半个时辰过后，两人转到山坡的另一面，一直走进了一片灌木丛里。

五斗负责割柴火，小萤子负责铺开晾晒，湿的柴火是不能挑回去的。今天他们只能多砍些干枯的树枝，这样的柴火更容易卖出去。快到中午的时候，他们将柴火分成三份，五斗挑起两份大一点儿的，小萤子背起较小的一份，两人一起往回走去。路上小萤子说，她不放心五斗自己去卖柴火，要和他一起去。五斗说那样更不安全，刚到一个生地方，还是少与人接触为好。小萤子一想，五斗说得也对，在这个动荡的时候任何事情都可能发生，何况他们连住的地方都不牢靠。

的确，小萤子的模样在米镇还是很打眼的。大概米镇这个地方从未见过这样的女子，昨天两人出现在街上，她就把一个男人的目光牵得远远的。

最后两人在一个岔路口分开，五斗自己往荆川那边去了。

走出一段路，五斗停下来去看小萤子，只见小萤子将柴火放在地上，正远远地望着他。五斗心头一热，朝她挥挥手，挑起柴火继续往前走去。

五斗来到荆川，这里与昨天见到的景象多少有些不同，已经没有集市，街道上冷冷清清，除了零零星星几个逃难的人从这里经过，再也看不到一个人影。

不该在这里停留，五斗决定离开荆川，到远一点儿的薪寨去，到那里或许能够把柴火卖掉。走了一段坡路，五斗来到了薪寨，这里比起荆川多少还有点儿人气。但街上的商铺还都没有开张，尚未逃走的人家也都关门闭户。人们仨一群俩一伙地凑在一处，望着比平时不知要冷清多少的街道。

五斗必须得往人多的地方去，让更多的人看见他。前方几个无所事事的人正站在街边闲聊，五斗便朝他们奔了过去。第一次做生意，五斗不会吆喝，但这并不影响他的生意。走在街上，他担子两头的柴火就是移动着的活招牌。

他在这伙人身边不远的地方将担子卸下，面向他们站着，过了好一会儿，还是没有人理睬他。

他不得不重新将柴火挑起，到另外一处人群聚集的地方去。

太阳已经偏西，五斗的柴火还是没有人买。到了这个时候，只要有人上来搭讪，即使是最低的价格，五斗也会把柴火卖掉，他是不愿意把它再担回去的，虽然他有的是力气。

五斗仍在寻找机会，前面看上去像是一个大户人家，他想还是亲自上门碰碰运气。到了门前，五斗轻轻敲了敲门。

没有人应，他又敲了几下，这次他加了点儿力量。五斗相信院子里一定有人，否则大门是不会从里面关得严严实实的。不知哪来的勇气，他竟然喊出声来。

"柴火，有需要的吗？"

果然，院子里就传来了脚步声。一位婆婆把门打开一道缝，从里面向外张望着，见一个少年正扶着一担柴火站在自己家的门前。

已经好几天不敢开门，正愁家里没有柴烧，婆婆喜出望外。

五斗相信这担柴已经有了去处。

婆婆从门里走出来，朝街道左右望了望，对五斗说："担进来吧！"

五斗答应一声，挑起了担子。

婆婆关好门朝院子里面走去，五斗跟在她的身后，拐过一个墙角来到屋子后面，婆婆停下来，五斗也把担子放下，将柴火放在婆婆指定的地方。

五斗将绳子和柴刀拴着扁担上面，看着婆婆。

婆婆的手有些不利落，抖抖擞擞地从衣襟的口袋里摸出三个铜钱来，递给五斗。五斗第一次看见自己靠力气换来的铜钱，没有去接。

婆婆见他犹豫，说："拿着，这已经不少了。"

五斗慌忙说："不是不是，我不是嫌少，我这是第一次出来卖柴火。"

婆婆也看出五斗是个生人。"从前都是胡老头在这里卖柴火，前些日子他死了，又来了你这个年轻的。"她叹了口气，又问五斗，"你叫什么名字？"

"五斗。"

"哦！叫五斗。家住在哪里啊？"

"我刚到这里，家在乌里庄。"

"又是个逃难的，过几天就照这样，再给我送一担来。"

五斗连忙答应，他把三个铜钱放进口袋，又在外边按了按，这才扛起扁担向大门口走去。

五斗回到住处，太阳已经下山，小萤子做好晚饭正在等他。见五斗放下扁担和柴刀走进里屋，小萤子知道这一天的辛劳已经有了收获。五斗将三个铜钱掏出来让小萤子看时，小萤子忘记了疲倦，忘记了担心，眼前几枚铜钱看上去更像是一曲音乐，一首诗。

五斗一眼就发现小萤子已经把那张大床收拾得干干净净，而且还多了两床单薄的铺盖。不用问他就知道小萤子这个下午都做了些什么，但他并不感到吃惊，还带着几分赞赏地说："还真是有模有样。"

小萤子也不觉得把别人暂时放弃的东西拿来有什么不合适，说："过日子就应该有点儿新气象。"

屋子里面有小萤子早给五斗准备好的一盆清水，五斗一下子领略到了只有在家里才会有的温馨，他回给了她一个俏皮的笑。

洗完脸的五斗看上去比以往任何时候都更加清爽，尤其是一双充满温情的眼睛，还有唇上淡淡的两撇细须，让小萤子十分着迷。她毫无顾忌、聚精会神地看着五斗，这使五斗感到有些不自在，转身看着别处。她这才想起，中午没有吃饭，五斗早已经饿了。

吃完饭，收拾完碗筷，天完全黑了下来。两人关好门，躺在床上聊天。

五斗问小萤子在秋岭为什么不找机会逃出去，小萤子告诉五斗，即使能够侥幸逃出秋岭，只要这伙土匪不被剿灭，说不定哪一天还会落到他们手里。对一个单身女子来说，处处都是危机。

小萤子问起五斗这一个下午的经历，五斗只是轻描淡写地描述了一下卖柴火的过程，此时他的注意力全都转移到了小萤子身上。他们面对面，紧紧挨着，五斗又闻到了小萤子身子的气息，便迫不及待地想去重复今天早上做过的事情。

小萤子扭了扭身子，两人之间有了一点儿距离，她对五斗说："以后出去，无论对谁都不要把自己的真实情况讲出来。"

五斗问："为什么？"

小萤子说："这是对你自己的保护。"

"那就不能实话实说了？"五斗有些无奈。

小萤子肯定地说："对！就是不能实话实说。"

五斗哑然，他身份的转换从离开居云寺还俗那一刻起就已经有了明确的答案，五斗只是心理上还不想放弃身上曾经有过的那个标签。一切早已明明白白，他只是不愿意正视，而且还欠自己一个交代。

"从现在起，你把头发留起来吧！"小萤子说。

"嗯！"五斗答应了一声。

小萤子说："最好换一件衣服，省得你再被人误解。"

"我习惯穿这样的衣服。"

"必须得换掉，这不但对你好，也对我好。"

直到这时，五斗才明白小萤子这番话的真正含义。

小萤子好像想起了什么，她平躺下来，两条胳膊枕在脑后，静静地望着屋顶。五斗紧贴着小萤子，感受着她身体的柔软与结实，但他还是收束了自己的情感，没敢乱动。

她的确沉浸在过去的回忆里。

从乐城到秋岭，又来到米镇，大半年的时间，小萤子的人生轨迹就发生了巨大的变化。眼下虽然获得了自由，但这种经历是幸运还是不幸？到了这步田地，自己究竟算个什么角色？未来又该是什么样子的？

发生过的全都成了过去，可未来该怎样面对身边这个少年，和他在一起究竟有什么意义？

她就这样漫无边际地想着。

五斗无声地看着小萤子，一动不敢动。他被小萤子的安静镇住了。

过了好半天，小萤子才转过头来，冲着五斗微微一笑。五斗发现她消失了的温情与妩媚又回来了。

五斗伸出双臂将她揽住，她没有拒绝。

米镇并不十分太平，虽然没有较大的匪患发生，但劫掠财物的事情仍然时有发生。战乱多发，政权更替频繁，州牧郡守划地一方，根本不会将百姓安危放在心上。大量百姓南下避祸，也给米镇的治安带来了不小的冲击，一旦穷途末路，人就更容易铤而走险。在米镇停下来的外来人没有地方住，就随便找角落搭个窝棚栖身，除了讨吃的，就是向各处打听北方的战事。从他们焦灼的眼神里不难看出，他们随时都准备离开。

五斗每天挑担卖柴。最初的几天，他惦记着一个人留在屋子里的小萤子，那个地方很偏僻，万一出了什么事情，呼救都没有人能够听得见。想到这里五斗就有些不安，柴火一卖掉，他就快步离开。只要路上无人，他就一溜小跑，争取能早点儿回到住的地方。

当他气喘吁吁地跑进屋子，看见小萤子平平安安地待在屋子里等着他的时候，一颗心才安定下来。小萤子还以为他遇到了什么麻烦，知道没有什么不好的事情发生，心中不禁发出感叹：到底还是个孩子。她告诉五斗在外面一定要保持沉稳，慌慌张张容易给自己招来不必要的灾祸。

此后五斗安稳了许多，他相信小萤子，虽然她的经历颇为复杂，但她说出的话和做出的判断都是对的。一想到小萤子，五斗就觉得自己已经长大了，应当去保护好她。自从来到米镇，五斗每天都要面对两个人的用度，毕竟生活是实实在在的。他的心思也越来越多地用在赚钱上，卖柴是他以后的生路，刚刚离开乌里庄时的那个五斗已经越来越远了。有的时候小萤子还问他想不想再出去寻找盈儿，五斗只是红了红脸，说自己已经没有那个心思了。

摆脱了虚无缥缈，他又陷入无欲无求的境地之中。

　　有时他也会想起乌里庄，想起他的父母，他们现在怎样了？还有细姐、陈须嬉……

　　这天黄昏，吃过晚饭，五斗很自然地坐在屋门口，望着门外，一直到天完全黑下来。

　　小萤子走过来，问："你在想什么？"

　　"什么也没想。"

　　"你一坐就是这么久，怎么可能什么都不想？"

　　他不知道该如何回答她。

　　她在他身边坐下来，陪他一起看夜色。

　　"白天，我出去转了转，镇子里已经看不见逃难的人了。"她说。

　　"是的。"

　　"北方可能不打仗了？"

　　"也许吧！"

　　"那些人也该回去了。"

　　"……"

　　"我们怎么办？"她问

　　五斗轻轻地说："不知道。"

　　小萤子侧着身子，两条胳膊搭在他的肩上，将他完全圈在自己的怀里。他静静地承受着，一动不动。

　　他像是一个走远道的行人，已经累了，该坐下好好歇歇了。

　　夜深了，五斗一点儿也不困，倒是小萤子先困了。她放开五斗，说："我们睡吧。"

　　五斗说："好的。"

　　两人躺在床上，小萤子很快就睡着了。五斗不好意思去碰她，老老实实地躺在一边。听着小萤子均匀而柔细的呼吸声，渐渐地五斗也松弛下来，不一会儿，也睡着了。

不知过了多久，五斗觉得身边空荡荡的，迷迷糊糊中他伸手去摸，没有碰到小萤子。他一下子清醒过来，赶紧坐起身瞪大眼睛去看。原来小萤子正站在窗前，默默地望着外面的夜色。

五斗没有去叫她，和她一样，也无声地看着窗外。

小萤子像是在思考一件十分重要的事情，又像是在仔细欣赏那夜的苍凉与神秘。她一动不动地站着，生怕弄出一点儿声响来，惊动了正做着好梦的五斗。

月光穿过窗户，照在小萤子身上。她背对着五斗，像一个朦胧又曼妙的剪影。但今夜这个美丽的剪影在五斗的记忆里，留下了一丝疏离的感觉。这倒不是因为今夜小萤子冷落了他，而是他发现小萤子心事重重，心思并不完全放在自己身上。

虽然是两个人，五斗却有了一种孤单，就好像一个人走进了荒野。

外面的云彩遮住了月光，小萤子的身影越来越模糊，最后完全融入暗夜。但五斗分明感觉到她脚步轻轻，正慢慢地朝这边走来。

五斗一阵心跳。

来到床边，她轻轻地碰了碰他，问："怎么还不睡？"

五斗伸出双臂，一下子把她抱进怀里。

三

这个世界变化之快完全超乎人们的想象，逃难的人群刚刚过去就有消息传来，皇家宗室的祸乱已经结束，官府开始平定江南一带的匪患，这一带又恢复了往日的平静。消息固然有些滞后，但能重新过上太平日子总是值得庆贺的。米镇的大街上又可以看见急匆匆的脚步，一拨又一拨逃难的人群开始往回返，与以前相比，这些人行动中充满了豪放与兴奋的意味。

面对这样一个意想不到的情况，五斗也说不清楚自己当下是一种什么样的感觉。

小萤子不一样，她有了一种莫名的惶惑。自己的未来在哪里？和五斗又算什么关系？这样的日子还能够持续多久？五斗曾说过，有一天要和她一起去乌里庄见他的父母，小萤子问他自己以什么样的身份出现，五斗却说她是他的姐姐。从两个人进入米镇的那天夜里开始，他们就再也没开启过这样的话题。

小萤子不怀疑五斗说的是真心话，这个少年渴望能够和她守在一起。年龄似乎不是障碍，可是两人各自的生活背景，犹如一道巨大的鸿沟，将他们彻底隔离开来，最终很难走在一起。

五斗整个白天都不在家，小萤子一个人待在屋子里，陷入孤独的煎熬。

她常常站在屋后面的高坡上朝镇子里面望，街道上人来人往，各家商铺忙忙碌碌都在做着自己的生意。回到屋子里，她看着那张大床榻，心里一阵发虚。她想向五斗诉说自己的苦闷，却不知如何开口。

一切如常，五斗看上去完全适应了这样的生活。他每天担柴到镇上去卖，再把挣来的钱交给小萤子。没有人上门向他索要房子，似乎自己原本就是这里的土著，没有一丝一毫外乡人的痕迹，秋岭那段受惊吓的日子也好像根本就没有发生过。至于和小萤子算什么关系，五斗认为那是十分遥远的事情，他从来不愿意去考虑。

日子像水一样平静，小萤子却无法从那种迷茫的状态中走出来。

一天吃过晚饭，五斗和小萤子一起出去散步。秋风中，他们慢慢走出米镇。天边很明亮，也很安静。

河岸两边，荻花已经变白，小萤子停下来，自言自语。

漫步芦荻里，

欢兹僻处闲。

无心云水去，

有眺玉钗还。

五斗听了，若有所思。

小萤子来到一株银杏树下，看着远处的云。

五斗看着小萤子，问："你在想什么？"

小萤子没有回答他，却从银杏弯曲的枝条上揪下一片叶子来。

凛气搏倾叶，

寒霞动树烟。

樛枝孤月照，

有眸正苍然。

五斗不能理解小萤子的意思，茫然地看着她。

小萤子觉得该和五斗说一说他们之间的事情了。

"我们还要在这里停留多久？"

"不知道。"

"那你叫我什么？"

五斗无语。

"我们就这样不明不白地住在一起，合适吗？"

"……"

"我想知道你的真实想法。"小萤子站住了，等着他的回答。

他想了想说："我离不开你。"

"假如你一开始就没有遇见我……"

"可我毕竟遇见了你。"五斗的回答更无意义。

"你总归是要回到你父母身边的。"小萤子说。

一想到和小萤子分手，就要回到乌里庄去，五斗心里感到一阵空虚。他不想回乌里庄，那里没有属于他的情爱，更没有属于他的浪漫，每一天他都会觉得无聊且无趣。而在这无人问津的米镇，他找到了这一切的意义，这里虽然没有他的未来，但目前五斗还没有勇气去思考未来。

如果小萤子继续追问，五斗简直想哭了。说到底，他还是个少年，做事全凭感觉，没有成熟的心智。

过了一会儿，小萤子说："我们回去吧！"

回去的路上，偶尔也会遇见几个饭后出来转悠的行人。前面一个五十多岁的农夫看见小萤子气质不俗，不禁心生赞叹，便向旁边的人打听起这两人是谁家的姐弟，家住哪里。旁边的人却说自己也不知道。五斗和小萤子已经走了过去，可农夫心有不甘，非得弄出个究竟，便追了上去直接向他们问话。几个百无聊赖的闲汉也向他们这边靠拢，其中一个远远地跟着小萤子和五斗，直到他们走回自己的住处。

小萤子对这次出来散步十分懊恼，她对五斗又有了一种说不清道不明的感觉。五斗每天早晨出门去，小萤子望着他单薄的背影，心里感到了一丝虚弱与胆怯。的确，他就是一个孩子。

从那天起，看见担柴的五斗从街上走过就会有人过来问："你家姐姐婚配没有？"起初五斗说还没有，后来就不再回答。但问话的人却是不依不饶，直到五斗说出小萤子早已有了人家，方才作罢。

这种纠缠让五斗很是烦恼，有时卖完柴火回到住处，他根本就没心思吃饭。小萤子问他受了什么委屈，五斗又不愿意说。小萤子的心情也越来越压抑，最初的那份激情如火、浪漫如潮的时光似乎已经远去，很难再把它找回来了。

然而，生活总是无法预测的。米镇刚刚送走了难民，又迎来了对匪患的清算。过去从未现身的乡啬里长带人挨家挨户地盘查外来人口，尽管五斗和小萤子住的地方十分偏僻，也未能躲过。

事情如果仅仅如此倒也没什么，但他们并不知道自己已经身处旋涡之中。

这天下午，五斗担着柴火来到薪寨。他站在街边等待主顾，五六个军汉押解着一个年轻人从五斗身后走了过来。五斗往路边躲了躲，却忍不住好奇，便朝他们看去。

经过五斗身边时，那个被押解着的人转过头来，惊讶地看着五斗，喉咙里发出一声低沉的惊叫。军汉十分敏锐，循声望去，见是一个卖柴火的少年。军汉起了疑心，问那个被押解的人："你们认识？"

"嗯！"

五斗赶紧背过身去，他感到了一股来自内心深处的恐惧。

一个军汉立刻上前将五斗拉住，说："过来，你认识他吗？"他指了指被押解着的小十四。

五斗摇摇头，说他不认识。

军汉推了一把小十四，问："他是谁？"

小十四低下头去，说："他是五斗。"

"是你同伙？"

"嗯！"

"带走！"几个军汉一齐上前，解下捆柴火的绳子将五斗拴住。这伙人又找来米镇里长确认了五斗的身份，然后在一家酒馆里吃了晚饭，这才押着五斗和小十四一起上路。

傍晚不见五斗回来，小萤子便出去寻找。路上听人说那个卖柴火的五斗是个土匪，已经被押往乐城。

小萤子思维敏捷，能够迅速做出准确判断。她料定五斗一定是受到了土匪的牵连，否则官府是不会无缘无故把一个卖柴的少年给抓走的。和五斗一起押往县上的一定还有其他的土匪，仅仅是五斗一人，事态不会如此严重。县上就是乐城，五斗在乐城的经历恐怕无人不知，果真到了那里，五斗被释放的可能性还是很大的。想到这里，她刚听到五斗被抓时的紧张与焦虑稍稍有了减轻。

接下来该怎么办，她显然还没有想好主意。

小萤子可以保持沉默，无动于衷，充耳不闻，抑或就此分开。这样做完全是情有可原的。可小萤子不会。她心中突然有了一种恐惧，人人痛恨的土匪不同于其他罪犯，随时随地都有可能被处决。军汉们未必会辛辛苦苦地走上那么远的路，把他们解往乐城，将抓到的土匪杀掉并不需要任何程序，这是老百姓普遍认可的事情。

五斗命悬一线，小萤子打了个冷战。

让一个女子连夜去孤身解救被官府捉住的"罪犯"，该有多么不可思议。但她还是决定这样做了。

她知道这一去，自己全身而退的可能性几乎为零。虽然很难把五斗从军汉手里解救出来，但若能让他活下去，就算成功。

小萤子做了最坏的打算。

听说军汉们是傍晚前才离开米镇的，从时间上看他们已经走了很大一段路程。小萤子来不及回住处取点儿东西，只是朝坡上慌张地看了一眼，便急匆匆地向乐城方向奔去。

四

小十四是当天上午被捉住的，那时他正躲藏在米镇附近的一个庄子里。一个知情人两天前发现了他的踪迹，随后报告给了里长。

军汉到来的时候，小十四正躲在那户人家的仓房里。这几天眼皮跳得慌，小十四竖起耳朵听着外面的动静。他觉得外面有些异常，慌忙钻进墙角的地窖里。军汉将上房的门窗堵住，随后冲进屋里寻找。

一无所获之下，军汉们的注意力又转移到了仓房里面。

大门已经被封锁，院子里站着两个军汉，小十四成了瓮中之鳖。最后，一个军汉从地窖里把他给掏了出来。

小十四终于可以出来透透气了，军汉们却有点儿憋闷。一个军汉走过来，将手里的绳子绕成几匝，抡圆了狠狠抽了小十四一顿。

军汉累了，停下来喘气。小十四双手抱头贴墙站着，半天没有动静，他扭过头去张望，见那个军汉攥着绳子正冲他发狠。小十四两腿发软，一下子蹲在地上。小十四所作所为全都是掉脑袋的勾当，刀枪棍棒他根本就不在乎，唯独就怕军汉手里的绳子。

军汉们并不满足只抓到一个土匪，他们的心思又移到了别处。领头的军汉把小十四捆起来，叫一个人站在院子里看着，其余的人重新回到屋子里，翻箱倒柜地一阵折腾，结果连一串铜钱也没有搜到。军汉们很失望，来到院子里指着鼻子骂小十四死了也得做个穷鬼。

自从离开秋岭后，小十四一直在米镇一带转悠，时下的动乱给小十四提供了更大的活动空间，顽劣的天性促使他一次又一次地铤而走险，一个月来从未失手。

小十四很狡诈，他把得来的钱财全都埋藏在秋岭的山林里，从不带在身上。

几个军汉骂骂咧咧地将小十四带到米镇，准备与昨晚捉到的另外两个土匪一起押往乐城，不料路上碰见五斗，又有了意外的收获。

小十四既是聪明的又是歹毒的，他心里明白被官府捉住就是死路一条，即使交出钱财也不一定能保住性命。但他不甘心，一连供出了几个同伙的下落以求自保。根据小十四的交代，军汉们在米镇附近忙活了半天，一无所获。拿不到小十四的同伙，军汉们没给他任何承诺。直到米镇大街上偶然发现了五斗，小十四觉得活命的机会来了：只要捉了五斗，自己就可以减罪。退一步说，即使自己掉了脑袋，也总算是拉上了一个垫背的。

卖柴的五斗糊里糊涂地跟土匪画上了等号，并被连夜押往县上。路上无论他如何叫屈，军汉们始终无动于衷，听烦了便是一通拳脚，五斗这才老实下来。他恨小十四，死到临头还要做这种伤天害理的事情。小十四幸灾乐祸，揶揄五斗有眼无珠，碰见了自己不知道赶紧躲开，是他自己找死，活该。

五斗并不自认倒霉，说到了乐城一定会还自己一个清白。小十四阴毒地说："连小萤子你都睡过了，还讲什么清白！"

让人不解的是，小十四明知道小萤子和五斗在一起，可他却没有把小萤子一起供出来。这正是小十四的过人之处。一旦小萤子被抓，对自己非但没有任何好处，反倒增加了迫害女人的新罪过，后果更是不堪设想。

此时，小萤子正奔走在通往乐城的官道上，除了那天带着五斗逃出秋岭，她从没有走夜路的经历，对米镇这里的道路她一点儿也不了解，只知道从这里往北就是乐城。

夜幕阴森，林涛哀号，走夜路的感觉真是不好。时近午夜，前方仍然不见半个人影。小萤子心中不住地祈祷，但愿五斗能够平安无事，天亮时顺利到达乐城。

人海尘途中，小萤子偏偏遇见了五斗，少年的情思撩起了她的爱意，温暖了她青碧冷寂的心，但也给她带来了今夜的忧苦和辛劳。

此时的五斗还没有到达乐城，中途军汉押着他们去了另外一个地方。前一天被捉的两个土匪说，在前方不远的一个地方，他们曾埋下一包数量可观的金银。几个军汉的眼睛立刻瞪得大大的，承诺如果能找到金银，这两个土匪就可活命。于是他们改变了行进路线，去找两个土匪埋藏的金银。下了官道，走过一片荒野，一棵古树就在他们前面，两个土匪说就是那里了。

军汉停住，让两个土匪说出他们埋藏金银的确切地方。两个土匪毫不犹豫地告诉军汉，金银就在古树正西十步远的地下埋着。

军汉们留下三人看着土匪，另外三人去树下挖掘金银。两个土匪似乎看见了活下去的希望，心中憧憬着被释放的那一刻。

当几个军汉果真从树下挖出埋藏金银的口袋时，简直欣喜若狂，富贵来得太快了。但很快，他们就陷入了另一种烦恼之中，几个军汉都不舍得把已经到手的富贵上缴给县丞。

军汉们商量了一会儿，一不做二不休，趁着黑夜，索性把这几个土匪一起杀掉，然后回去就说他们中途反抗，已经就地正法。唯一难办的是五斗，从被抓的一刻起他就一直叫屈，看上去倒真像是被冤枉的。

一个军汉说，留下他万一事情败露怎么办？另一个军汉说，看他年岁很小不像坏人，趁他啥也没看见，不如先把他给放了。

商量来商量去，军汉们达成共识，先将这两个土匪和小十四处理掉，然后趁夜色分掉金银。

军汉们将口袋埋回地下，又留下两人守着，一个人回来报信。

一通叽咕后，军汉们呵斥两个土匪说谎，树下根本没有金银。

两个土匪听得瞠口结舌，金银明明藏在地下，怎么说没有就没有了？他们说军汉没有找对地方，要亲自去树下查看。

军汉们可不给他俩这个机会。一个军汉将五斗拉到一边，说："小孩子，我们知道你是被那个叫小十四的给冤枉了，现在就放你回去。"

五斗以为自己必死无疑，却没想到峰回路转，一下子看到了生的机会，激动得放声大哭。

军汉见了，心中更加不忍，急忙将捆他的绳索解开。

"算你命好，赶紧跑吧！"军汉踢了五斗一脚。

五斗转身就跑，生怕跑得慢了，军汉反悔把自己再给捆上。

小十四见了，知道不妙，大声叫喊："把我也放了吧！我什么也不知道。"军汉见了，更加厌恶，骂道："给我闭嘴，早就知道你不是一盏省油的灯。"骂完还上前使劲抽了他几个嘴巴。

小十四被抽得眼冒金星，咬牙跺脚，冲着那个军汉吼了起来："老子到了阴间也不会放过你的。"

军汉急了，一脚将小十四踹翻，接着就是一刀。直到这时，另外两个土匪才明白军汉的真实意图。军汉们也不再演戏，告诉两个土匪金银早已拿到手，但他们得想个法子，叫他们两个从此不再开口。

两个土匪跪地求饶，但他们的下场跟小十四一模一样。

见再无牵绊，几个军汉一起回到树下分完金银，约好了第二天碰头的地点后，各自散去。

五斗性命得以保全，一路狂奔。

他相信小萤子一定得到了自己被当作土匪抓走的消息，此时她可能正在屋子里哭泣，祈盼他能够早些平安归来。他必须尽快地赶回去，告诉小萤子自己安然无恙。

夜雾笼罩着四野，一弯清月挂在天上，除了五斗的脚步声，这世界安静得如同沉睡了。

仿佛做了一场梦，天还没亮的时候，他终于发现了小萤子的身影。

小萤子也看清了，前面奔过来的正是让自己担惊受怕、牵挂了一夜的五斗。

两人好像已经分别了许久许久，五斗来到跟前时，小萤子一句话也说不出来，张开双臂一下子把五斗抱在怀里。

小萤子哭了："小弟！我以为我再也见不到你了。"

五斗捧起小萤子的脸颊，凄楚地说："我这不是好好地回来了吗？"

"回来了。"

他们手扯着手，一步一步往回走去。一路上小萤子很少说话，五斗却感觉在这个夜晚，小萤子一直把他的手攥得很紧。

五斗和小萤子又回到了米镇。他们回来了，面对眼前熟悉的一切，心中都别有一番滋味。

从那天起，五斗再也不去镇上卖柴火了，可留在屋子里两人又觉得有些憋闷。一个午后，他们决定到外面转转。出了屋子，两人不约而同地往坡上走去。走着走着，小萤子站住了。

五斗只顾看着前方，并没有注意小萤子没有跟上来。

小萤子看着五斗的背影，轻轻地叹息了一声。

五斗觉得身边少了人，掉头一看，只见小萤子正背对着自己向远处眺望着。

天边烟云漫漶，草木朦胧，小萤子像是被那迷离吸引，一时忘记了五斗。

五斗知道小萤子在看什么，正东不远处的两行青瓦房，那里是檀月庵。

小萤子看着檀月庵，一个念头从心上流过。

五斗慢慢地走回小萤子身旁，和她一起看着檀月庵，他不想打破这种沉静。

小萤子知道五斗就在自己身旁，却无法理会他。她心里漫上一股悲切的情绪，酸酸的，于是低下头，看着自己脚下。

五斗不知该说什么，默默地看着她。

半晌，她抬起头来，没有哭泣，却流着泪水。

这个下午，两个人都很沉闷，没在外面走多一会儿就回去了。

几天后，小萤子一个人去了檀月庵，回来后对五斗说，法师已经答应她去庵里修行。

五斗说："说好的，你跟我回乌里庄。"

"我改主意了。"

"为什么？"五斗问。

小萤子说："我喜欢清净的日子。"

"我们住在这里不也很清静吗？"五斗问。

小萤子说："不一样，那里是一个修行的好地方。"

五斗一下觉得自己走到了绝境，小萤子的这个决定一定是认真思考过的，但他还是不想放弃。

"这里无人打扰，我们两个照样修行。如果你不去庵里，我俩咋样都行。"说完这句话，五斗瞥了一眼小萤子。

小萤子看着五斗，她有些不解。

五斗的脸一下子红了，赶紧低下头去。

情爱对人身心的影响达到了让人恐惧的地步，五斗刚才的一瞥是颇有意味的，他刚才这句话，更可以成为他心性迷失的证明。短短的一个月，他就放弃了自己的初衷，越发变得现实起来。小萤子觉得若是继续和他守在一起，这个少年恐怕就再也不能获得灵感智慧和胆量了。她坚信他们两人之间分开得越早越好，但眼下自己对他有些无计可施。

"过几天我就要见师父去了，你打算怎么办？"

"……"

"要不，你就先回乌里庄吧！"

"……"

五斗一句话也不说。

"你怎么不说话？"小萤子反而沉不住气了。

五斗小声说："我不想和你分开。"

"我是你的累赘。"说这话时，泪珠纷纷落在她的脸上，"小弟，我们还是分手吧！纵然我再恋着你，也是一件没有结果的事情。"

五斗哭了。

看见他哭，小萤子哭得更伤心了。

的确，这个世界上她没有一个亲人，没有一个地方可以容身，她的未来在哪里？

五斗抹了抹眼泪，站在那里，望着窗外。

五

秋天到来的时候，小萤子去了檀月庵。那是一个上午，小萤子最后一次拥抱了五斗，然后向他道别。五斗说去送送她，她没有拒绝。两人收拾一下出了门，默默地走在石矾的土路上，接着又走上了通往檀月庵的小路。

这是个阴天，铅灰色的云从北面的天边升起，漫过了他们头顶上的天空。

小萤子穿着一身干干净净的旧单衣，胳膊上挎着一个小包袱，里面装着几天前五斗去镇上找人给她缝制的新长裙。今天小萤子没有刻意地去打扮，她也没有什么东西去打扮自己，身边连一盒水粉都没有。走着走着，五斗停了下来，看着她。小萤子知道五斗心里想的是什么，但她决心不再迁就他，一个人继续往前走去，五斗只得跟上。他就像是一个被宠坏了的孩子，想方设法地去达到自己的目的。

　　昨天晚上，他们几乎一夜没有入睡，五斗眼泪汪汪地看着小萤子，求她不要急着去檀月庵。他实在放不下她，觉得两人这样守在一起，也拥有一份可爱的幸福。然而更多时候，小萤子只是默默地望着窗户，很少去回应他。从姿态上看，小萤子已经做出了最后的选择。五斗终于明白了，从秋岭到米镇，他们的关系不是告一段落，而是彻底结束。

　　很快就要下雨了，小路上行人匆匆。看见他们的人都感觉这是一对姐弟，随便去一趟庵里，用不了一会儿就会回来。然而没有人知道，他们两人心照不宣地掩藏着心底的忧伤。从今天开始他们就将分开，从此天各一方。

　　快到山门的时候，小萤子对五斗说："别送了，我自己进去吧。"

　　五斗控制住自己的情绪，说："就送你到门口吧！"

　　小萤子脸上带着淡淡的微笑，说："回去吧！如果有缘，今生还有见面的机会。"

　　一听这话，五斗再也掩饰不住伤心，不禁哭出声来。

　　小萤子默默地看着他，道声保重，便朝檀月庵那边走去。

　　就在她将要走进大门的一刻，五斗大声呼喊："盈紫……"

　　她听见了他的呼喊，但她没敢回过头来，她怕看见少年那双忧郁的眼睛和他鼻梁两侧风干的泪痕。

　　小萤子就这样看似平静地走进了檀月庵。

　　当她的背影消失在檀月庵门里的那一刻，五斗心中掠过一丝惶惑，当真就这样结束了？他感觉自己正在做着一场梦，小萤子犹如古塔下的盈儿，最终她还是从自己的视线里消失了。

　　原地站了好一会儿，五斗才转身离开。他一边哭一边往回走去，经过镇子的时候，路人纷纷停下来看着他。

　　今天五斗可以放声大哭，没有什么不好意思的，米镇对他来说既伤心又陌生。他匆匆地来，又匆匆地离开，几乎了无痕迹。

出了镇子，一直向北，他终于走上了回家的路。天空飘起了雨丝，打在五斗的脸上，凉凉的，他好像一点儿感觉也没有。他走得很慢，想起和小萤子相处的日日夜夜，两眼又笼起了一层泪幕。他对这一年来经过的所有地方都感到乏味，除了小萤子，任何人他都不愿意回想。

他停了下来，回头望着米镇的方向。他被一种欲望裹挟着，希望能够看到小萤子的身影，就像军汉把他从米镇抓走的那个夜晚……

这时，雨停了，阳光从两片云的缝隙里透出，像一根根金线从空中射向大地，前方亮了许多。

五斗擦了擦眼睛，努力向远处望去。

一片寂寥，什么也没有。

天空中两片云融合在一起，收走了仅有的几束阳光，大地很快又暗了下来。

五斗抬头望着那片云，期望阳光的再次出现。与他的期望正好相反，天空又飘起了雨丝。

他勉勉强强地迈开脚步往北走去，走着走着又停下来，转身看着米镇。明知一切都已成为过去，但他还是固执地凝望着。

通向檀月庵大门的那条小路，细雨霏霏，远近不见一个人影。风掠过小路边上的荒草，但没有一丝一毫的声响，一番万古不变的寂静，只剩下绵绵不尽的愁惨和哀怨，在天地间低回。

五斗的目光渐渐黯淡下来，离开乌里庄已经一年，他必须得回去，回到阿翁阿母身边，找罗媒婆再给自己说一个小娘，过村哥里妇的庸常日子。

曲终人散，五斗第二次选择了放弃。越往北走，他越觉得自己已经是个成年人了，只是这个过程实在艰难，充斥着深深的遗憾和忧伤。

第八章

车庄

一

车庄东头不远处有一条南北向的土路，从这里向北，再走上两三天就能看见荒谷，乌里庄不是太远了。从北向南，又从南向北，五斗走回来了。

太阳偏西，庄北一条岔路口的草地上躺着一位汉子。他胳膊舒展，两腿伸直岔开，仰面对着天空。

汉子四十多岁，五斗从他身边经过时闻到了酒的气味。看他长长的胡须、洁净的巾帻和青襟单衣，不是一个腌臜的酒鬼。

五斗走过去又转了回来。

汉子呼呼大睡，对爬到脸上的蚂蚁毫无知觉。

五斗看看四周，没有别的人，汉子醉得不行。看着那张白白净净的脸，五斗蹲下来，将蚂蚁抓在手里扔掉。

已经是晚秋，野地里清凉的风让汉子觉得很舒适，看起来一时半会儿他是不会清醒过来的。

离天黑不会有很长的时间，五斗担心他一个人留在野外，夜里会有什么危险。或许他的家里人正在找他，或许他和自己一样是个路过此地的外乡人。是离开，还是留在这里等候他醒来？五斗有些犹豫。

四周悄然无声，只有香樟树的叶子在风中沙沙作响。五斗心中升起了一种孤独，一种忧愁。居云寺西边的土坡生长着许多香樟树，夏日里五斗一个人坐在香樟树下一边乘凉一边想盈儿，憧憬着自己并不遥远的未来。

眼前是一大片荒地，与一年前经过这里时没什么两样，可五斗心境有了很大改变。没有了希望，没有了憧憬，他见谁都不愿意说话，漫长悠远的归途，只是默默地一步一步地走过来。此时他更没有心思去看荒野风景，把目光投向了刚才经过的庄子。

远远地，庄子那边走来一个十几岁大的女孩儿，她一边走一边左右张望，像是在寻找什么。看见五斗站在路边，女孩儿停下来仔细朝他这边看，随后加快脚步朝他走来。

女孩儿越来越近，她急切的样子让五斗感到了她与汉子之间的某种关联。五斗想走开，又感觉不大妥当，此时他忘记了自己只是一个过客。其实，当他看见汉子的那一刻就陷入了窘境，他感到了人与人之间的一份尊重，也感到了人与人之间的一种距离。不管怎样，汉子马上就会得到照顾，自己也就没了挂碍。想到这儿，五斗的心安静了许多。

女孩来到两人跟前，匆忙中她看了五斗一眼，紧走几步来到汉子的身边，蹲下来，抓起汉子的一只胳膊，一边摇晃一边说："阿翁，你醒醒。"

汉子似乎清醒了一瞬，睁眼看了看女孩儿，又睡了过去。

五斗问女孩儿："他是你阿翁？"

女孩儿答应了一声。

见汉子只是醉酒，女孩儿的心稍稍放下，她不好意思地看着五斗，说："让你受累了。"

五斗问："你家住在哪儿？"

女孩儿回身指了指远处的庄子，说："车庄，那里就是。"

很长的一段路，看来靠女孩儿自己把汉子弄回去是很困难的。五斗问：

"你怎么把他弄回去？"

"不知道。"女孩儿摇摇头。

五斗一下子陷入了困境，他不知道汉子什么时候才会完全清醒。荒郊野岭，没人帮忙女孩儿，恐怕无法把他弄回家去。

"哥哥，你能帮帮我吗？天快黑了，阿翁不知啥时候才能醒来，我一个人不敢留在这里。"

五斗说："我帮你把他背回去吧！"

女孩儿觉得不大可能，说："你……能背得动吗？"

"试试吧！"五斗蹲下身，让女孩儿帮忙把汉子背了起来。他背得很吃力，勉强站起，还没走几步便放弃了。

他带着几分歉意地看着女孩儿，说："看来一时半会儿，我们是无法离开这里了。"

女孩儿无奈地说："那怎么办？"

五斗想了想，说："要不我一个人留在这里，你回去找人来？"

女孩儿一听这话，急忙摇手，说："不行不行！哥哥，你就在这里多留一会儿吧！等阿翁醒来的时候你再离开，好吗？"

五斗只能答应下来。他没有想到从现在开始，他再次卷入了一场他人的是非之中。

汉子叫金绂，女儿叫金若竽。金绂家还有妻子邱氏和长子金若水。一家四口十年前离开江北豫州，随流民南下来到萧台，听人说起乡绅曹经缮早年也来自豫州，便去投奔。因为来自北方家乡，曹经缮便给了金绂一些接济，金绂从此在萧台留了下来。

金绂身材匀称，身板挺直，穿着也很讲究，一见面就给曹经缮留下了很深的印象。慕其斯文，曹经缮便帮助金绂注得白籍；为免除金绂的所承担的赋役，又买通县吏，伪造一份金绂祖上军功的文书，自此金绂投身士族，在萧台办起了学馆。金绂自诩清高，矫时慢物，曹经缮以为是名士风范并不介意。三年前因为一桩土地买卖替人争讼，金绂身份败露遭到却籍，不但不能继续教书，还要追缴过去六七年的赋役。金绂拿不出钱来，他不满二十岁的儿子金若水被充边做了戍卒。而这只是个开始，这个夏天，一场变故让金绂陷入新的危机。

在金绂尚未来到萧台的时候，曹经缮就已经投奔江南姚姓名门多年，受士族荫庇做起了生丝生意。衣食无着，很快金绂就在曹经缮这里谋到一份差事。为了照顾金绂，曹经缮只是派他去丝栈看管收上来的生丝，交易全由管事承办。金绂生性好酒，逢饮必醉，加上性情孤傲，与管事相处得并不和睦。阴雨天维持了一个月，金绂整日与酒为伴，丝栈漏雨，管事也不提醒。由于金绂的过失，丝栈里的生丝全部潮湿霉变。曹经缮蚀了本钱，便去追究责任。管事把自己撇得干干净净，金绂理亏，没脸皮继续留在丝栈，躲回家里终日寻醉。

曹经缮最小的儿子曹褛，生性顽劣，从小好勇斗狠，这让曹经缮十分无奈。

曹褛今年已经十七岁，早到了娶妻的年龄。可曹经缮一家子偏偏看上了金绂的女儿金若竿，便托人说合欲两家结为亲家，丝栈的损失从此不再追究。但金绂夫人邱氏嫌曹褛是个不肖之子，左右就是不允。曹经缮认为自己已经低就，再者金绂这一年给自己带来的损失巨大，总得有个交代，今天一早便撇开媒人，将金绂叫到萧台，当面问他这桩亲事可曾想好。金绂不好回答，勉强回应说再与夫人邱氏商量一下。曹经缮把不悦之色罩在了脸上，金绂赔着小心离开了。

金绂心中苦闷，从曹经缮那里出来后就进了一家酒馆，随后醉卧归家途中。

天很快就黑了下来，小路边只有五斗他们三个人。晚秋的夜晚，凉意浓重，五斗将身上的长衣脱下来盖在汉子的身上。看着上身只穿一件褂子的五斗，金若竿心中忽然有了别样的情绪，她率先问起了五斗。

"哥哥，你叫什么名字？"

"我叫五斗。

"你家住在什么地方？

"乌里庄。

"离这里远吗？

"不算太远，从这里一直往北，过了荒谷，再有四五天的路程就到了。"

金若竿有些困惑，问："那你一个人出来做什么？"

"我在寻找一个人。"

"你在寻找一个什么样的人？"她又问。

五斗想了想，说："一个女孩子。"

这句话勾起了金若竿的兴趣，她显得有些固执，非要从五斗那里弄清楚一切。

"她叫什么名字？"

五斗一下想起，小萤子曾说以后出去无论对谁，都不要把自己真实情况讲出来，便不作声。

见他不好回答，金若竿也不再问，她仍旧看着庄子的方向。五斗的心思也从夜色的空洞中转到对金若竿的注意上。金若竿个子差不多跟自己一般高，却有着长长的颈、圆润的双肩和两条说不尽情韵的长腿。这种体形在五斗的记忆中是不多见的，他有了一种想了解她的欲望。

"你家里还有谁？"

"还有阿母一个人。"

"哦！"五斗答应着。

"你还没问我的名字。"金若竿说。

五斗马上回答："其实，我很想知道。"

"我叫金若竽。"

听了金若竽这个名字，五斗接不上话来，觉得知道这些已经够多的了，再问什么反倒不太合适，便站在一边，默默地看着夜色。

金绂醉得太深，月亮升起来的时候他才完全清醒，看见五斗和女儿金若竽守候在自己身边，心中不免生出愧疚。他站了起来仔细辨了辨方向，问："这是什么地方？"

"庄北，离家还有很长一段路。"金若竽回答说。

"出来这么久又让你阿母担心了。"

五斗看着这爷儿俩，说："我该走了。"

金若竽立刻有些慌乱，说："这么晚了，你一个人要往哪里去？"

五斗说："回乌里庄，我习惯了走夜路。"

"不行！不能让你走。"

金绂此时也完全恢复了常态，对五斗说："多亏你这么长时间照顾我，就跟我们回去吧！明天再走。"

五斗没有言语，眼睛看着金若竽。

"阿翁已经说了，你就住下来吧！"

"好的。"五斗答应说。

二

金绂和金若竽回来了，邱氏悬着的心总算放了下来。她并不担心丈夫这一天去了哪里以及什么时候归家，倒是女儿傍晚出去实在让她忧心。想出去寻找，又不知她去了哪里，只能耐着性子在家等候。

看见金绂身后跟着的五斗，邱氏有些不解。金若竽无暇告诉阿母今天傍晚发生的事情，她得赶紧去厨房给五斗和阿翁准备吃的。金绂告诉邱氏，自己路上醉酒，幸亏身边有了五斗的守候，天色已晚便把他带回家来。邱氏听了，便坐下陪着五斗说话，并端详起这个少年来。

烛光下，五斗的模样虽然不像白天那样看得十分清楚，但那份少年的清灵却格外出挑。邱氏的眼前一亮，便问五斗家在什么地方。当她知道五斗来自不算太远的乌里庄，外出寻找盈儿不遇正要还家之后，便有心将这个少年与自己女儿金若竿的命运联系起来。

这个夜晚邱氏显得很热情，这让五斗多少有些意外，萍水相逢这么一小会儿工夫，何劳主人家如此感激。但他的确很惬意，没有一丝一毫的拘谨。在邱氏眼里，五斗是个安分的孩子，安分得像个小姑娘。

金若竿端上饭来，五斗已经饿了一天，也并不推辞，从容地吃起饭来。邱氏仔细地看着他，他端碗的姿势和夹菜的动作在邱氏眼里都极其优雅。她看得呆了，心想，这个少年偏偏在这个时候出现，莫非是上天有意在帮助自己。

五斗吃完饭，女儿金若竿过来收拾碗碟，邱氏便和五斗聊起了过去。五斗把自己从居云寺舍戒还俗后这一年的经历全都告诉了邱氏，唯独隐去和小萤子在一起这段不谈。

已近午夜，邱氏这才想到丈夫金绂，便安置五斗在自己儿子的屋子里睡下，自己退到一边，与金绂商议如何应付曹家的事情。

就像一头猎物落进了猎人的陷阱，面对曹经缮的逼婚，金绂早已焦头烂额。昔日的乡情已经不再，要么答应贾家的婚约，要么赔偿贾家的金钱。此时的金绂已经不再顾及什么情面，他已经有了和曹经缮决裂的胆量，今晚邱氏的一番话让他看见了事情的转机，只是苦了恰好路过这里的五斗，偏偏成了两家这场博弈的赌注。

商量来商量去，两人决定先把五斗留住，接下来的事情再走一步看一步。

最苦恼的当数金若竽，曹经缮的乘人之危让她痛苦不堪。但一看见金绂忧苦的面容，金若竽只能把自己的坏情绪深深地隐藏起来，绝不给阿翁阿母增加一点儿烦恼。她陷入无可奈何的境地里，更多的时候也就是自己生气罢了。

分别安置好父母和五斗，金若竽这才感到累了，回到屋子，躺在了床上。

她有一种预感，五斗可能会带给自己一种转机，刚才她从阿母对五斗的态度里隐约发现了一点儿蛛丝马迹。

不知怎么，她又想起五斗在野外说过的一句话："我在寻找一个人。"那时，面对自己的追问，五斗没有往下说。可金若竽一点儿也不在意，甚至还有些欢喜。她怕的是自己问得多了，会让五斗觉得她很可笑和愚蠢，不过通过这半个夜晚的接触，金若竽发现这个少年的确很诚实可人。

从五斗与阿母的交谈中，金若竽知道了五斗要找的那个女孩子叫盈儿。十四五岁的少年，用了一年的时间去寻找一个女子，应该说五斗是个有担当、重情义的少年。今晚在野外他对阿翁的守护，就足以看出五斗心地善良。

可惜的是，五斗寻找的女孩儿不是自己……想到这儿，金若竽便有些失落，到了明天早上五斗就会离开，而自己的未来该是什么样子呢？

想到这里，她立刻又想到了曹褛。

金绂家住的这个庄子在萧台镇的南面，是一个大庄子，有几百户人家。这里的人家几乎家家养蚕，庄子的四周几乎全是桑田。但金绂家是没有桑树的，日常的花销全靠儿子金若水给人看护桑田来维持。当金若水被罚充成边后，这一家子的生活就陷入了困境。但更让这一家子为难的是，曹经缮家的这位公子曹褛——他才是真正的大麻烦。

金绂家刚刚来到车庄的时候，曹裱也刚好八九岁，因为两家走动亲密，曹裱便经常出入金绂家。金绂就把他当成自己的一个小侄，还常常把他留在家里住上几日。

随着曹裱的长大，金绂发现这个晚生小辈有些行为越发不得体，便渐渐疏远了曹裱，而金若竽则更是讨厌曹家的这个浪荡公子。

毕竟金绂欠着曹经缮很大一个人情，曹裱有再多的毛病，他也只能对这位公子敬而远之。

这个一身痞气的青年人只上过两年学堂，无所事事的他总是带着一伙人在街上闲逛。曹裱俨然就是这个团伙中的老大，在谁面前都有一种非同寻常的优越感。最让金若竽反感的是，一次，曹裱带着这伙人在自己家门口打群架，起因是车庄里的一个混混张拧子不合时宜地穿上了和曹裱一样的蓝色绸缎长裙，而且还模仿他的样子在手里耍起了一把折扇。曹裱便派人将他约出来打架。那天一对一的时候曹裱吃了亏，同伙也被打得抱头鼠窜。曹裱红了眼，一下蹿入金绂家里，抄起切菜刀跑到大街上，见到张拧子和他的同伙就是一通猛砍。张拧子一伙人见势不妙，逃散了。曹裱气喘吁吁地拎着切菜刀回到金绂家里，邱氏早已吓得说不出话来。曹裱变得神气起来，对金若竽大声叫着："我什么都不怕！"

对这个什么都不怕的曹裱，邱氏好言相劝，希望不再受他的惊扰。曹裱不服气，恶行未有任何收敛。邱氏把这件事告诉了金绂，让他提醒曹经缮约束一下曹裱，谁知曹经缮对此却不以为意。

邱氏对曹裱心存忌惮，开始疏远他，只要看见曹裱出现在街上，立刻回到家里将屋门紧紧关上。曹裱却每每找上门来，大呼小叫，弄得邱氏和金若竽很不耐烦，希望永远不要再见到他。

曹裱自然还会来的。

有时，他还赖在金绂家里一连几天不走，邱氏知道他是冲着女儿金若竽来的。金若竽实在无处躲藏，只好硬着头皮应付，邱氏也时刻不离女儿左右。

和曹棱相比，五斗就单纯得多了。虽然刚刚认识，对这个少年的了解还不够多，但邱氏相信自己的眼力，这是一个可以把女儿托付给他的后生。但是邱氏不能那样做，毕竟与五斗是偶然相遇，这件事操作起来还有很大的不确定性，况且这是她自己一厢情愿的想法。就目前的情势，五斗也仅仅是可以利用一下而已。

她打定了主意。

第二天一早，金绂出去了。吃过早饭，五斗准备离开，金若竽的情绪显得很低落，邱氏的神色也黯淡下去。

邱氏叫金若竽出去一会儿，说自己有话对五斗说。

金若竽出去了，她没有走远，就站在屋门口。

邱氏认真地看着五斗，问："五斗，你可不可以在我们这里多留几日？"

五斗有些不解，问："阿母，你有什么事情吗？"

"我有件很重要的事情想求你帮助。"

五斗想不出邱氏能有什么重要的事情求自己帮忙，便说："这没问题，阿母有什么事情只管说。"

邱氏一脸的忧苦，完全不像昨天那样轻松。

"我想知道，你对我女儿印象怎么样？"

五斗有些糊涂，不知邱氏这话的含意，回答说："挺好的呀！"

邱氏笑了："那……我把她许配给你，行吗？"

五斗愣了，他一下想起了细姐，说："可是，我和细姐有过婚约呀！"

"你不是说细姐已经被选中为女乐了吗？"

五斗无语。

"如果你觉得可以，不用你去做什么，你只要答应下来就可以了。"

金若竿一阵心跳，阿母的话她听得清清楚楚。

有片刻时间，五斗忘了自己这次出来是为了什么。梦想已经破灭，在他快要回到乌里庄的时候，怎么会有这样的事情发生？金若竿是个人见人爱的好女子，可是没有阿翁阿母做主，自己就这么随随便便地答应下来，是不是有些不合时宜？

五斗一只手紧紧地抓着自己的另一只手，脑子里飞快地思考着。

"这怎么行？我不能随随便便就这样把事情给答应下来。"

屋子外面，金若竿手心全是汗水。

见他为难，邱氏换了一个话题，她把自己一家子目前的处境对五斗和盘托出，目的只有一个，她不想让女儿嫁入曹家。

五斗听了，沉默不语。他想起了陈须嬉，那天她也是用类似的话语来求得自己的帮助，自己也的确尽了力。陈须嬉的事情看似严峻但不复杂，她很容易就摆脱了困境。可眼下情况不同，五斗不知道自己参与进去会是什么结果，他还是不敢轻易答应她。

邱氏看着他，目光热切而忧郁。到了这时，五斗才开始觉得自己离开乌里庄就是一个错误，或许自己走的每一步都是在对这个错误进行补救。

五斗又想起了荒下樌那个夜晚，想起缀儿眼里的泪花还有老和尚的诵经声。

邱氏继续说："我遇到的这个麻烦，只有你能帮忙化解。"

五斗想了又想，也就是应付一下曹家，很快自己就会离开，假使真的惹上麻烦，就像陈须嬉那样趁着黑夜逃走，曹褛也未必会去乌里庄找自己。五斗终于做出了决定，说："阿母，我答应暂时帮你应付一下曹家，让他们不再纠缠金若竿。"

这正是邱氏所期望的，她脸上的愁云一扫而光。

结果竟是这样！金若竿浑身无力，一下子靠在了墙上。

三

正当曹经缮家向金家求婚的当口儿，与金绂女儿金若竽自小有过婚约的五斗出现了。天底下竟还有这样的事，这是车庄的人都没有想到的。

这个上午，五斗和金若竽一起出现在车庄的大街上。金若竽脸上带着灿烂的笑，两眼充满了爱意，一夜之间从一个单纯无知的小姑娘，变成了一个怀春待嫁的小娘。两人从庄子的东头走到西头，又从西头走了回来。一路上，金若竽都是不紧不慢地跟在五斗身后，说话声中都带着几分羞涩，心中的喜悦不待言说。背地里，车庄的人们把曹襐和五斗做了一番比较，得出的结论是，无论外在形象还是人品气质，哪个方面五斗都比曹襐不知要强上多少倍。车庄的人还说，男方家这次还带来了不少聘礼，这个冬天就要迎娶金若竽。

邱氏一扫往日的阴云，脸上带着舒朗的笑，见了邻居也主动上前去打招呼。有人在街上碰见了金绂，便问他打算什么时候让金若竽和五斗成婚。金绂只是嘿嘿地笑，不吭声。被人家问得急了，才含糊地说："到时你就知道了。"

出现这样的事情，车庄的人似乎并不感到特别吃惊，曹襐的人品的确很糟糕，金绂不把女儿嫁给曹襐也在情理之中。

听到这一消息，曹襐完全蒙了，木呆呆的样子让人感到十分可笑。他深深地感觉到，一个呆头呆脑的外乡人从他手里将金若竽给抢走了，从此他在车庄乃至整个萧台都会被人瞧不起，这绝不是一件无关紧要、意义不大的事情。它关乎自己在这个地盘上的名声，甚至关乎曹经缮的名声和社会地位能否稳固的大事。

曹经缮倒是相当清醒，他不相信这件事是真的，这么多年从没听金绂说过女儿在江北和谁有过婚约。那个叫五斗的男孩子偏偏在这个时候出现，一定是金绂暗中捣鬼，有意和自己较劲。曹经缮心一横，联姻不成，那就还钱。他叫过管账的冯乾，把这一年来生丝在金绂手上的损失一笔一笔算得清清楚楚，隔日叫他过来当场对证。曹经缮的脸红一阵白一阵，心中恨得不行："金绂，算是我看错了人。这笔债，你就是当牛做马也得给我还清。"

曹裬整天焦灼不宁，他的眼睛里布满了血丝。曹经缮怕他惹出什么祸来，叫他留在家里不要出门。曹裬实在忍不住，偷偷地跑到街上。看见他的人都发现曹裬嘴角绷得很紧，眼里露出凶巴巴的光。

萧台镇的人们有了预感，曹家要出大事了。

曹裬告诉自己，必须从那个叫五斗的人手里将金若竽夺回来，眼下已经到了火烧眉毛的时候，家里却一点儿也不急，所以解决这件事只能靠自己。在和五斗的这场决斗中，他绝对不可以败下阵来。

那个叫五斗的人长得什么样，他甚至还不知道，但不管怎样，必须得先来硬的，叫五斗知道自己的厉害，从而主动退出。假如五斗是个五大三粗、横竖不吃的汉子，私底下再跟他做个交易，只要他能把金若竽让出来，哪怕搭上一笔钱也值得。曹裬打定主意，立刻开始了行动。

吃过早饭，曹经缮出去了。曹裬等来了机会，临出门时他腰里特意别了一把短刀，四处转转找来几个同伙，准备直接去金绂家会一会五斗。刚走到半路，迎面碰见了车庄的张拧子带着几个混混出来闲逛。张拧子知道曹裬今天不是冲着他来的，但一想到过去的积怨就故意上来寻衅。

张拧子说："这不是曹裬吗？听说你要大婚了。"

他的同伙跟着起哄："是啊！我听说啊，是个早就有主的小娘。"

"一个小娘两个男人，这得谁先谁后啊？！"

…………

曹裬今天带着一种阴森森的杀气，让人一见就有些胆寒。可张拧子不在乎这些，在过往的交手中自己总是胜多败少。今天正好趁他分心的机会，好好教训他一顿，叫他今后见到自己乖乖地绕着走。

曹裱今天不想与张拧子纠缠，一心想着要和五斗分个高下，便说："老子今天没工夫跟你闲扯，你赶紧把路让开。"

张拧子指了指自己胯下，意思是"除非你从这里爬过去"。

曹裱瞪起了眼睛："你今天是成心跟老子过不去，是不是？"

"你说得一点儿不错。"张拧子不依不饶，非逼着曹裱出手不可。

他牢牢地挡住曹裱的去路，同伙们拎着棍棒一溜儿排在他的身后，看上去好像早就做好了准备。

曹裱牙关紧咬，努力压制住自己的火气。

两人面对面地站着，半天谁也没有说话。

曹裱的一个同伙憋不住了："揍他！"

张拧子一伙人也有了回应："对！揍他们。"

两边的人像是得到了决斗的指令，个个挥起手里的家伙，扑向对方。曹裱拔出腰里的短刀直接扑向张拧子。张拧子没想到曹裱会来这么一手，猝不及防，被他一刀刺中心口。一见出了人命，张拧子的几个同伙立刻败下阵来，四散逃命。

完全超乎自己的想象，曹裱原本只是想给张拧子点儿厉害瞧瞧，没想到刚出手就要了张拧子的命，他带来的几个人也变得不知所措。

张拧子死了，这突然的变故彻底打乱了曹裱的计划。他坐在地上，呜呜地哭了起来，像是刚刚被人欺负了一样。

过了一会儿，曹裱不哭了，他又恢复了来时的野性。他抓起短刀一下子从地上跳了起来，大喊一声："去车庄，我要杀了金绂全家。"

一个胆大有主意的同伙立刻将他拉住，在他耳边说："万万使不得，咱还是保命要紧。"

听他这么说，曹裱的头脑清醒了许多。他把刀一丢，问："你们谁手里有钱？"

几个同伙立马伸手去掏自己的口袋，将几串铜钱全都递到曹裱面前。

曹裱抓在手里，说："你们回去告诉我阿翁，我这就出去躲一躲，过个一年半载我就回来。"

几个同伙连连答应。

一个同伙问："阿公要是问起你往什么地方去了，我们怎么说？"

曹裱张嘴刚要说自己去哪里躲藏，立刻又把话咽了回去，说："你们什么也不用说，我也没个准地方。"

路旁有一片树林，在同伙的催促下，曹裱向树林那边跑去。刚跑出去几步，他又折了回来，冲着几个同伙大喊："你们都记住了，刚才是张拧子把我给截住的，也是他先动的手，还有那把刀也是张拧子的……"

几个同伙默默地听着。

曹裱见他们没言语，急了："你们听明白了吗？"

同伙异口同声道："听明白了。"

"还有车庄的那个五斗，看见他就给我往死里打。"

"是，往死里打。"

交代完了，曹裱不敢久留，几步蹿入了树林。

四

待在屋里有些郁闷。上午，五斗又来到街上接受秋阳的照晒。他发现今天街上的人似乎有些怪，看见他后便聚在一起小声议论着什么，甚至有人从他身边走过去后，又回过头来再朝他看上几眼。

五斗以为，人家见自己是个生人才会多看上几眼，这并不奇怪，议论几句也不值得在意。他朝人多的地方走了过去，没想到听来了一个十分血腥的消息。更让他胆寒的是，这一消息还和自己扯上了关系——张拧子是替五斗死的。

五斗的心扑通扑通直跳，想立马转回金家，两腿却有些不听使唤，那感觉比在秋岭面对小十四那口大刀还要糟糕。

是不是自己听错了？他努力使自己镇定下来。没错，到处都在议论张拧子今早被曹褛杀了，曹褛原本是来金家找五斗复仇的，现在人已经没了踪影。

张拧子被曹褛杀死的消息在车庄迅速传开。车庄人在这一突发事件中获得了无穷的乐趣，和往常不一样，就连人们相互交流的目光中都带着刻毒的快感。究竟为什么？倒也不全是因为五斗，这种现象背后的复杂性是很难说得清楚的。

五斗急匆匆地逃回屋子，关上门。

他设想着一个满脸杀气、腰里别着短刀的青年人，一步步朝车庄走来，他要找的是一个叫五斗的外乡人。然而，半路上一个叫张拧子的人替他挨了一刀……车庄一下成了凶险之地，这里随时都会有杀戮，每个角落都充斥着死亡的气息。五斗总觉得背后有一双眼睛盯着自己，一种绵延不绝的恐惧将他包围了。

五斗怕了，躲在屋子里不敢出门。

陷入困境之中的五斗瞪着一双惊恐的大眼，望着门口。那里说不定什么时候就会被人一脚踹开，随后一把带血的短刀指向自己。他住的这间屋子，与金绂一家人住的屋子并不挨着，中间还隔着四五步宽的廊道。相对独立的居住环境很安静，却不安全。一旦有事，多大的动静，金绂那边也不可能听得见。五斗仔细打量着这间屋子，他发现不但屋门不结实，就连窗户上的木格子也很单薄，更何况那上面仅仅糊着一层纸。

外面忽然起了吵嚷声。

五斗浑身一阵哆嗦。

吵嚷声渐渐远去，原来是一只野兔蹿进了庄子，人们叫着喊着一路追来。五斗的心稍稍安稳，仍然竖着耳朵去听外面的动静。

他觉得街上有许多人在走动，乱糟糟的，有许多声音在发问。

"谁叫五斗？"

"五斗在哪里？"

…………

五斗几乎要疯掉了。一个上午，他像是过了一年。

往哪里看，都像是有一股鲜红的血在流淌，五斗的心和双手都有些发抖，没人知道乐城街头的那一幕会不会在车庄这里重新上演。

他想到了逃跑，就像离开荒谷的那个夜晚，这是他早就想好了的。很快他就否定了这个想法，车庄与荒谷不同，那时他是在帮助须嬉，如今让他无论如何也不能起那种有始无终、一走了之的念头。

这一晚如果留下，谁知道会有什么事情发生，逃走总比白白搭上性命要好，自己当初不也是偷偷摸摸地离开乌里庄的？同样都是出逃，说到底这也算不上是第一次。

怎么办？五斗显然没了主意。直到这时他才后悔不该答应邱氏，是自己把事情看得太简单了。

他又想到了金若竽，她好像就在屋子外面，一直看着自己。她那清纯的目光，招人怜爱的神态，让五斗难以释怀。她对他的依恋真真切切，五斗感觉到了。五斗的心上又生出别样的情愫，这是一种奇妙的感觉，一下子让他改变了主意。

五斗强打精神，努力使自己镇定下来。情势虽然严峻，但还没到最糟糕的时刻，自己马上就现出一副没骨头的样子，是要遭人耻笑的。五斗不想让金家的任何人瞧不起自己。

他开始认真思考。

曹裱跑了，为了躲避官府的追捕东躲西藏，短时间内未必就会回来报复金绖一家子，他们的日子应该算是安定下来了。帮助金家的义务已经完成，五斗觉得继续留在这里也没有什么意义了，说不定到不了明天早上，自己就会被扫地出门。何况这里仍旧危机四伏，曹裱疲于奔命，他的同伙未必不会惦记着自己。五斗可不想遭受这份折磨，事不宜迟，他决定今天就离开车庄。

他走向门口，想去见邱氏。

偏偏这个时候，金若竽来了。她给五斗带来了几个柿子，两人回到里屋。

金若竽问："你要出去？"

五斗说："我要见阿母。"

"阿母不在。"

"阿母什么时候回来？"

"不知道。"

"我们能不能出去找找？"

"不行。"

"怎么不行？"

"外面有些乱。"

说这话时她显得很平静，可在她平静的外表下，五斗还是发现了隐藏的一丝惊慌。

她灵巧地揪去柿蒂，然后送到五斗手上，说："刚从树上摘的，很好吃。"

五斗接过，却没心思去吃。

她看着五斗，又好像什么事情都没有发生。

"你在想什么？"她问。

五斗说："我想离开这里。"

"我说了，现在不行。"她淡淡地回答了他。

"我今天必须得走，回乌里庄去。"五斗说出了自己心中最重要的想法。

金若笋的情绪一下子低落下来，说："你能不回去吗？"

"你和曹家的事情已经过去，我该回去了。"

"可我不愿意让你走。"

"阿母答应过我的。等事情过去，我就可以离开。"

"可事情还没有过去。"

"起码曹裱不会再来找你。"

"可我还是不放心。"

"如果我不走，会给你带来更多的麻烦。"

见五斗坚持要离开，金若笋只好说："我先看看阿母回没回来，你好好在这里待着，不许出去啊！"

她出去不一会儿就回来了，两人一起去见阿母。

整个上午，邱氏都在外头转悠。哪里有人群，邱氏就远远地站在一边或找个别人看不见的角落，去听他们在议论什么，费了好大工夫才把事情的原委弄清楚。

曹裱跑了，暂时不会来金家纠缠，邱氏却并没有感到轻松，反倒添了几分恐惧。她想找人说说话，可又没有可以说话的对象。

回到家里，邱氏刚想喘口气，金若笋就等在那里，要她把五斗给留下。

邱氏心里不痛快，但没有表现出来。不过五斗进来向她辞行时，邱氏心里还真的升起一丝愧疚和不安。她并没有答应五斗今天就离开车庄，说是等金绂回来送送五斗。毕竟曹裱不知去向，她怕五斗一个人在路上遇到什么危险。

金若竽虽然希望落空，却也不好再说什么。五斗心里焦急但没有办法，答应只能再留一个晚上。

把五斗送回屋子，金若竽又来见阿母。这回金若竽不再跟阿母说话，只在屋门口靠墙站着，眯着眼睛看她。

邱氏躺下歇息，却被金若竽看得不自在，便叫她出去。金若竽像是没听见，仍旧站在那里看她。邱氏第一次感到来自女儿的压力，她有些恼怒，小声骂金若竽没有出息。

金若竽红了脸，冲出屋子，找了个没人的地方偷偷落泪。邱氏也躺不住了，一个人坐在床榻上生气。

今天一早金绂就去了萧台，到了晚上还没有回来，五斗又有些担心。金若竽说这个时候阿翁不会出去喝酒，因此不会出现什么事情。

天刚黑，五斗就把房门牢牢地闩好。接着，他又仔细检查了一遍窗户，确保万无一失，这才躺在床上。但他怎么也睡不着，心又回到了乌里庄，眼前总是浮现阿翁阿母忧苦的面容。

他开始了漫无边际的遐想：古塔、居云寺，荒谷，乐城，秋岭，米镇……最后他的思绪定格在了荒下楷，那里仍有他的牵挂——细姐。

细姐，如今她在哪里？

眼下是他从打记事以来碰到的最窝心、最痛苦的一件事情。他开始后悔，后悔自己在车庄留了下来，更后悔自己偷偷离开乌里庄，在外面流浪了一年多的时间。

他的心情跌到了谷底。

天下的事情总是出乎人的预料，因为曹褛惹出的这件事情，让曹经缮陷入一场危机之中。他再也顾不上和金绂之间的事情，他现在要面对的是张家和官府两大麻烦。

今天早晨金绂听到这一消息后，一刻没停就去了萧台。无论如何，发生了这样的事情，自己不能袖手旁观。这么多年曹经缮始终在帮助自己，金绂觉得不应该冷落这位有恩于己的落难之人。

金绂来到萧台的时候，曹家显得很冷清，除了几个亲戚外，一个外人也没有。走进屋里，金绂就看见曹经缮站在屋子中间发呆。

"曹兄，我来了。"

曹经缮看了他一眼，说："嗯，坐下吧！"

旁边的人赶紧给金绂让了个座位。

"出了这么大的事，真是让人伤心……"

曹经缮摆摆手，没让他继续说下去。

出乎金绂的预料，曹经缮显得很平静，似乎这件事压根就与金绂没有一点儿关系。金绂几次把话题引到五斗身上，但都被曹经缮给岔开了。金绂不明白曹经缮的心思，便在那里呆坐着。

这时，有人进来说，张拧子家来人了，是抬着张拧子的尸体来的。

在车庄，张家虽然不是大姓，但张拧子的同族兄弟还是有八九个之多，再加上平日里来往与不来往的亲戚，足足凑了几十号人。如今这些人排成队伍，在曹家大门外停下。队伍前面，站着一个步履蹒跚靠人搀扶的老太爷。他看上去实在是虚弱不堪，说不定什么时候就会像张拧子一样，倒在曹家的大门外面。

张拧子的尸体用白布蒙着，停放在曹家大门口的台阶上。张家的队伍不哭不闹，分成几溜，全都低头冲着曹家大门坐下，将一种不可承受之重狠狠地压在了曹经缮的心上。

金绂趁这个机会站起身向曹经缮告辞，曹经缮却把他给留住，说官府说不定什么时候就要传人，眼下张拧子的家人正在外面，让他在这里帮着维持一下。

金绂不便推辞，便应允下来，出去见张拧子的家人。

大门推开，金绂立刻就感到了一种懊丧，脚下横摆着一具僵尸，张拧子的叔叔张熙皞则阴森森地注视着金绂。

金绂有些心虚，急忙撇清自己："我从这里路过，听到发生了这么大的事情，就过来看看。你们这是要干什么？"

张拧子家里来的人个个都变成了凶恶的野兽，立刻将金绂从台阶上揪了下来。张家的人全都瞪着眼，刚才的沉默似乎都是为了这一刻的出击而蓄积力量。

张熙皞铁青着脸，问金绂："五斗是你什么人？"

金绂避实就虚，说："五斗是个外地人。"

张熙皞步步紧逼，说："不对！因为你家小娘另许五斗，致死人命，今天你也脱不了干系。"

张家的人一下子找到了荏口，正儿八经地告诉金绂，张拧子是替金绂家的五斗死的，金家和五斗必须与曹家从坐。

金绂这才明白，曹经缮为何在这个时候将自己推向前台，不过既然被逼到了悬崖上，就没有了退路。金绂便当着张、曹两家人的面，澄清五斗与自家女儿没有任何婚约，那个传说纯属误会，说五斗是自己前几天偶然认识的。

张拧子的家人决定将胡搅蛮缠进行到底，非要金绂将五斗交出来当面对证。金绂一下来了脾气，便没了好脸色，说不管五斗与自家女儿是什么关系，都与曹张两家的这场官司没有任何关系。听了这话，曹经缮家的亲戚和张拧子一家全都不干了，冲着金绂不住地嚷："把五斗交出来，把五斗交出来问一问！"

金绂脸色惨白，索性一言不发，坐在角落里独自生气。

张家的人终于到了出手的时候，在一个老太太的引导下，男女老幼全都坐在地上亮开了喉咙，大声号啕起来。

哭累了，嗓子发不出声音来，那就暂且休息，待攒足了力气，再接着哭。日落天黑，曹经缮与张熙皞一番交涉，张家人接过曹家的一斗铜钱后，抬着张拧子的尸体有秩序地撤退。临走时，张家人还没忘了丢下一句话："明天还会来。"

金绂趁着没人注意，缩着身子离开了。

这场闹剧让车庄的人对金绂和曹经缮两家的事情都感到乏味，更多人开始关注张拧子一家和金绂的这场争执。

到了第二天上午，县丞派人来到车庄，一番勘验过后下了文案，缉拿逃犯。张拧子一家子这才消停下来。

也就在这个时候，五斗再次向邱氏和金若竽告辞。邱氏不再要求五斗留下，她说现在路上人多，出去还算安全。

五斗往屋子外面走去，金若竽紧跟在他的身后。来到大门口，金若竽还没有停下来的意思，五斗冲跟在后面的邱氏说："我自己走吧。"

"让我再送送你吧！"金若竽说。

邱氏说："反正也没什么事情，我们俩就送你出庄吧！"

五斗答应了。

没有碰上别的人，三个人默默地往前走着，谁也不说话，很快就来到了庄外的官道上。

"回去吧！"五斗说。

金若竽看着邱氏。

"一路多加小心。"邱氏冲五斗说。

五斗点头答应，一个人向北走去。

金若竽站在原地不动，邱氏拉了她一把，两人走回了庄子。

　　外表的平静难以掩饰内心的酸楚，而那酸楚竟如此刻骨铭心，金若竽将永远记住五斗的身影。邱氏带着金若竽走回自家院子。五斗走了，曹裱逃了，或许这辈子都不敢再到车庄里来。邱氏有一种云开日出、柳暗花明的喜悦，她想自己该好好歇歇了，便不再理会金若竽。

　　金若竽直接去了五斗住过的那间屋子，她感到这间屋子比以往任何时候都要安静，安静得让人绝望。她望着窗户想，她和五斗真的就这么结束了？

　　五斗一个人慢慢地往前走着，看着荒无边际的天地，把浪漫与天真、执拗与纯情，一步一步地丢在了身后。

　　天气已经很凉了，无论是荒野还是五斗的心里，绿色都已经凋敝。放眼望去，远近只剩下一株株不成气候的野菊，还不合时宜地生长着。它们既不娇贵，也没有任何香气，只是天底下最不起眼的一道景致。风起时，它们的叶子和花朵，乃至整个枝条，就没完没了地翻腾起来。因为季节之故，不知哪天早上它们就会衰败为枯枝败草。然而，它们偏偏不甘心接受已经到来的萧瑟，非要去和命运做一番无谓的抗争。那种样子，只有一个词可以概括它们的状态——挣扎。

　　野菊没有给五斗留下什么深刻的印象，他随便看了一眼也就过去了。过去也就过去了，天知道他还会不会再从这里走过。

　　不知什么时候，金若竽从五斗的身后追了上来。

　　"哥哥！等一下。"风中，她的声音很细。

　　五斗停住，回头去看，见金若竽正快步朝自己走来。

　　"哥哥！带上我吧！"

　　五斗说："不行，我不能……"

　　"阿母把我许配给你了。"

　　五斗苦涩地笑笑："那不是真的。"

　　"你忘了？那天，阿母当着你的面说过的。"

"那天已经过去了，你千万不要再把它当真。"

金若竽知道五斗说得没错，但她就是不甘心两人的关系就这样结束。

"可你是答应过的。"

"那是做给曹家人看的。事情过去，你就把它忘了吧！"

"可我忘不了。"

五斗又陷入离别的情景之中，看着她依依不舍的神态，一时不知该说什么。

见他不说话，金若竽固执地站在那儿，就那样站着。

过了一会儿，五斗像是想起了什么，对金若竽说："回去吧！回去跟阿翁阿母说，离开车庄，越早越好。"

金若竽点点头，她强忍着，没让泪水滚落下来。

"我走了。出来一年多，我也该回去了。"

"哥哥！你回去后千万别把我忘了。"

"不会的！"

"我的意思你还没完全明白，我是说，我会一直等着你……等你来娶我。"说这话时，她流泪了。

五斗心中一阵翻腾，但他还是克制住了自己的感情，说："你千万别这样，我不值得你等着。"

"可车庄的人都知道了，我们是有过婚约的。"

"时间一长，他们也就忘了。"

她再也说不出一句话，只是默默地看着他。

"回去吧！把我忘掉，这本来就是一场误会。"

听五斗这么说，金若竽再也控制不住自己，哭出声来。

五斗十分不忍，上前一步，说："你这是何苦，为我不值……"

她抬起头，一双泪眼毫无顾忌地看着他。

"我是不是再也见不到你了……"

五斗鼻子一酸，也差点儿落下泪来，但他还是忍住了。

"回去吧！回去记得和阿母阿翁商量离开车庄，如果平安，就给我捎个信来。"

"不！求求你，带我走吧！"

"这怎么行？带你回去，我对家里也没法交代。"

听了这句话，一种凄凉在金若竿的心中流过，淡淡的忧伤笼上她带着几分稚气的脸庞。的确，五斗的父母能否接纳她这个素昧平生的女子，还真是一个未知数。

"回去吧！一切就让命运做主好了。"五斗说完，头也不回地往北走去。

一切让命运做主，那将是静默与无望的等待，会让人焦躁不安，会让人伤心欲绝。

金若竿孤零零地站在秋风里，身上很快就有了寒意，她知道她和五斗的一切都成了过去。冷静下来，金若竿满脸的羞涩与失落，低下头去看自己的脚面。半天，她又抬起头来，向五斗走去的方向看。

救焚拯溺，五斗能做的都做了，可他实在是没有勇气把她带回乌里庄。

她站在那里，无声地流着泪，希望五斗能够停下来，再回头看她一眼。但五斗越来越远，身影慢慢变成了一个模糊的小点，最后完全从金若竿的视线里消失。

五

五斗走的这天晚上，金绂回来了，问邱氏："五斗走了吗？"

邱氏回答："走了。"

金绂又问："没什么麻烦吧？"

邱氏说："走就走了呗！有什么麻烦的？"

"我的意思是，咱女儿没啥想法？"

"这不明摆着嘛！五斗当初只是答应暂时应付一下曹家。"

"这我就放心了。"金绂终于松了一口气。

昨天傍晚离开曹家，金绂就钻进了一家酒馆，并在那里留了一夜。中午过后，听说张拧子的事情告一段落，金绂这才走出酒馆。他站在萧台的大街上，任由风撩起他的衣角，吹乱他的头发，不知自己该去干什么。人们发现他很罕见地耷拉着脑袋，像是把什么东西丢在了地上。金绂很纠结，曹裬跑了，曹经缮再也没有理由难为自己，可五斗还留在车庄，就会成为自己的大麻烦。这些天金若竽和五斗形影不离，那样子还真把自己当成五斗的人了。张拧子的死已经和五斗扯上了关系，张家就是这样认为的。五斗就是个祸根，他不离开，谁也不能保证会有什么事情发生。金绂情不自禁地发出一声叹息。

五斗最好是自己离开，并且越早越好。金绂不愿意再看见五斗，他有些心虚。

白天很快就过去了，若不是口袋空空，或许金绂今晚都不会回到家里来。

原来事情没他想得那么复杂，五斗在他回来之前就已经离开了车庄。

金绂坐在床榻上，心里干干净净，一身轻松。

一会儿，金若竽进来了，听见阿翁阿母两人还在说话。

邱氏说："曹裬还会回来吗？"

金绂说："大概不会，他犯的是人命案子。"

"这样我也就放心了，往后咱们就安安静静地过日子吧！"

金若竽看着邱氏，说："阿翁阿母，你们安安静静地过日子，我要去乌里庄。"

邱氏感到有些生气："你去乌里庄干什么？"

"去找五斗。"

"找他干什么？"

"你不是把我许配给五斗了吗？"

"那是过去，现在我改主意了。"

金若竽又问："阿母为什么改主意了？"

金绂说："不是你阿母改主意了，是她压根儿就没打算把你许配给五斗。"

金若竽自言自语道："我明白了。"

邱氏却说："你早就该明白。"

金若竽不想争吵，转身走了出去。

金绂苦不堪言，金若竽是被他们宠着长大的，任性惯了，认准的事情很难回头。他眼巴巴地看着邱氏，问："她不会真的去乌里庄吧？"

"这我怎么知道？"邱氏也很无奈。

金绂想从邱氏那里得到一个完美答案，结果却让他很失望，他陷入新的苦恼之中。

对金若竽来说，她心里十分委屈。阿母不该如此张扬，五斗走了，自己却落下一个被夫家抛弃的名声。

金若竽不会真的去乌里庄，那句"去找五斗"的气话，是专门说给阿翁阿母听的。

此后，车庄的人们很少看见金若竽上街。金若竽在家里也很少讲话，偶尔跟阿翁阿母说上两句，也多是嘲讽他们两个做事不光彩，要了五斗，到头来还要了自己女儿一辈子。

如果不是遇见五斗，金若竽就不会有现在的苦恼。白天，她经常躲在五斗居住过的那间屋子里，一个人躺在床上发呆。晚上，一盏油灯将她的身影孤零零地映在墙上。

金绂两口子的做法很难说正确或不正确，车庄的人还真的未必把金家女儿与五斗之间的事情放在心上，过不了多少日子就连五斗是谁都会忘记了。

而金绂确实得到了解脱，曹经缮一直没有找他算账。除了曹裱出事外，更是因为金绂家一贫如洗，身上实在抠不出一个铜钱来，再说他们毕竟是同乡。

见金若竿对自己不理不睬，邱氏也很消沉，她明显感到了孤独。金绂不常在家，她受不了这份寂寞，便主动找女儿说话。一开始金若竿表现得很冷漠，渐渐地，她也接受了现实。假如阿母当初不使出这种手段对付曹家，那受害的可绝不仅仅是张拧子。想到这里，金若竿脊背一阵发凉，不由得冒出了一身冷汗。

第二年开春，金绂家遭遇了一场火灾。随后，金绂一家就离开了车庄。

那天刮了一天的大风，到了黄昏大风才停住。午夜过后，先是金绂家屋后的草垛着起火来，很快就连累了草房子。草房子噼噼啪啪地烧了起来，金若竿被涌进屋子里的烟惊醒，一家人叫着喊着仓皇逃命。

火光冲上了天空，四下里远近传来纷乱的脚步声。金绂上身光着，下身只来得及套上一条长裤。他不去呼喊救火，一手拉着女儿，一手拉着邱氏，站在远处瞪眼看着那越升越高的火光。邱氏两腿发软，手一松，一下子瘫在地上。

无数的人影在晃动，却不见一个人去提水救火，眼见金绂家的草房子一点点化为灰烬。

金绂从地上拉起邱氏，对金若竿说："这里不能待了，赶紧离开。"

这一家子从车庄消失了，没有人知道他们去了哪里。不过还是有人说，在车庄以北很远的一个地方看见了金绂。

一年过去了，始终没有曹裱的消息。

大结局

几天后，五斗带着无奈、失落与不安，回到了乌里庄，回到了阿翁阿母的身边。

天近黄昏，离庄子越近，五斗就越是发慌，他不知道家里会有什么样的变化，更不知道阿翁会以什么样的态度对待自己。

没吃没喝地走了一整天的路，五斗感觉两腿有些绵软。走进庄子，他小心地向人打听家里的情况，知道一切平安之后还是没完全把心放下。

五斗走到了自家门口，可他并没有立刻走进家门，只是在外面站着。他期待阿翁阿母能够从屋子里走出来，但率先发现他的却是邻居。

他和邻居打了声招呼后，走进自家屋子，黎砚公和滕氏正在做晚饭。五斗站在他们面前时有些不知所措，黎砚公和滕氏没有责备他，两人端详着五斗，从他身上寻找着这一年里发生的变化。黎砚公说五斗回来就好，滕氏心疼五斗说他一定受了许多苦，处于寒气中的小屋一下酿出许多温暖来。

这天晚上，五斗向黎砚公和滕氏挑挑拣拣地说了这一年多的经历，黎砚公默默地听着。和一年前相比，他明显有些消沉。

从五斗的话语中，滕氏像是感觉到了什么，又像什么也没感觉到。在她眼里，五斗已经长大，从现在开始，自己和黎砚公再也无法左右他了。

虽然五斗离开了小萤子，但她对他的影响短时间内还是很难消除的。五斗时刻记着小萤子告诫他的那句话："就是不能实话实说。"

这也许是五斗一年来最重要的收获。在后来的日子里，乌里庄的人问起他这一年来的经历，五斗含糊地说："和过去一个样。"

细姐也回来了。在她离家两个月后的一天，县丞派人用一辆马车把她送回了荒下楮。那天人们见到的细姐跟缀儿一样，人瘦得不成样子，仿佛一阵风过来就能把她给吹到天上去。细姐被人从马车上扶下来，勉强往前走了几步就瘫在地上。阿母听说细姐到了门前，急忙跑出去看。只见细姐倒在地上，头发乱蓬蓬的像秋天的荒草，脸上没有半点儿血色。阿母一下子扑了过去，细姐瘫在她怀里，连说话的力气都没有了。阿母又悲又喜，在人们的帮助下把细姐抬进屋子。做不了女乐的细姐从此回到了阿翁阿母身边，荒下楮没有人知道细姐此番死里逃生的背后究竟有多大隐情。细姐的智慧和胆略拯救了自己，当然这一切源于当初离开家时偷偷带走的那包破血药，可是它足足让杨氏和贾水渊担惊受怕了两个月。

细姐后来告诉阿翁阿母，她和十几个被选中的女子都没有被送去建康。在丹杨郡，她们被散给了几个大户人家，细姐和另一个女子为陈姓文士蓄养。一次修习箫鼓时细姐晕倒，文士恐其不保，告知郡守后放其归家。

杨氏和贾水渊心中的悲愁无处诉说，想想整个过程，仍然心有余悸。杨氏细心照料了半年，细姐的身体才一点点好起来了。

听说细姐回来了，黎砚公和滕氏欢喜不尽，没过几天，两个人就去了荒下楮。当见到细姐那一刻，滕氏就像被寒风吹着了一般，浑身打了个激灵，细姐当真能够活下来吗？

贾水渊问起了五斗，他不知从什么地方听说了五斗离家的消息。黎砚公不好回答，推说五斗心情不好，想一个人出去走走，用不了多久就会回来。贾水渊的心思完全在细姐身上，五斗的事情并不上心，黎砚公和滕氏安慰了细姐几句便告辞了。

回到家里，黎砚公和滕氏开始为细姐忧心，看她的样子将来很难和五斗完婚了。

半年过去了，始终没有五斗的消息，贾家也就不再提起女儿和五斗的婚事。两家各有各的苦恼，但日子过得都很平静。听罗媒婆说，细姐的身子一天比一天好了起来，黎砚公和滕氏的心还算安稳了一些。

五斗的归来打破了这种平静。几天后黎砚公去了荒下楮，对贾水渊提起五斗和细姐的婚事。贾水渊并不在意五斗这一年都去了哪里，又有什么样的经历。因此，见到黎砚公，贾水渊显得很随和，很有人情味。于是，五斗和细姐的婚事也顺理成章地确定下来。

贾家忽略了五斗的出走，黎砚公和滕氏也不再责备他。黎砚公说，五斗是在菩萨的护佑下活下来的。

重新回到父母身边的五斗变化还是很大的，个子长高了一点儿，人也成熟了许多。冬天，黎砚公家里没有什么活计，五斗每天把一条小矮凳搬到院子里，坐在太阳底下，兴致盎然地看着大街，似乎将过去的那些事情全部忘在了脑后。

但事情并不这么简单，他的心情也并不平静。

五斗常常想起陈须嬉，一次忍不住，他便问阿母是否有一个叫陈须嬉的女子来过。滕氏告诉五斗，开春的时候陈须嬉来过，还在家里住了一夜，第二天便离开了，说她去了一个有湖的地方。

记得这次回来经过荒谷的时候，五斗还特意在村口多停留了一会儿。他知道陈须嬉一定不在这里，但还是往她住过的地方看了看。遗憾的是，他一个人也没有碰到，连一个打听她的机会都没有。

五斗一路走来，从没听说荒谷附近有过湖泊。

五斗心里默默地幻想着，眼前出现一片蓝色的湖水，湖岸边有一座茅草屋，一个二十岁上下的村姑从茅草屋里走了出来，一直走到湖水边……

五斗为什么会把陈须嬉放在心上，没有人能够知道。但有一点是肯定的，五斗不会像寻找盈儿那样去寻找陈须嬉。陈须嬉有了自己的未来，她的生活就像那片平静的湖水，心里也未必一直记着五斗。

到了年底，黎砚公开始张罗五斗和细姐完婚的事情。那天，黎砚公和罗媒婆带着五斗去了荒下槽。这是一件让人兴奋的事情，五斗换了一身新长裙，人一下子精神了许多。走出门去，冬天的枯色在五斗眼里也是一种生动的色彩。罗媒婆和贾水渊一番商量后，又替细姐要了一份彩礼，黎砚公满口答应。接着，两家便开始操办各自的事情。

值得一提的是小萤子与五斗那段说不清道不明的经历。虽然天各一方，彼此再也不能相见，但小萤子的确是五斗心中永远的牵挂。即使身边有了细姐，五斗仍然没能把她放下。随着年龄的增长，五斗才真正意识到小萤子对他是亲情远远大于情爱，她的主动离开就是出于对五斗深切的爱护。五斗深深地感激她……

洗净了风尘的小萤子，只剩下玉骨冰肌。在五斗忘不了小萤子一步步走向檀月庵的背影，以及那天上午他们最后的拥抱。他一辈子都会在心中细细品味，两人分手时她留给他的那个淡淡的微笑。

在小萤子的心里，无论以后能否和五斗相见，在米镇相处的那段日子都足够她回忆一辈子。她希望自己能够彻底摆脱过去，从决定走进檀月庵的那一刻起，她就不再是小萤子。那天，五斗喊了一声她盈紫，她听见了，也接受了。秋岭带给她的伤害究竟有多深，没人知道，那是她心中永远无法愈合的一道伤口。檀月庵虽然不一定是她最好的归宿，可她毕竟获得了暂时的解脱。至于她的未来，仍存在很多变数，但那总归是未来的事情了。那个年代，每一个人的命运都和动荡的社会环境息息相关，对于一个无家可归的女子而言，除了逃避，没有别的选择。

至于金若竽，只在五斗的心里一闪就过去了，毕竟相处的时间很短，他们的关系最终也止步于五斗离开车庄的那个上午。

再过几天，五斗就要迎娶细姐。大婚之前，五斗想去看看老和尚和两位师兄。黎砚公也希望五斗能去看看老和尚，那里是五斗长大的地方。但他不知道，五斗心里还装着古塔，那里是他梦开始的地方。如今五斗回来了，他有许多话要当面对它倾诉。因为他心底仍有许多情结无法释怀。无奈、失落与说不清楚的牵挂，混杂在一起，日日夜夜，始终纠缠着他。

家里还有许多事情要做，五斗只能把去居云寺的事情拖一拖。他跟着黎砚公出去买东西，滕氏清洗家中的什物。三个人整天忙碌着，等到该做的都已经做完，五斗这才出门去居云寺。

冬天的乌里庄很少下雪，即使偶尔有雪花飘落，也很快化成了雪水。天色阴沉，地上已经被雪水浸湿，通往居云寺的小路仍旧行人稀少。

路旁的枫杨树已经落尽了叶子，只剩下光秃秃的枝条在风中摇曳。田野上再也看不到成群的牛羊，牧人把牲畜统统关了起来。

这条熟悉的小路，好像也变得陌生遥远了。曾经的五斗走在这条小路上，面对寂静的荒野，心中编织过许多虚无缥缈又永远新鲜的情爱故事。今天的五斗已经不再像过去那样容易焦躁，容易伤感。不知不觉中，他也变得现实起来了。

告别昨天，让生活重新开始。但这并不容易，而是一番痛苦磨砺后的彻底憬悟，要有超常的悟性去做支撑，否则只是说说而已。五斗还不能真正放下，但他的路还很长，未来的每一天都充满了不确定性。

五斗走进了居云寺，大和尚、二和尚外出还没有回来，只有老和尚一个人待在寺里。见到五斗，老和尚笑眯眯地说："施主，一年多不见，你消了许多业障。"

"师父是如何知道的？"

"从你脸上看出来的。"

"师父看到了什么？"

"你做了白日梦，幸亏醒过来了。"

五斗想了想一年来的经历，像是明白了什么，又像是什么都没有明白，一时无言以对。

老和尚知道，五斗不能理解他这句话的真正意思，他已经不再是那个心无旁骛的小沙弥了。

五斗问："师父说的白日梦指的是什么？"

老和尚说："慢慢地，你就明白了……"

傍晚，大和尚、二和尚都回来了。见到五斗，两人很高兴，也很惊奇，都说五斗变了，至于哪些地方变了，他们也说不清楚。

这个夜晚，五斗在寺里住了下来，谈起这一年的经历，大和尚、二和尚什么也没有说，两人只是默默地看着烛火。他们的眼睛里没有一点儿内容，显得很空。

第二天，天空恢复晴朗，昨日的阴霾被西北风一扫而空。一大早，五斗就来到了古塔下。

又经历了一年多的风雨侵蚀，木塔虽然凋敝，但气派犹在。今天，五斗回来了。蓝天下，五斗呼唤着古塔。他相信古塔一定听得见，然而这世界无声无息，没有任何回应。

第一次离家时，他来过这里，祈求古塔赐他好运，让他早日找到盈儿。

古塔不但听得见，而且也看得见，它无声地回应了五斗，就如同五斗南下途中遇见的那位老汉，如同顾三蓬，都给了五斗很有意义的指引。

五斗的手又碰到了口袋里的两颗石子，他把它们掏了出来，放在手心上面。阳光底下，一红一黑两颗石子，闪着亮晶晶的光芒，它们已经跟了五斗很多年。无论遇到什么事情而犹豫不决的时候，五斗就会把决断权交给它们。今天它们已经完成了各自的使命，五斗从此不再需要它们，他要把它们留在这里。

五斗庄严地将它们抛向天空。石子在空中划出了两道优美的弧线，然后向不同的方向坠去。

它们去了自己该去的地方。

丢掉两颗石子，五斗心里一阵轻松。这些年，两颗石子带给自己的全都是虚幻。他觉得自己十分可笑——是自己一次次地把意志强加给了两颗石子。

冬日的阳光依然是金色的，风拂过脸颊，五斗感到惬意和舒畅。他想起了顾三蓬，若不是他的搭救，说不定自己还在乐城的街头徘徊，不识浣染与洒濯。顾三蓬好像离自己很远又好像就在自己身边，或许自己再也没有机会当面聆听他的教诲了。乐城的日子很不堪，五斗却对那夜、那河、那绿灯笼，还有那远去的箫曲，充满了眷恋。

五斗最眷恋的还是梦中的古塔……

那个夜晚，满月高高地挂在南天上，几颗星星在古塔上空闪烁着，萤火虫一闪一闪地发着微弱的亮光，空气中弥漫着花草的香气，盈儿侧身站在古塔的前面。古塔和香樟树伴着她孤独的身影，像是一幅画。这画分明带了一种远古的寂寞和神秘，朦朦胧胧又清清楚楚地展现在五斗的面前。渐渐地，画中盈儿美丽的剪影开始移动，慢慢地朝五斗走来。

五斗闭上眼睛。

月光底下，那鬓髻插着金钗、手臂挂着玉镯的盈儿，慢慢地淡成了一个飘忽的影子，越来越远。一年的时光如水一般，在五斗身边偷偷地流走了，什么也没有留下。

五斗从心底发出一声叹息：“哎！”

他低头看着自己脚上穿的鞋子，那是盈儿留给他的。走了一年的路，鞋子几乎快被他踏烂了，可他依然把它穿在脚上。

他不知道，到了哪一天才会把它丢掉。

五斗心中有个谜团一直无法解开，那就是盈儿的打扮。生活中的盈儿衣着简朴，哪怕是一件最不值钱的首饰都不曾有过。为什么梦中的盈儿与现实中的盈儿会有如此大的差别？金钗、玉镯、绿罗衣，这些原本都不属于盈儿。一年多来，五斗眼前，老有这些东西，撵也撵不走。

盈儿究竟去了哪里，没有人知道，或许这原本就是一个不存在的答案。在那些动荡的日子里，盈儿为南下的流民裹挟，从此开启了漫无边际的旅程。绿水微澜，她就像一片红叶随水悠悠地流去，流向遥远的前方，一直没有停下来；又或许根本就没有流出多远，很快就被冲回了岸边……不管属于哪一种，都在情理之中。

五斗的故事虽因盈儿而起，可他南下的经历却与盈儿没有任何交集。盈儿默默地来，又静静地离开，像是在五斗的心中飘下一场罕见的大雪，严严实实地覆盖住他的心田，留下了彻骨的寒冷。一年多漫无目的的寻找，五斗内心的颓靡与无奈是无论如何也掩饰不住的。当他重新出现在乌里庄人面前时，身体依旧很单薄，脸色看上去也不算太好。

一阵清风吹过，古塔檐角下悬挂着的铜铃轻轻地摇晃起来，发出叮叮当当的声响。

五斗心里一阵发空，一年来他走过许多地方，就是为了找到那串挂在窗外的风铃，然而却是一次次地失望……

如果风铃也有情绪，它也会失落，也会无奈，也会知道五斗寻找它的艰辛。那旧时的风铃不会无动于衷，不知什么时候就会随着南风飘动。五斗好像听到了，那铃声带着一种说不清楚的哀怨，正从遥远的天际传来，时断时续，却一直回荡在他的心中。

他转过身向来时的方向望去。荒野上，站着一只雪白的鹤。

五斗下了土坡，冲着白鹤走去。已经很近了，白鹤展开翅膀慢慢地向空中飞去。五斗的目光追随着白鹤，希望它在自己的视野里能够多停留一会儿。白鹤掠过荒野优雅地飞着，越飞越远，最后完全消失，五斗眼里只剩下一片无尽的空间。